Der letzte Maskenball

Econ Krimi

Im ECON Taschenbuch Verlag sind außerdem folgende Titel von Elizabeth Peters lieferbar:

Reihe Historischer Kriminalroman

Der Fluch des Pharaonengrabes (TB 25096)
Verloren in der Wüstenstadt (TB 25098)
Die Schlange, das Krokodil und der Tod (TB 25099)
Im Schatten des Todes (TB 25145)
Der Mumienschrein (TB 25157)
Der Ring der Pharaonin (TB 25156)

Reihe Krimi und Unterhaltung

Ein todsicherer Bestseller (TB 25136)
Kreuzfahrt ins Ungewisse (TB 25221)
Was Du heute kannst ermordern... (TB 25060)
Der versunkene Schatz (TB 25220)

Zum Buch:
Die Kunstexpertin Jacqueline Kirby erhält eine Einladung für ein Wochenende auf einem englischen Landsitz. Anlaß ist ein Kostümfest, das die begeisterten Anhänger Richards III. zu seinen Ehren veranstalten. Gesprächsstoff liefert nach wie vor die mittlerweile 500 Jahre alte Anschuldigung gegenüber dem König, er habe die Söhne seines Bruders, eventuelle Thronanwärter, im Tower von London ermorden lassen.
Jacqueline ist amüsiert über den Eifer der Gäste, doch aus den anfänglich harmlosen Spielen, mit denen die grausamen Mordmethoden des 15. Jahrhundert spielerisch vorgeführt werden, wird bald tödlicher Ernst, und ehe Jacqueline es sich versieht, steckt sie mitten in einem Mordfall.

Zur Autorin:
Elizabeth Peters hat an der *University of Chicago* in Ägyptologie promoviert. Sie hat über 20 Krimis geschrieben und ebenso viele Thriller unter dem Pseudonym Barbara Michaelis. 1986 hat sie den *Antony Crand Master Award* und 1989 den *Agatha Award* gewonnen. Sie lebt in Chicago und in Frederick, Maryland.

Elizabeth Peters

Der letzte Maskenball

Ein Jacqueline-Kirby-Krimi

Aus dem Amerikanischen von Ursula Walther

ECON Taschenbuch Verlag

Veröffentlicht im ECON Taschenbuch Verlag

Der ECON Taschenbuch Verlag
ist ein Unternehmen der ECON & List Verlagsgesellschaft

Deutsche Erstausgabe

First published by Mysterious Press
Titel des amerikanischen Originals: The Murders of Richard III
Aus dem Amerikanischen übersetzt von: Ursula Walther
Umschlaggestaltung: Init GmbH, Bielefeld
Titelabbildung: Reiner Tintel, Bielefeld
Lektorat: Birgit Förster
Gesetzt aus der New Baskerville, Linotype
Satz: Josefine Urban KompetenzCenter, Düsseldorf
Druck und Bindearbeiten: Elsnerdruck, Berlin
Printed in Germany
ISBN 3-612-25198-8

Für Marge
eine liebe Freundin und Gefährtin
bei den mühseligen Recherchen über Richard

Es war das Porträt eines Mannes. Eine Reinigung hatte kürzlich die ganze Pracht der Farben zutage gefördert: der Hintergrund in glühendem Rot, das Karmesin der Rubine in dem juwelenbesetzten Kragen und auf der Hutbrosche, das Gold der Stickerei am Wams, das unter der aufklaffenden Robe zu sehen war, und an den geschlitzten Ärmeln. Dennoch war der Gesamteindruck düster, fast melancholisch. Schulterlanges, braunes Haar umrahmte das hagere Gesicht. Es war nicht das Gesicht eines jungen Mannes, obwohl das Modell knapp dreißig Jahre alt gewesen war, als es gemalt wurde. Falten durchsetzten den verkniffenen Mund und bildeten tiefe Furchen zwischen den dicht zusammenstehenden Augen, deren Blick sich nicht auf den Betrachter, sondern auf eine innere Vision richtete. Welche Gedanken ihn auch immer bewegten, sie konnten nicht erfreulich gewesen sein.

Das Porträt übte auf einige Menschen eine seltsame Wirkung aus. Thomas Carter war einer von ihnen. Er hatte es schon unzählige Male betrachtet; genaugenommen hatten sich die Gesichtszüge des porträtierten Mannes tiefer in sein Gedächtnis eingeprägt als die seines eigenen Vaters, der voller Erbitterung in Peoria, Illinois, sein achtes Jahrzehnt durchlebte. Thomas konnte sich den beinahe hypnotischen Zauber, den das gemalte Gesicht ausstrahlte, nicht erklären, aber er hoffte inständig, daß es denselben Effekt auf seine Begleiterin hatte. Private Gründe nährten seinen Wunsch, daß Jacqueline Kirby an Richard III., dem einstmaligen König von England, der vor fast fünfhundert Jahren einen grausigen Tod auf dem Schlachtfeld erlitten hatte, Interesse entwickelte.

Thomas hatte sich seit dem Tag, an dem er die Bibliothekarin Jacqueline Kirby in der Universität im Osten Amerikas kennengelernt hatte, kaum verändert. Inzwischen durchzogen ein paar mehr graue Fäden sein Haar, doch sie waren in dem Hellblond kaum zu sehen. Sein weiter blauer Pullover verbarg geschickt die Neigung zur Körperfülle. Thomas war ein ganz ordentlicher Golfer und ein guter Tennisspieler, aber er war auch ein leidenschaftlicher Amateurkoch, und dieses Hobby hinterließ deutliche Spuren an seiner Figur. Der blaue Pullover und die abgetragene Tweedhose waren britischer Herkunft, Thomas hingegen nicht, obwohl er gegenwärtig Vorlesungen an einer der ältesten Universitäten Englands hielt.

Sein langes Junggesellendasein hatte unausweichlich Anlaß zu Gerüchten gegeben. Thomas wußte davon, aber es störte ihn nicht; im Grunde gab er den Gerüchten sogar neue Nahrung, indem er so gut wie nichts über seine persönlichen Angelegenheiten verlauten ließ. Obgleich er, hätte man ihn darauf angesprochen, die Vermutungen ungehalten zurückgewiesen hätte, war er ein ziemlich altmodischer Mann mit der Überzeugung, daß ein Gentleman nicht mit seinen Eroberungen prahlen durfte. Doch in Wahrheit sah er seinen Ruf als äußerst nützliche taktische Waffe an. Die Munkeleien wiegten die Damenwelt in Sicherheit und machten sie unvorsichtig.

Weder dieser Trick noch irgend etwas anderes konnte Thomas jedoch bei seinen Attacken auf Jacqueline unterstützen. Er hatte die Verfolgung aufgenommen, gleich nachdem er sie zum erstenmal halb versteckt hinter dem Pult in der Bibliothek gesehen hatte, wo sie jedem, der hereinkam, mit demselben finsteren Blick durch die Brille entgegengeschaut hatte. Thomas waren sofort die smaragdgrünen Augen hinter den Brillengläsern und das dichte kupferfarbene Haar aufgefallen, das sie zu einem strengen Knoten zusammengefaßt trug. Er erahnte sogar ziemlich akkurat ihre Körpermaße unter dem Wollkostüm. Das Jobangebot aus England beendete sein Werben, noch bevor es richtig begonnen hatte. Trotzdem waren er und Jacqueline Freunde geworden, und Thomas schätzte Jacquelines wachen, unorthodoxen Verstand und ihren sonderbaren Humor ebensosehr wie ihre anderen durchaus ansprechenden Attribute. Als Jacqueline ihm schrieb, daß sie einen Teil des Sommers in England verbringen würde, antwortete er ihr begeistert und bot ihr seine Dienste als Führer durch London an. Zu dieser Zeit hatte er noch keine Hintergedanken gehabt. Allerdings hatte sich seither etwas ergeben, und er hatte sie aus einem ganz bestimmten Grund hierher geführt. Die National Portrait Gallery stand, obwohl sie eine von Londons bekannten Touristenattraktionen war, nicht gerade ganz oben auf Jacquelines Liste der Dinge, die sie sich anschauen wollte. Thomas warf ihr einen unbehaglichen Blick zu. Falls sie seine eigenmächtige Entscheidung nicht guthieß, würde sie ihm das unmißverständlich und in unsanften Tönen klarmachen.

Jacqueline betrachtete das Porträt mit starrem Blick.

Ihre Hornbrille saß hoch oben auf der Nase, aber den Rest ihres Arbeitskostüms hatte sie zu Hause gelassen. Sie trug ein kurzes, enganliegendes Kleid in ihrem Lieblingsgrün; die kurzen Ärmel und der tiefe Ausschnitt ließen eine bewundernswert sonnengebräunte Haut frei. Strähnen des kupferfarbenen Haars ringelten sich über ihren Ohren und an den Schläfen. Sie fing an zu reden, ohne den Kopf zu drehen. Ihre Stimme konnte man, wie es Thomas erwartet hatte, beim besten Willen nicht als sanft bezeichnen.

»Der Tower von London«, sagte sie. »Westminster Abbey. Buckingham Palace. Ich bin nur ein kleines Mädchen vom Lande, das noch nie zuvor im Ausland war. Was mache ich hier eigentlich? Ich will den Wachwechsel sehen. Ich will Tee trinken, echten englischen Tee in einem echten Londoner Teashop. Ich will ...«

»Du hast gerade erst zu Mittag gegessen«, fiel ihr Thomas entrüstet ins Wort. »Bei Simpson's an der Themse. Du hattest ein äußerst opulentes Mittagessen. Denkst du denn überhaupt nicht an deine Linie?«

Statt etwas darauf zu erwidern, schaute Jacqueline ihn aus den Augenwinkeln an und heftete den Blick auf seine Taille. Instinktiv zog Thomas den Bauch ein, und Jacqueline setzte ihren düsteren Monolog fort.

»Es würde mir nicht einmal etwas ausmachen, mir Porträts anzuschauen. Elisabeth die Erste. Karl der Zweite ... Ich schwärme für Karl den Zweiten. Er war sehr sexy. Ich könnte auch Keats und Byron und Shelley ohne Probleme in Betracht ziehen. Aber was bekomme ich zu sehen? Ein schlechtes Porträt – wenn es überhaupt ein Porträt ist und nicht das Phantasieprodukt eines Malers aus dem siebzehnten Jahrhundert –, das einen berüchtigten Schurken aus dem Mittelalter darstellen soll. Den alten Buckligen höchstpersönlich.«

»Alter Buckliger!« Thomas war aufgebracht. »Sieh ihn dir an. Erkennst du irgend etwas, was an seinem Rükken nicht stimmen könnte?«

Jacqueline studierte das Gemälde noch einmal, und Thomas atmete erleichtert auf, als die Brille auf ihrer schmalen Nase ein Stückchen tiefer rutschte. Die Brille war ein Barometer für Jacquelines Stimmungen. Wenn sie sich für etwas interessierte oder sich ernsthafte Gedanken machte, vergaß sie, die Brille wieder an ihren Platz zu schieben. In besonders emotionalen Momenten saß sie bedenklich locker ganz vorn auf der Nasenspitze.

»Nein«, gestand Jacqueline schließlich. »An den Schultern ist unter Umständen ein vager Hinweis auf eine Deformation zu vermuten – die eine scheint höher zu sein als die andere. Aber das könnte am Unvermögen des Malers liegen. Richard der Dritte war ganz bestimmt nicht bucklig. Er sieht sogar gut aus – auf seine schwermütige Art. Es ist doch ein zeitgenössisches Gemälde, oder?«

Thomas musterte sie argwöhnisch. Sie betrachtete nach wie vor das Porträt von Richard III. mit unvoreingenommener Aufmerksamkeit, aber Thomas ließ sich davon nicht täuschen. Kunstgeschichte gehörte zu Jacquelines Spezialgebieten.

»Nein. Es ist etwa 1580 entstanden. Wie die meisten anderen Porträts von Richard ist es wahrscheinlich eine Kopie von einem inzwischen verlorengegangenen Original. Das einzige Bild von ihm, das zeitgenössisch sein könnte, befindet sich in der königlichen Sammlung. Als es vor kurzem mit Hilfe von Röntgenstrahlen untersucht wurde, fanden die Experten heraus, daß Teile übermalt wurden. Ursprünglich war die rechte Schulter genauso hoch wie die linke, außerdem waren die Augen nicht so schlitzartig und standen nicht so eng zusammen.«

Jacqueline zog die Augenbrauen hoch. Sie würde es nie zugeben, aber Thomas wußte, daß er ihr Interesse geweckt hatte.

»Retuschiert, um ihn bucklig und wie einen schielenden, gemeinen Schuft aussehen zu lassen? Das legt die Vermutung nahe, daß das Original ein zeitgenössisches Gemälde und zu schmeichelhaft für den Geschmack von Richards Feinden war. Mal sehen ... wenn ich meine Geschichtsstunden noch richtig in Erinnerung habe, dann war Richards Nachfolger Heinrich der Siebte, der erste der Tudor-Könige und der letzte Erbe des Hauses Lancaster. Richard gehörte dem Geschlecht der Yorks an. Heinrich riß die Krone an sich, nachdem er Richard bei der Schlacht von Bosworth besiegt und getötet hatte ...«

»Heinrich Tudor hat nie jemanden bei einem fairen Kampf getötet«, warf Thomas verächtlich ein. »In Bosworth nahm er Reißaus, als Richard von einem Dutzend Männer niedergemetzelt wurde. Heinrich wollte Richards guten Namen zerstören. Er hatte keinen rechtlichen Anspruch auf den Thron, und kaum jemand unterstützte ihn. Er hätte die Schlacht von Bosworth verloren, wenn seine verwitwete Mutter nicht so schlau gewesen wäre, einen der mächtigsten Adligen des Königreichs zu heiraten. Lord Stanley und sein Bruder marschierten als Richards Vasallen auf das Schlachtfeld von Bosworth, umzingelten ihn und griffen ihn heimtückisch an. Die einzige Möglichkeit, wie Heinrich seine Machtergreifung rechtfertigen konnte, war, Richard als Usurpator und Tyrannen hinzustellen. Andernfalls hätte man ihn als Thronräuber und Rebellen gegen den rechtmäßigen König angesehen. Heinrich spann die

Tudor-Legende vom niederträchtigen König Richard. Er schrieb buchstäblich die Geschichte um. Er ...«

»Er war nicht sexy«, sagte Jacqueline in bedauerndem Tonfall.

Sie war zum nächsten Gemälde gegangen; Thomas gesellte sich zu ihr, und sie sahen sich gemeinsam das Porträt von Heinrich VII. an.

»Habgierige Hände, ein Mund wie eine Stahlfalle und verschlagene, mißtrauische Gesichtszüge.« Sie wandte sich dem nächsten Porträt zu. »Und wer ist diese affektierte, puppengesichtige blonde Lady?«

»Heinrichs Königin, Elisabeth von York. Scine Ehe mit ihr vereinte die Häuser Lancaster und York und beendete die Rosenkriege. Sie war Richards Nichte, die Tochter seines älteren Bruders Eduard des Vierten. Ihn siehst du hier auf diesem Gemälde. Er gilt als der hübscheste König, den England je hatte – einsachtzig groß, blond, und er hatte immer ein Herz für die Ladies.«

»Er sieht nicht sehr sexy aus«, stellte Jacqueline fest, während sie das flache, teigige Gesicht von Eduard IV. kritisch beäugte.

»Sexy – zum Teufel damit. Wenn ich gewußt hätte, daß du unter historischer Nekrophilie leidest, hätte ich nicht im Traum daran gedacht, dich hierher zu bringen. Können wir gehen?«

»O nein. Du hast mich hergeschleppt, und ich gehe nicht, bevor ich nicht alle meine Helden gesehen habe. Keats, Shelley – und natürlich König Karl den Zweiten. Wo ist er? ›*Here's a health unto his Majesty* ...‹«

«Ich hatte ganz vergessen, daß du die bedauerliche Gewohnheit hast, in den seltsamsten Augenblicken Lieder zu singen. Jacqueline ...«

Es kostete Thomas mehr als eine Stunde, Jacqueline

aus der Galerie zu bugsieren. Erst mußte sie das Porträt von Karl II. bewundern, und jede aus der langen Reihe seiner offiziellen Mätressen erntete einen bissigen Kommentar. Jacqueline fand sie alle zu fett. Als Thomas sie schließlich durch die Tür nach draußen schubste, herrschte bereits dichter Nachmittagsverkehr auf dem Trafalgar Square, und Jacqueline behauptete steif und fest, sie würde umkommen vor Hunger.

»Kein Wunder, daß ich England so liebe«, erklärte sie einige Zeit später, als sie die meisten der mit Creme gefüllten süßen Brötchen, die auf einer Platte serviert worden waren, vertilgt hatte. »Die Leute hier essen so oft. Morgentee, Frühstück, zweites Frühstück, Lunch, Nachmittagstee...«

»Ich glaube nicht, daß ich mir dich auf die Dauer leisten könnte«, seufzte Thomas.

»Ich weiß, daß du es nicht kannst.« Jacqueline bedachte ihn mit einem Blick, der ihn für einen Moment sprachlos machte. Sie schob entschlossen die Brille an ihren Platz und betrachtete ihn ernst. »Also schön, Thomas. Ich weiß, daß du etwas im Schilde führst. Erst lädst du mich zu einem Wochenende aufs Land zu Leuten ein, die ich noch nie im Leben gesehen habe, dann überschüttest du mich mit Informationen über eine der verworrensten Perioden in der englischen Geschichte. Da muß ein Zusammenhang bestehen, aber ich kann mir nicht vorstellen, welcher. Komm schon; ich sehe doch, daß du dich danach verzehrst, mir eine Vorlesung zu halten. Ich kenne diesen finsteren Klassenzimmer-Blick.«

»Ich habe nicht die Absicht, dir eine Vorlesung zu halten«, entgegnete Thomas unsicher. »Wieviel weißt du über...«

Er hielt inne und starrte Jacqueline an. Sie war auf

ihrem Stuhl zur Seite gerutscht und griff nach unten. Die Hand unter dem Tisch war nicht zu sehen, aber sie schien fieberhaft nach etwas zu suchen.

»Um Himmels willen«, brauste Thomas auf. »Was suchst du? Wenn es Zigaretten sind, kaufe ich dir welche. In dieser voluminösen Handtasche findest du ohnehin nie etwas. Oder ist es deine Aktentasche? Egal, ich dachte, du hättest das Rauchen aufgegeben.« Jacqueline richtete sich wieder auf. In einer Hand hielt sie ein Knäuel mit weißem Garn, in der anderen ein Metallschiffchen. Thomas sah ihr mit offenem Mund zu, wie sie das Garn mit eigenartigen Schlingen um die Finger wickelte.

»Ich hab's neunmal aufgegeben, seit du mich das letzte Mal gesehen hast. Ich habe mit Knüpfarbeiten angefangen, um es mir ein zehntes Mal abzugewöhnen. Erst wollte ich es mit Stricken versuchen, aber das hat nicht funktioniert; jedesmal, wenn ich in die Handtasche griff, habe ich mich mit einer Stricknadel in die Finger gestochen.«

»Ich schätze, das da wird auch nicht funktionieren«, sagte Thomas. »Entschuldige, daß ich es erwähne, aber deine Finger werden blau. Ich glaube, du hast den Faden zu fest gewickelt.«

Jacqueline legte das Schiffchen weg und entwirrte Faden und Finger.

»Thomas, du läßt dich zu leicht ablenken. Wenn ich Klimmzüge am Kronleuchter gemacht hätte, wäre es dir nicht im Traum eingefallen, deinen Vortrag abzubrechen. Ich höre dir zu. Wieviel weiß ich über was?«

Mit einiger Mühe riß sich Thomas von dem Kampf zwischen Jacqueline und ihrer Handarbeit los.

»Ich wäre nicht überrascht, wenn du so was machen würdest. Klimmzüge, meine ich... Wieviel weißt du über Richard den Dritten?«

Jacqueline verzog das Gesicht zu einer abscheulichen, gemeinen Fratze und sagte aus dem Mundwinkel mit dem Akzent eines Kino-Gangsters: »›Ich bin entschlossen, einen Schurken zu entlarven/Und ich hasse die müßigen Vergnügungen der Zeit!‹«

»Oh, vergiß Shakespeare«, sagte Thomas. »Sein *König Richard der Dritte* basiert auf den Machwerken der Tudor-Geschichtsschreiber, und sie haben Richard verleumdet, um sich bei Heinrich dem Siebten einzuschmeicheln. Shakespeares Version ist großes Theater, aber sie basiert nicht auf gesicherten historischen Fakten. Versuchen wir es mit einer anderen Frage. Wieviel weißt du über die Rosenkriege?«

»Ein bißchen was über alles, aber nicht genug«, gestand Jacqueline. »Ich bin Bibliothekarin, schon vergessen? Oh ...« Der letzte Laut klang wie ein tiefes Stöhnen. Vorsichtig befreite sie ihre anschwellenden Finger von dem verwickelten Faden, knüllte die Handarbeit zusammen und warf sie in ihre Handtasche zurück. Der Fehlversuch hatte ihr die Laune verdorben. Streitlustig fuhr sie fort: »Ich hab' sie nie verstanden, diese Rosenkriege. Ich glaube, kein Mensch versteht die Rosenkriege. Ich will sie auch gar nicht verstehen ... die Rosenkriege. Die Häuser Lancaster und York – die rote Rose und die weiße – kämpften um den Thron. Darum ging's bei den Rosenkriegen. Mehr weiß ich nicht darüber, und mehr brauche ich auch nicht zu wissen.«

»Gut, gut«, sagte Thomas beschwichtigend. »Der letzte der Lancaster-Könige war Heinrich der Sechste – nicht zu verwechseln mit Heinrich dem Siebten, dem ersten der Tudors. Heinrich der Sechste war ein netter, unfähiger Trottel – halb Heiliger, halb Geistesgestörter. Sein erfolgreicher York-Rivale war Eduard der Vierte, der hübsche große Blonde, dessen Zeitgenossinnen ihn sexy fanden, auch wenn du es nicht tust. Eduard wurde Heinrich den Sechsten los, und Heinrichs Sohn und ein paar andere, die hätten eingreifen können, richteten sich behaglich ein, um das Leben zu genießen und Eduard alles weitere zu überlassen. Eduards größter Fehler war, daß er sich mit einer Witwe namens Elisabeth Woodville vermählte. Alle Welt war schockiert über die Heirat mit einer Bürgerlichen; das Volk und besonders die Adeligen nahmen es Eduard übel, daß er Englands Position nicht mit einer Verbindung zu einer fremden Prinzessin stärkte. Elisabeth hatte zwei Söhne aus erster Ehe und eine Menge Brüder und Schwestern. Die Woodville-Verwandtschaft war ein gieriger Haufen, und Elisabeth verhalf ihnen tatkräftig zum Aufstieg. Sprosse aus den vornehmsten Familien Englands wurden gezwungen, die Geschwister der Königin zu heiraten; ganz England war empört über die Hochzeit eines zwanzigjährigen Woodville mit der achtzig Jahre alten Herzoginwitwe von Norfolk. Eduard zeugte eine ganze Horde Kinder mit seiner schönen Frau – zwei Söhne und eine Reihe Töchter. Die älteste Tochter hieß auch Elisabeth.«

»Diese Leute haben alle dieselben Namen«, murrte Jacqueline. »Eduard, Elisabeth, Heinrich. Kannst du sie nicht der besseren Übersicht wegen Ethelbert oder Francisco oder irgendwie sonst nennen?«

»Das kann ich nicht«, versetzte Thomas kühl. »Weil sie eben nicht so heißen. Hör auf zu meckern und konzentriere dich lieber.«

Jacqueline nahm sich ein Gurkensandwich. Sie tranken in der Lounge eines der würdigen alten Hotels von London den echten englischen Tee, den sie gefordert hatte. Das Klimpern des Silberbestecks und das Klappern des Geschirrs war nicht lauter als das gedämpfte Stimmengemurmel der anderen Gäste.

»Eduard der Vierte«, fuhr Thomas fort. »Der York-König – Richards Bruder. Hast du das verstanden? Gut. Eduard starb früh mit nur vierzig Jahren, erschöpft nach einem ausschweifenden Leben. Er hinterließ zwei Söhne. Der ältere wurde nach dem Tod des Vaters Eduard der Fünfte ...« Er ignorierte Jacquelines Grimasse und setzte unbarmherzig hinzu: »Ja, noch ein Eduard. Er war noch ein Kind – zwölf Jahre alt und zu jung, um allein zu regieren. Ein Protektorat wurde notwendig, und der geeignetste Kandidat für die Rolle des Protektors war der einzige Onkel väterlicherseits, der jüngere Bruder Eduard des Vierten – ein brillanter Soldat, ein erstklassiger Verwalter, ein hingebungsvoller Ehemann und Vater für seinen kleinen Sohn, ein loyaler, aufrechter, beliebter Mann – Richard Herzog von Gloucester.«

»Ein dreifach Hoch und Trommelwirbel«, sagte Jacqueline. »Menschenskind, Thomas, nicht auszudenken, daß wir all die Jahre eine ganz falsche Vorstellung von Richard dem Dritten hatten. Er war ein feiner Kerl. Ich staune, daß man ihn nicht heiliggesprochen hat. Ein geliebter Ehemann, ein rührender Vater, ein bewundernswerter Bruder ... auch ein liebevoller Onkel?«

»Du hast eine Zunge wie eine Viper.«

»Danke. Sieh mal, Thomas, was ist es, das die Leute – wenn überhaupt – über Richard den Dritten wissen? Er war der böse Onkel par excellence. Er erstickte seine Neffen – die beiden kleinen Prinzen im Tower – und riß den Thron an sich, der ihnen, als den Erben des letzten Königs, rechtmäßig zustand.«

»Das hat er nicht getan!« schrie Thomas.

Die anderen Gäste drehten ihre Köpfe nach ihm um. Ein Kellner ließ eine Gabel fallen.

Thomas duckte sich ein bißchen und wurde rot.

»Verdammt, Jacqueline, das ist der faszinierendste

ungelöste Mordfall der Geschichte. Es gibt keinen Beweis. Weißt du das? Absolut keinen wie auch immer gearteten Beweis, daß Richard diese Kinder getötet hat. Nur Gerüchte und Verleumdungen auf der einen Seite...«

»Und auf der anderen?«

»Richards Charakter. Das andernfalls unerklärliche Verhalten der anderen Beteiligten. Schlicht gesunder Menschenverstand.«

»Ich würde nicht gerade behaupten, daß Richards Charakter...«

»Ich meine seinen wahren Charakter, nicht den, den die Tudor-Historiker ihm angedichtet haben. Alles, was über Richards Taten bekannt ist, zeichnet ein Bild von einem durch und durch integeren, freundlichen und couragierten Mann. Mit achtzehn Jahren befehligte er Armeen, und er führte sie gut. Er verwaltete die nördlichen Provinzen für seinen Bruder, den König, und gewann die dauerhafte Loyalität der Bevölkerung für das Haus York durch seine Anständigkeit und sein Bestreben, den einfachen Menschen zu ihrem Recht gegen die habgierigen Adeligen zu verhelfen. Er unterstützte die schönen Künste. Er war tief religiös. Was sein persönliches Leben betrifft – oh, er zeugte ein paar Bastarde, jeder Mann tat das in diesen Zeiten, aber nachdem er geheiratet hatte – ein Mädchen, das er seit Kindertagen kannte –, blieb er seiner Frau treu, solange sie lebte, und er weinte um sie, als sie starb. Der Tod seines kleinen Sohnes stürzte ihn in tiefe Trauer. In einer Epoche, in der Verrat und Mißgunst herrschten, blieb er immer seinem Bruder, König Eduard dem Vierten, treu ergeben. Es gab noch einen dritten Bruder, den Herzog von Clarence, der versuchte, eigene Ansprüche auf den Thron geltend zu machen, und sogar die Waffen gegen

Eduard den Vierten erhob. Richard überredete Clarence, ›in den Schoß der Familie‹ zurückzukehren, und als Eduard schließlich in Wut über Clarence' Komplotte geriet und seine Exekution anordnete, war Richard der einzige, der für Clarence eintrat.«

»Da hab' ich aber etwas ganz anderes gehört«, warf Jacqueline nüchtern ein, bevor sie herzhaft in das letzte Sandwich biß.

»Du hast die Tudor-Legende gehört – die erfundene Geschichte von Richard dem Scheusal. Als Thomas More die Biographie von Richard während der Regentschaft von Heinrich dem Achten niederschrieb, wurde Richard aller Verbrechen außer Brandstiftung und dem Handel mit öffentlichen Ämtern beschuldigt. Laut More brachte Richard Heinrich den Sechsten und Heinrichs Sohn, seine eigene Frau und seinen Bruder, den Herzog von Clarence, kaltblütig um. Er hat seine Neffen unschädlich gemacht, den Thron an sich gerissen und einige Adlige enthauptet, die sich gegen ihn stellten.

Moderne Historiker räumen ein, daß die meisten Anschuldigungen gegen Richard jeder Grundlage entbehrten. Er ließ einige Adlige hinrichten, darunter waren auch Verwandte der Woodville-Königin. Er sagte, sie hätten ihm nach dem Leben getrachtet, und es besteht kein Grund, an dieser Aussage zu zweifeln. Wenn Richard Menschen tötete, dann bei hellem Tageslicht, mit einer Menge Zeugen, und er machte nicht viel Federlesens mit seinen Gegnern. Aber die beiden kleinen Prinzen sind einfach ... sang- und klanglos verschwunden.«

»Äußerst interessant. Aber was hat das alles mit dieser mysteriösen Wochenendparty zu tun? Du tust so geheimnisvoll, und ich verstehe nicht ...«

»Dazu komme ich noch. Sieh den Kellner nicht so sehnsüchtig an; ich habe nicht vor, noch etwas zu essen zu bestellen – du hast schon genug für zwei vertilgt. Paß auf. Ich versuche nicht nur, Dir Nachhilfe in der Geschichte Englands zu erteilen – all das steht in Zusammenhang mit einem aktuellen Problem.

Kehren wir also zurück zu der Zeit kurz nach dem Tod von Eduard dem Vierten. Richard hielt sich im Norden auf, in seinem Lieblingsschloß in Middleham. Der neue junge König hatte seinen eigenen Hof in Wales. Als ihn die Nachricht vom Tod seines Vaters erreichte, brach er in Begleitung seiner Woodville-Onkel – die Königin stellte sicher, daß ihre Brüder die Kontrolle über den Thronerben behielten – und einer Eskorte von tausend Männern nach London auf. Richard, der sich nach Süden auf den Weg machte, um an den Begräbnisfeierlichkeiten teilzunehmen, hatte nur sechshundert Mann bei sich. Offensichtlich rechnete er nicht mit Schwierigkeiten.

Aber irgendwie bekam er auf seiner Reise Wind davon, daß die Woodvilles planten, die Macht zu ergreifen und ihn als Protektor auszuschalten. Vielleicht hatten sie sogar vor, ihn zu töten. Eigentlich hätten sie das tun müssen – Richard hatte die Unterstützung und den legalen Anspruch, was ihnen fehlte, und er gehörte nicht zu den Männern, die auch die andere Wange hinhielten.

Zwei Männer warnten Richard vor der Gefahr. Einer von ihnen war Lord Hastings, der alte Freund und Trinkkumpan seines Bruders. Der andere war der Herzog von Buckingham, der selbst von königlicher Herkunft und gezwungen worden war, eine der Schwestern der Woodville-Königin zu heiraten.

Richard ritt wie der Blitz. Er holte das Gefolge des neuen Königs ein, nahm die Woodville-Verwandten des

Jungen fest und begleitete den kleinen Eduard selbst nach London. Die Königin bat überstürzt die Kirche um Asyl und nahm ihre anderen Kinder mit an ihren Zufluchtsort. Später konnte sie dazu bewogen werden, den jüngeren Sohn zum neuen König zu schicken. Die beiden Kinder wurden in den königlichen Gemächern im Tower untergebracht – dort wohnten traditionsgemäß die Thronprätendenten vor ihrer Krönung. Bis zu diesem Zeitpunkt war Richards Verhalten untadelig und aufrecht.«

»Richard der Aufrechte«, murmelte Jacqueline.

Thomas tat, als hätte er den Kommentar nicht gehört. »Dann, Mitte Juni 1483, brach die Hölle los. England war verblüfft zu hören, daß Eduard der Vierte nie rechtmäßig mit Elisabeth Woodville verheiratet war. Er hatte einer anderen Lady vertraglich die Ehe versprochen, und zur damaligen Zeit war ein schriftliches Eheversprechen so bindend wie eine Hochzeitszeremonie. Das hieß also, daß alle Kinder Eduard des Vierten illegitim waren und daß der junge Eduard der Fünfte kein Recht auf den Thron hatte.

Die Tudor-Historiker behaupten, Richard habe die Geschichte mit dem Eheversprechen erfunden, aber alles spricht dafür, daß sie wahr ist. Der Mann, der das Geheimnis lüftete, konnte wirklich nicht im Verdacht stehen, Richards anrüchiger Speichellecker zu sein; er war einer der großen Prälaten von England, der Bischof von Bath und Wells. Das Parlament jedenfalls erklärte Eduards Ehe mit Elisabeth Woodville für ungültig und erließ ein formelles Dekret, *Titulus Regius,* in dem Richards Thronanspruch festgeschrieben wurde. Seine beiden Brüder waren tot; Clarence' Kinder waren von der Thronfolge ausgeschlossen, weil ihr Vater als Verräter hingerichtet worden war, und da Eduards Kinder allem Anschein nach mit Fug und Recht als unehelich betrachtet werden konnten, war Richard der rechtmäßige Erbe der Krone.«

»Oh, dann ist ja alles gut«, meldete sich Jacqueline zu Wort. »Wenn die Jungs Bastarde waren, hatte Richard jedes Recht, sie abzumurksen.«

»Verdammt, er hat sie nicht abgemurkst!« Thomas spürte, wie ihm die Hitze ins Gesicht stieg. Er rang mühsam um Fassung. »Die Kinder wurden gesehen, als sie im Tower zusammen spielten – im Sommer 1483. Abgesehen von ein paar fragwürdigen Einträgen in den offiziellen königlichen Büchern war dies das letzte Mal, daß jemand etwas von ihnen gesehen oder gehört hat.

1485, also zwei Jahre später, kam Heinrich Tudor nach England. Dank des Verrats der Stanleys wurde Richard in Bosworth getötet, und der Tudor wurde König Heinrich der Siebte.

Was hättest du an Heinrichs Stelle getan? Du sitzt auf einem wackligen Thron in einem Land, in dem unterschwellig Rebellion brodelt. Deine Ansprüche auf den Thron basieren auf der Herkunft deiner Mutter, dem Abkömmling eines illegitimen Kindes, das der jüngere Bruder eines Königs gezeugt hat. Es gibt etwa ein Dutzend Männer, die mehr Recht auf die Krone haben als du. Dein Vorgänger ist tot, aber längst nicht vergessen, besonders nicht im Norden von England. Du hegst die Absicht, deinen Anspruch zu stärken, indem du die junge Elisabeth, Richards Nichte, heiratest, aber eine Menge Leute halten sie für einen Bastard; und falls sie doch von ehelicher Geburt sein sollte, dann sind ihre Brüder – wenn sie noch am Leben sind – die rechtmäßigen Thronerben. Gerüchte waren aufgekommen, daß die Jungs erstickt worden seien, aber kein Mensch wußte genau, was wirklich mit ihnen geschehen war.

Wenn du Heinrich gewesen wärst, hättest du sicherlich als allererstes versucht, die Wahrheit über die Prinzen herauszufinden. Du hättest freien Zugang zum Tower von London. Du würdest nach den bedauernswerten kleinen Leichen suchen und die Dienerschaft befragen, die dort beschäftigt war, als die Kinder angeblich umgebracht wurden. Der Tower ist ein riesiges Fort und voller Menschen – Diener, Wächter, Reinemachefrauen, Köche, Beamte ... Dutzende von Menschen mußten wissen, was passiert war. Man kann nicht zwei Staatsgefangene eliminieren, ohne daß jemand etwas von ihrem Verschwinden bemerkt.

Heinrich hat nichts dergleichen getan. Ich glaube, er konnte nicht, weil dic Jungs noch am Leben waren, als Heinrich 1485 nach London kam. Aber sie blieben nicht am Leben, nicht mehr lange.«

Jacqueline knabberte an einem Butterbrot. »Dann hat also jemand den Mord gestanden, wie?« erkundigte sie sich zaghaft.

»Ja – ein Mann namens Sir James Tyrrell. Zwanzig Jahre später, nachdem er wegen eines anderen Verbrechens in den Kerker geworfen wurde. Das Geständnis wurde nie öffentlich kundgegeben. Erst nach Tyrrells Hinrichtung wegen dieses anderen Verbrechens wurde etwas davon laut. Die Version, die in Sir Thomas Mores Biographie von Richard nachzulesen ist, steckt voller Widersprüche, falschen Angaben und glatten Lügen. Sie ist ein Gespinst von offensichtlichen ...«

Er brach ab und betrachtete Jacqueline argwöhnisch. Sie starrte ihn über ihre Brille hinweg an, und Thomas fluchte im stillen, obwohl das eigentlich gar nicht seine Art war.

»Du wußtest das alles schon längst! Du hast einmal gesagt, daß du jeden Krimi, der je gedruckt wurde, gelesen hast ... Natürlich wußtest du es. Du hast *The Daughter of Time* gelesen.«

»Klar.«

»Warum hast du das nicht gleich gesagt?«

»Ich liiieeebe es, dich reden zu hören«, flötete Jacqueline.

»Manchmal könnte ich dich umbringen.«

»Ich habe alle Krimis von Josephine Tey gelesen«, sagte Jacqueline. »*The Daughter of Time* ist absolut brillant. Aber es ist ein Roman, kein ernstzunehmendes historisches Werk. Das Buch ist weit davon entfernt, unvoreingenommen zu sein.«

»Was hast du sonst noch gelesen?« fragte Thomas resigniert.

Jacqueline streckte die Hand nach dem letzten Brötchen aus. »Einmal Bibliothekarin, immer Bibliothekarin«, sagte sie und nahm einen kleinen Bissen. »Wenn ich historische Romane lese, schlage ich immer nach, was Wirklichkeit und was Fiktion ist. Teys Quelle war einer von Richards Fürsprechern, und sie ist genauso parteiisch wie die Tudor-Historiker, sie steht nur auf der anderen Seite – der heilige Richard der Dritte, ein liebevoller, friedfertiger, zahmer Mann. Ich habe einige historische Romane über Richard gelesen«, fügte sie hinzu und nahm das letzte Stück des Brötchens zwischen ihre weißen Zähne. »In den meisten wird er als empfindsamer Märtyrer dargestellt, der seine sensiblen Hände ringt und schluchzt. Ich bezweifle allerdings, daß er oft geweint hat.«

»Du bist wirklich ...«

»Reden wir über dieses Wochenende«, unterbrach ihn Jacqueline; sie schielte bedauernd die Krümel auf ihrem leeren Teller an und setzte hinzu: »Ich nehme an, die Party hat etwas mit deinem Helden zu tun. Was ist es? Eine

Zusammenkunft irgendeiner Organisation? Es gibt eine Gruppe, die sich die größte Mühe gibt, Richard zu rehabilitieren. Sie nennen sich Ricardianer – nicht zu verwechseln mit den Anhängern des Volkswirtschaftlers David Ricardo. Sie setzen an den Jahrestagen der Schlacht von Bosworth *In-Memoriam*-Notizen in die *Times*.«

Der hintergründige Tonfall, in dem Jacqueline diese harmlose Bemerkung äußerte, reizte Thomas – er kniff verärgert die Augen zusammen, aber dann gewann doch sein Humor die Oberhand, und er lächelte schüchtern.

»Es gibt einige Gruppen, die an Richard dem Dritten interessiert sind. Ich schätze, unsere ist die fanatischste von allen.«

»Ist ja reizend.«

»Du brauchst nicht sarkastisch zu werden.«

»Ich bin nicht sarkastisch. Es gibt kein besseres Ventil für aggressive Instinkte, als sich vehement für eine unorthodoxe Sache einzusetzen. Ich selbst«, erklärte Jacqueline stolz, »bin Mitglied bei den Freunden von Jerome.« Sie beobachtete eine Weile, wie Thomas sein umfassendes Gedächtnis durchforstete und nach einer historischen Figur namens Jerome suchte, dann fuhr sie fort: »Jerome ist ein Ort, nicht eine Person. Es ist eine wundervolle Geisterstadt in Arizona. Sie steht über einer verlassenen Mine, und wenn wir nichts unternehmen, bricht sie ein und rutscht in ...«

»Das ist noch verrückter als unsere Organisation.«

»Eine Eigenschaft von exzentrischen Vereinen ist ihr Mangel an Sympathie für andere exzentrische Vereine. Erzähl mir von Richards Freunden.«

»Nenn uns nicht so. So heißt eine ältere Organisation, von der wir uns losgesagt haben, als sie Sir Richards Unehelichkeit verleugnete.«

Jacqueline beförderte ihre Handarbeit wieder zutage und studierte das fertige Stück einige Sekunden, ehe sie den Blick auf Thomas richtete. »Sag das noch mal, Thomas. Ganz langsam.«

»Unser Gründer und Präsident ist Sir Richard Weldon«, erklärte Thomas unbeirrt. »Er behauptet, ein Nachfahre von einem der illegitimen Kinder Richard des Dritten zu sein. Die Richard-der-Dritte-Gesellschaft würde das niemals akzeptieren, trotz der Dokumente ...«

»Thomas!«

»Na ja, es könnte stimmen. Richard hatte etliche uneheliche Kinder; jeder hatte uneheliche Kinder zur damaligen Zeit.«

»Das zerstreut all meine Zweifel. Du führst mich in Versuchung«, sagte Jacqueline nachdenklich. »Ich würde ihn gern kennenlernen, diesen Richard ... Weldon. Das ist doch nicht der vom Kaufhaus, oder?«

»Kaufhaus oder nicht. Die Weldons sind über ganz England verstreut. Aber du wirst Sir Richard mögen«, fügte Thomas scheinbar ohne Zusammenhang hinzu. »Er ist ein netter Kerl, trotz seiner fixen Idee. Die Wochenendparty findet in seinem Haus in Yorkshire statt. Es ist eine außerordentliche Zusammenkunft des Gesellschaftsvorstands. Gewöhnlich treffen wir uns an Richards Geburtstag – am zweiten Oktober.«

»Er war Waage«, stellte Jacqueline interessiert fest. »Das spricht für euch. Waagen sind ausgeglichene Persönlichkeiten und nicht für Leidenschafts- oder Jähzornausbrüche prädestiniert. Sie haben Sinn für das Schöne, lieben die Gerechtigkeit ...«

»Hör auf damit!«

Jacqueline grinste. Dann wurde sie ernst und schüttelte den Kopf. »Thomas, ich würde wirklich gern mit zu diesem Treffen gehen, aber ich glaube, ich kann es nicht einrichten. Ich hatte vor, Anfang nächster Woche zurück nach Hause zu fahren.«

»Was zwingt dich dazu? Das College hat Ferien bis Mitte September. Du machst dir doch keine Sorgen um deine Brut? Deine Kinder sind alt genug, um weitere vierzehn Tage ohne dich zu überstehen.«

»Oh, sie wären begeistert, wenn ich für immer und ewig fortbleiben würde. Sie haben mein Auto, meinen Fernseher, meinen Kühlschrank und, wie's aussieht, mein Bankkonto zur freien Verfügung. Wahrscheinlich feiern sie nächtliche Orgien.«

»So schlimm können sie gar nicht sein.«

»O doch, das können sie. Wie auch immer –« Jacqueline strahlte –, »sie schaffen es, daß ich nichts davon mitbekomme. Bis jetzt haben sie ihre Leichen verbuddelt und ihre Angelegenheiten selbst geklärt.«

»Du bist eine verdammt außergewöhnliche Mutter. Ich weiß nicht, wie sie mit dir fertigwerden. Jacqueline, du mußt einfach mitkommen. Ich rechne fest mit dir.«

»Es ist nicht höflich, Leuten, die einen nicht eingeladen haben, einen Besuch abzustatten. Ich wurde dazu erzogen, mich wie eine Lady zu benehmen.«

»Ich habe Sir Richard bereits gesagt, daß du kommst. Er ist entzückt.«

»Ach, du hast mich angekündigt, ja?«

»Sei nicht so feindselig. Du hast mich noch nicht gefragt, wieso diese Zusammenkunft etwas Besonderes ist.«

»Warum«, sagte Jacqueline in demselben eisigen Ton, »ist die Zusammenkunft etwas Besonderes?«

»Wir haben den Brief gefunden. Den Brief, den Elisabeth von York, Richards Nichte, geschrieben hat.«

Die Eröffnung hatte die erwünschte Wirkung. Jacquelines kalter Blick wurde sanfter. »Du machst Witze.«

»Nein.«

»Der Brief, in dem das Mädchen gesteht, daß sie ihren Onkel liebt und ihn heiraten möchte? Daß sie wünschte, die Königin würde sich mit dem Sterben beeilen? Daß Richard ihre ...«

»›... einzige Freude und der Lenker dieser Welt ist‹«, ergänzte Thomas selbstzufrieden. »Genau diesen Brief meine ich.«

»Das Mädchen war bei Hofe«, überlegte Jacqueline laut. »Ihre Mutter erlaubte ihr und den anderen Prinzessinnen, das Kirchenasyl nach Richards Krönung zu verlassen. Er erklärte sich bereit, für ihren Unterhalt zu sorgen und sie nicht zu einer unpassenden Ehe zu zwingen. Aber der Brief ist von zweifelhafter Herkunft, Thomas. Ich erinnere mich; einer von Richards frühesten Verteidigern hat ihn im siebzehnten Jahrhundert zitiert ...«

»Buck.«

»Ja, Buck. Er sagte, er hätte das Original gesehen, den Brief in Elisabeths Handschrift. Aber dann ist das Dokument verschwunden. Die meisten Experten sind der Ansicht, daß es nie existiert hat. Denn wenn es diesen Brief gegeben hätte ...«

»Mhm«, machte Thomas. »Wenn es ihn gibt, dann spricht er Richard von einer Verleumdung der Tudors frei – nämlich von der, daß er versucht hat, seine Nichte zu einer inzestuösen Ehe mit ihm zu zwingen, um seinen Thronanspruch zu festigen.«

»Ja, ich erinnere mich. Dieser Teil der Geschichte hat mich stutzig gemacht – das Weihnachtsfest bei Hofe, zu dem Königin Anne und die junge Elisabeth in demselben Kleid erschienen.«

»Der gesamte Hofstaat war hellstens entsetzt. Es war ein ausgesprochen geschmackloser Auftritt. Die Königin litt an Schwindsucht und stand auf der Schwelle des Todes – die Ärmste muß wie ein ausgezehrtes Gespenst neben dem gesunden, strahlenden jungen Mädchen ausgesehen haben. Natürlich beschuldigte man später Richard, sich das ausgedacht zu haben.«

»So etwas würde einem Mann nie und nimmer einfallen. Das ist die List einer Frau. Die Idee der Königin war es sicher nicht; sie hätte einer anderen Frau niemals ein Kleid gegeben, das so aussieht wie ihres, besonders nicht einer Frau, die jünger und hübscher ist. Als ich das las, dachte ich, daß es Elisabeths Einfall gewesen sein mußte – sie hat das Kleid kopieren lassen.«

»Ausgezeichnet«, rief Thomas anerkennend. »Darauf bin ich noch gar nicht gekommen, aber es erhärtet meine Theorie. Bestimmt ging das Gerücht um, daß Richard die Absicht hegte, das Mädchen zu heiraten. Als Richard davon hörte, dementierte er entschieden in aller Öffentlichkeit. Von seinem Standpunkt aus betrachtet wäre das ein ausgesprochen törichter Schachzug gewesen. Das Mädchen war unehelich, eine Bürgerliche, seine eigene Nichte, eine von den verhaßten Woodvilles. Durch eine solche Verbindung konnte er alles verlieren und nichts gewinnen.

Nein, ich bin überzeugt, Elisabeth hat diese Gerüchte selbst in die Welt gesetzt. Wunschdenken. Richard war nur zehn Jahre älter als sie, und die Königin lag praktisch schon auf dem Sterbebett ...«

Jacqueline schüttelte heftig den Kopf. »Nein, Thomas, das ist zuviel. Angenommen, das Mädchen war tatsächlich so ehrgeizig, angenommen, sie war verliebt in ihren Onkel – selbst dann ...«

Thomas beendete den Satz für sie: »... ist es unvorstellbar, daß sie den Mörder ihrer Brüder heiraten wollte. Da stimme ich dir voll und ganz zu. Es ist schwierig genug zu erklären, wieso die alte Königin die Tochter unter Richards Obhut geben konnte, nachdem er ihre Söhne ruchlos gemeuchelt hatte. Sie nahm eine Apanage von ihm an, drängte sogar ihren Sohn aus erster Ehe, der ins Ausland geflohen war, in einem Brief, nach England zurückzukehren, weil Richard ihn gut behandeln würde.«

Jacqueline schüttelte immer noch den Kopf. »Vielleicht wußten die beiden Elisabeth' – Mutter und Tochter Woodville – nicht, daß die beiden kleinen Prinzen bereits tot waren. Das Datum, Thomas. Welches Datum trägt der Brief?«

»Das Argument zieht nicht. Der Brief wurde wahrscheinlich im Januar oder Februar 1485 geschrieben – eineinhalb Jahre nachdem die Jungs angeblich ermordet worden waren. Ganz England soll zu diesem Zeitpunkt angeblich die Rückkehr des frommen Heinrich Tudor erfleht haben, damit er sie von dem Ungeheuer befreite. Du kannst nicht beides haben. Entweder war die Meucheltat bekannt – und in diesem Fall mußte auch die Familie der kleinen Prinzen davon wissen –, oder die Jungs waren noch am Leben, und die Anschuldigungen sind nichts als bösartige Lügen, die Heinrichs Helfershelfer verbreitet haben. Politpropaganda ist keine moderne Erfindung, weißt du.«

»Hmm.« Jacqueline erkannte seine Logik an, indem sie nicht dagegen argumentierte. »Der Brief würde deine zweite Alternative untermauern. Er ist kein absoluter Beweis, aber ... lieber Himmel, Thomas, er ist ein wichtiges Dokument! Und eure kleine Gesellschaft sitzt auf dem Brief wie eine brütende Glucke. Wer hat ihn gefunden? Wo wurde er gefunden? Wurde seine Provenienz überprüft? Haben ihn namhafte Experten begutachtet?«

»Eine Expertin wird ihn begutachten.«

Er hatte selten erlebt, daß Jacqueline der Schreck in die Glieder fuhr, doch jetzt schnappte sie entsetzt nach Luft und starrte ihn an, als könnte sie ihren Ohren nicht trauen.

»Etwa ich? Ist das der Grund für die Einladung? Thomas, ich bin nicht...«

»Du hast einen Kurs gemacht und weißt, wie man Manuskripte überprüft, oder nicht?«

»Du lieber Gott – ich kenne nur die allgemeinen Kriterien für eine derartige Untersuchung. Ich bin keine...«

»Und du hast dich außerdem während deines Studiums eingehend mit Handschriftenanalyse beschäftigt, stimmt's?«

»Ich kann auch deine Zukunft in den Tarotkarten lesen, wenn du willst. Das hat nichts zu tun mit...«

»Könntest du eine Fälschung erkennen?«

Jacqueline musterte ihn eingehend. Ihre Entrüstung verflog, als sie begriff, daß er es bitterernst meinte.

»Eine grobe – natürlich. Irrtümer in der Wortwahl, falsche Schreibweisen und solche Dinge... Das könntest du auch. Für alles, was komplizierter ist, würde ich ein Labor brauchen. Man kann das Papier untersuchen, die Tinte... Und ich bin keine Expertin in der Orthographie des fünfzehnten Jahrhunderts. Was ist eigentlich los, Thomas? Glaubst du, einer deiner Enthusiasten-Freunde hat den Brief gefälscht?«

»Ich weiß es nicht! Ich bin sicher, daß es einen solchen Brief gab. Buck hätte sich das nicht aus den Fingern saugen können. Es ist ein unglaublicher Zufall, daß dieser Brief gerade jetzt auftaucht, nach so vielen Jahren. Die

Gelehrtenwelt und die Presse halten uns für einen Haufen Spinner. Wenn wir ein öffentliches Spektakel aus dem Fund machen – wie wir es vorhaben – und dann irgendein spitzbärtiger Spezialist daherkommt und sagt: ›Reingefallen, Ladies und Gentlemen; das ist Woolworth' bestes Schreibpapier.‹ Klar, daß wir dann als komplette Idioten dastehen würden. Vielleicht kannst du es dir nicht vorstellen, aber uns liegt wirklich etwas daran, Richard Gerechtigkeit widerfahren zu lassen, auch wenn es fünfhundert Jahre zu spät ist. Ein Fiasko, wie ich es gerade geschildert habe ...«

»... würde Richards Andenken nur noch mehr schaden«, ergänzte Jacqueline, als er zögerte. Sie sprach die Worte mit Bedacht aus, als wären sie zu bizarr, um sie in den Raum zu stellen; aber als sie in sein gerötetes Gesicht blickte, änderte sich auch ihre Miene. »Mein Gott, du meinst wirklich ...«

»Ich nehme an, es klingt dumm«, sagte Thomas ohne jede Spur von Ärger. »Ich kann es nicht erklären. Zum einen ist es der Spaß an einem ungelösten Rätsel, zum anderen ist es die angelsächsische Schwäche für die Benachteiligten. Aber es ist noch mehr als das. Erinnerst du dich, was sie in den offiziellen Aufzeichnungen der Stadt York über Richard geschrieben haben, nachdem sich die Todesnachricht vom Schlachtfeld in Bosworth verbreitet hatte? ›König Richard, unser letzter gütiger Herrscher, wurde ... jämmerlich dahingemetzelt und ermordet, zum großen Kummer dieser Stadt.‹ Die Leute aus Yorkshire kannten ihn gut – er lebte viele Jahre unter ihnen. Es gehörte eine Menge Mut dazu, einen solchen Nachruf zu verfassen, während Heinrich Tudor schon auf dem Thron saß und Richard längst zum Schurken gemacht hatte ... Wenn es so etwas wie Charisma gibt, dann haben vielleicht einige Menschen besonders viel davon. Genug, um fünfhundert Jahre zu überdauern.«

Jacquelines Augenbrauen zuckten nach oben. »Ein erschreckender Gedanke, Thomas. Ich weigere mich, ihn weiter zu verfolgen ... Also gut, wenn du so starke Empfindungen hast, bin ich sozusagen deine Frau – in begrenztem Maße«, fügte sie hinzu. »Was geht an diesem Wochenende vor sich? Spielt ihr die Schlacht von Bosworth nach, oder was?«

»Es ist wie eine reguläre professionelle Sitzung«, erklärte Thomas. Er dankte ihr nicht; dafür kannten sie sich zu gut. »Wir fangen am Freitag mit einem Dinner in Dicks Haus an; nach dem Dinner hören wir Vorträge, diskutieren – ganz wie es Gelehrtengesellschaften bei ihren Treffen machen. Weitere Vorträge folgen am Samstag. Samstag abend finden unser großes Bankett und ein Ball statt. Am Sonntag nachmittag präsentiert Dick den Brief. Gott, sie haben die BBC eingeladen, und soweit ich weiß, schickt die Hälfte der englischen Zeitungen Reporter los. Nicht weil der Fund so bedeutsam ist, verstehst du – sie wollen nur einen Haufen Irrer sehen, die sich wichtig machen.«

»Klingt ziemlich langweilig.«

»Na ja ...«

»Ah, gestehe, Thomas. Ihr spielt doch die Schlacht von Bosworth nach, aber diesmal gewinnt Richard, hab' ich recht?«

»Keine schlechte Idee«, befand Thomas. »Geschichte, wie sie hätte ablaufen sollen. Zu gegebener Zeit werde ich das vorschlagen.«

»Thomas!«

Thomas rang um seine Würde, als er beschämt herumdruckste. »Na ja – wir ... äh ... verkleiden uns«, bekannte er widerstrebend. »Mit Kostümen aus jener Zeit.«

»Tatsächlich?«

»Du mußt das nicht, es ist jedem freigestellt. Und dann, wie soll ich sagen? Wir spielen Rollen. Verschiedene historische Gestalten.«

Er schaute zu Jacqueline auf und sah mit Bedauern, aber ohne jede Überraschung, daß ihre grünen Augen funkelten. Ihr Mund wirkte übertrieben gelassen.

»Ist das wahr, Thomas? Was für ein Spaß! Und wer bist du, Liebling?«

»Clarence.«

»Richards Bruder, der Herzog von Clarence? Derjenige, den man ertränkt hat?«

»Ja, genau der. Also wirklich, Jacqueline, für eine angeblich kultivierte Frau deines Alters hast du ein bemerkenswert dreckiges Lachen.«

»Tut mir leid.« Jacqueline wischte sich die Tränen aus den Augen. »Ich hatte plötzlich eine Vision von dir, kopfüber in...«

»Diese Geschichte von dem Faß Malvasierwein ist lächerlich! Kannst du dir vorstellen, daß jemand seinen Feind in einem Weinfaß ertränkt? Es würde schließlich auch den Wein verderben.« Thomas grinste widerwillig. »Tut mir leid, wenn ich dich enttäusche, aber ich werde nicht in ein Faß tauchen und mit den Füßen in der Luft herumzappeln, nur um dich zu unterhalten.«

Später sollte er sich an diese Bemerkung als ein besonders verblüffendes Beispiel »berühmter letzter Worte« erinnern.

Thomas hatte Tomate auf der Krawatte.

»Ich hab' meine Krawatte mit Tomate bekleckert«, verkündete er.

»Beug dich vor und laß den Saft auf den Boden tropfen«, empfahl Jacqueline.

Auch sie aß gerade ein Eiersandwich mit Tomate und Gurke. Thomas ärgerte sich, daß er keinen Fleck auf ihrem blütenweißen Hosenanzug entdecken konnte.

Er folgte ihrem Rat und ihrem Beispiel. Wenigstens war niemand da, der beobachten konnte, was für eine lächerliche Figur er machte. Sie saßen nebeneinander in der ersten Reihe auf dem Oberdeck eines Doppeldekkerbusses. Außer ihnen befanden sich nur noch zwei Fahrgäste, beide Einheimische, auf dieser Ebene. Die beiden hatten sich ganz hinten niedergelassen und würdigten die Fremden keines einzigen Blickes. Manchmal spähte ein Vogel oder ein Eichhörnchen von einem Ast, der das Busfenster streifte, herein, aber wahrscheinlich waren sie an Thomas' wenig eleganter Pose genausowenig interessiert wie die Mitreisenden.

Thomas wischte an dem Fleck auf seiner braunen Krawatte herum. Er störte ihn mehr, als er sollte, und diese Tatsache machte ihn nachdenklich – stand er eigentlich den weltlichen Dingen tatsächlich so gleichgültig gegenüber, wie es im Grunde genommen die Pflicht eines jeden Wissenschaftlers und Gelehrten war? Es hatte ihn nur ein bißchen irritiert, als Jacqueline darauf bestanden hatte, mit dem Linienbus nach Yorkshire zu fahren; vollkommen gelassen hatte er sich vorgestellt, wie er vor den Toren des Landsitzes seines adeligen Gastgebers mit einer Menschenmasse aus einem der grünen Ungetüme stieg. Zumindest ließ ihn das alles oberflächlich kalt. Aber warum, fragte er sich, war er dann so erleichtert gewesen, als Sir Richard vorschlug, daß sie im Dorf aussteigen sollten, wo sie der Chauffeur abholen würde? Wieso hoffte er, der Bus würde etwas früher und Jenkins etwas später mit der Limousine am vereinbarten Treffpunkt ankommen? Er war Jenkins schon früher begegnet, und bei dem Gedanken, der hochnäsige Chauffeur könnte beobachten, wie er aus diesem plebejischen Vehikel kletterte, mußte er sich zur Ruhe zwingen. Jenkins, der zudem auch noch Sir Richards Kammerdiener war, würde der Fleck auf der Krawatte sofort ins Auge springen.

Jacqueline weidete sich an der englischen Landschaft, die im gemütlichen Tempo von zehn Meilen an ihnen vorbeizog. Sie tauchte die Hand tief in ihre Handtasche und beförderte eine kleine Tube zutage, ohne den Blick auch nur eine Sekunde vom Fenster zu wenden.

»Fleckenentferner«, sagte sie und hielt Thomas die Tube hin.

»Ich begreife nicht, warum wir nicht irgendwo ein ordentliches Mittagessen zu uns nehmen konnten, statt in einem rumpelnden Bus Sandwiches in uns hineinzustopfen«, brummte er.

»Wir hätten den Bus verpaßt«, machte ihm Jacqueline geduldig klar. »Der nächste fährt erst morgen.«

»Sowieso eine alberne Idee, den Bus zu nehmen.« Der Fleckenentferner wirkte großartig. Thomas fuhr in einem etwas umgänglicheren Ton fort: »Wir mußten schon dreimal umsteigen.«

»Du lebst seit Jahren in England. Bist du je zuvor mit einem Linienbus gefahren?«

Die Erinnerung packte Thomas so unerwartet und fest, daß er körperlichen Schmerz verspürte.

»Vor fünfunddreißig Jahren«, sagte er. »Vor dem Krieg. Damals war ich zum erstenmal im Ausland.«

Jacqueline schwieg, das war auch gut so; Thomas hätte ohnehin nichts gehört. Wie war der Name des Mädchens gewesen? Er hatte ihr fast ein Jahr lang geschrieben ... Ihm fiel ihr Name nicht mehr ein, aber er sah sie so deutlich vor sich, als hätte er sich erst gestern von ihr in dem Wald mit den vielen Glockenblumen getrennt. Haar wie blaßgelbe Seide und Augen so blau wie die Blumen, die wie ein Teppich den Boden bedeckten ...

Mit einem wehmütigen Seufzer wandte er sich an Jacqueline.

»Du bist eine Hexe. Stimmt das, was man sich über deine Handtasche erzählt?«

»Was erzählt man sich denn?«

»Die Studenten halten sie für eine Zaubertasche und glauben, daß du alles, was du willst, aus ihr hervorzaubern kannst.«

»Unsinn.«

»Du meinst, du schleppst immer Fleckenentferner mit dir herum?«

»Wenn ich etwas Weißes anhabe und den Bus nehme, um einen vornehmen Adligen zu besuchen, dann schon.«

Im Jahr 1466 errichtete Sir John Crosby, Ratsherr von London, ein Stadthaus im Distrikt Bishopsgate. Die Eingangshalle seiner prächtigen Residenz ist erhalten geblieben und wurde am Themseufer neu aufgebaut. Da Richard III., zu dem Jacqueline allmählich ein ambivalentes Verhältnis entwickelte, einmal das Haus von Sir John bewohnt hatte, war Jacqueline nach Chelsea verfrachtet worden, um sich Crosby Hall anzusehen. Die Ricardianer liebten es, dorthin zu pilgern, und sie betrachteten mit sentimentalem Blick die Wände, die einst ihren Helden beherbergt hatten. Vielleicht gehörten sie zu den wenigen, die die Ironie des neuen Standortes der Halle zu schätzen wußten. Das angrenzende Gebäude war das Zuhause des frommen, märtyrerhaften und fragwürdigen Historikers Sir Thomas More gewesen, dessen Biographie über Richard den Dritten die modernen Bewunderer des mittelalterlichen Königs in Wut versetzte.

Die Yorkshire-Kopie von Crosby Hall war genauso fehl am Platze wie das Londoner Original. Sie war eine exakte Replik, aber statt ein passendes Haus dazu zu errichten, hatte Herman Weldon, der Vater des gegenwärtigen Besitzers, die Halle an seinen Landsitz angebaut. Das Herrenhaus im georgianischen Stil schien dem Anhängsel regelrecht den Rücken zuzukehren. Die dezenten roten Ziegel setzten sich nicht gegen die hellen Steine der feudalen Halle zur Wehr, sie ignorierten sie.

Jacqueline kommentierte die unglückliche Zusammenstellung nicht direkt. Sie bemerkte lediglich, daß die Vermischung unterschiedlicher architektonischer Stile manchmal gelang, jedoch nur, wenn sie die Chance hatten, in Jahrhunderten zusammenzuwachsen. Thomas sagte nichts. Er teilte ihr ästhetisches Empfinden, doch der romantische Reiz der Halle aus dem fünfzehnten Jahrhundert hob alle geschmacklichen Bedenken auf; ihm hätte der Anbau auch dann gefallen, wenn er neben einem vielstöckigen Apartmenthaus gestanden hätte.

Jacquelines Gesicht war deutlich abzulesen, daß der architektonische Fehltritt ihre Vorurteile gegen den Besitzer bestätigte. Thomas hatte ihr in groben Zügen den Lebenslauf des Gastgebers geschildert. Sir Richard hatte seinen Titel, das Haus und den Enthusiasmus für Richard III. von seinem Vater geerbt, der ein äußerst erfolgreicher Großkaufmann gewesen war. Es war eine Selbstverständlichkeit, daß der Kaufmannssohn den Namen Richard bekam, doch weit weniger voraussehbar war, daß der Namensvetter des alten Buckligen so positiv auf die Besessenheit seines Vaters reagierte. Jeder normale, streitbare Sprößling hätte sich dagegen gewehrt und die Vorlieben des Vaters weit von sich gewiesen – nicht so Richard Weldon, der sogar eine noch größere Leidenschaft entwickelte. Das Weldon-Vermögen hatte den Krieg, die Nachkriegsinflation und alle Erbschaftssteuerforderungen überdauert, und Sir Richard gehörte zu der immer rarer werdenden Spezies der wohlhabenden Gentlemen. Er lebte mit, für und inmitten seiner Sammlung von Ricardiana.

Jacqueline und Thomas wurden von einem Vertreter einer ähnlich seltenen Spezies an der Tür empfangen – von einem echten Butler. Als er ihre Koffer nahm, öffnete sich eine Tür am anderen Ende der Halle, und aus dem Schatten des Torbogens trat das Original des Porträts, das in der National Gallery hing, und schritt durch die Jahrhunderte auf sie zu, um sie zu begrüßen.

Weldon hatte schulterlanges braunes Haar. Seinen Kopf bedeckte eine schwarze Samtkappe mit juwelenbesetzter Brosche, die ebenso wie die lange, pelzbesetzte Robe nach dem Gemälde kopiert worden war. Das gefältelte Gewand wurde in der Taille von einem Gürtel zusammengehalten, über der Brust jedoch fiel es weit auseinander und ließ das hochgeschlossene Wams sehen.

Thomas hörte, daß Jacqueline beim Anblick dieser phantastischen Gestalt die Luft anhielt. Als Richard ins Licht trat, vernahm Thomas einen anderen Laut, der auf einen aus Höflichkeit unterdrückten Heiterkeitsanfall hindeutete. Er mußte selbst lächeln. Egal, welche Vorurteile Jacqueline auch immer gegen den Gastgeber hegte, sie würden sich rasch zerstreuen. Niemand konnte gegenüber einem so vergnügten und freundlichen Mann wie Richard Weldon eine dauerhafte Abneigung verspüren.

Die Ähnlichkeit mit Richard von Gloucester war künstlich herbeigeführt und bei weitem nicht so groß, wie es auf den ersten Blick schien. Weldons zierliche, eher schmächtige Figur hätte gepaßt, aber das stupsnasige Gesicht entsprach ganz und gar nicht Gloucesters schwermütigen Zügen. Es war erbärmlich mitanzusehen, wie sehr Weldon mit seinen Gesichtsmuskeln zu kämpfen hatte; er strengte sich an, seine Miene so ernst zu halten wie sein gemaltes Idol, aber sein Gesicht war für Melancholie einfach nicht geschaffen.

Er strahlte, als er näher kam und beide Hände ausstreckte. Nachdem er Jacqueline herzlich willkommen geheißen hatte, wandte er sich Thomas zu.

»Bruder!« rief er aus und schlang die Arme um ihn. »Edler Clarence! Gott grüße Euch!«

»Aber, aber«, murmelte Thomas, während er sich aus den verschwenderischen Samtärmeln befreite. »Sollten wir nicht lieber bei unseren echten Namen bleiben? Es ist so schon verwirrend genug.«

»Oh, Lieber«, meinte Weldon verstimmt, »Sie haben natürlich recht. Kommen Sie in den Salon, und begrüßen Sie die anderen.«

Der Salon war hübsch, in georgianischem Stil gehalten, aber seine Eleganz und die diskreten Stuckornamente wurden von ausgefallenen Nippessachen, Möbeln und einer Flut von Stücken aus der berühmt-berüchtigten Ricardiana-Sammlung der Weldons erdrückt. Eine riesige geschnitzte, vom Alter geschwärzte Truhe überragte drohend einen zierlichen goldbronzenen Tisch. Ein Plüschkissen mit der gestickten Aufschrift »Souvenir of Middleham Castle« verunzierte ein elfenbeinfarbenes Sofa. Offensichtlich brachte es Weldon nicht übers Herz, irgend etwas wegzuwerfen, das auch nur entfernt mit Richard von Gloucester zu tun hatte.

Alle Anwesenden trugen mittelalterliche Kostüme. Einige schwitzten wenig vornehm unter den muffigen Samtfalten und den schweren Pelzbesätzen. Die Frauengewänder der Epoche, romantisch und anmutig, wie sie waren, standen nur den ganz Schlanken. Die Frau, die auf sie zustapfte, als wüßte sie genau, wer hier die Vorrechte besaß, war viel zu füllig für ihr Kleid. Die weiten, fließenden Röcke sollten eigentlich unter der Brust von einem Gürtel gerafft werden, aber in diesem Fall war schwer auszumachen, wo sich die richtige Stelle für den Gürtel befand. Der massive Busen der Dame quoll über und über, und der karmesinrote, mit Goldfäden bestickte Stoff bauschte sich über den üppigen Formen, statt in eleganten Falten bis auf den Boden zu fallen. Ausschnitt und Saum waren mit Hermelin eingefaßt. Neben dem weißen Fell schimmerte der von Schweißrinnsalen befleckte Hals der Frau feuerrot. Sie hatte einen deutlich sichtbaren Schnurrbart, und auf ihrem eisengrauen

Haar saß ein mit Samtbändern verzierter Hennin, die hohe, kegelförmige Spitzhaube, die man gemeinhin mit Märchenprinzessinnen oder edlen Burgfräulein in Verbindung bringt. An der Spitze war ein langer Tüllschleier befestigt, der jedesmal, wenn sich die beleibte Dame bewegte, waagerecht abstand – ein lästiges und äußerst unpraktisches Anhängsel, wie die vielen Risse und Löcher in dem zarten Stoff bewiesen.

»Mrs. Ponsonby-Jones«, stellte Weldon die Dame mit gedämpfter Stimme vor. »Die Frau meines verstorbenen Cousins.«

»Und unsere Königin«, setzte Mrs. Ponsonby-Jones mit donnernder Stimme hinzu, die den Tüllschleier zum Flattern brachte. Sie bedachte Weldon mit einem affektierten Blick und stieß ihn mit dem Ellbogen an. »Richards Gemahlin. Königin Anne. Guten Tag, Thomas – lieber Bruder Clarence, sollte ich wohl eher sagen, obwohl Clarence nicht sehr nett zu der armen kleinen Anne war, stimmt's? Sie müssen sich sofort Ihr Kostüm anziehen, wir haben soviel Spaß beim Rollenspiel.«

Thomas öffnete und schloß den Mund – er bekam jedoch nicht die Chance, etwas von sich zu geben. Mrs. Ponsonby-Jones richtete ihre Aufmerksamkeit auf Jacqueline. Ihr gefiel ganz und gar nicht, was sie sah, und sie unternahm keinerlei Anstrengung, ihren Verdruß zu verbergen. »Hm. Ja, als Richards Gastgeberin möchte ich Sie willkommen heißen, Miss ... äh. Natürlich werden Sie sich uns bei unserem kleinen Spiel anschließen wollen. Ich fürchte, alle wichtigen Rollen sind schon vergeben, aber es wird Ihnen sicherlich Freude machen, eine der Hofdamen zu mimen oder möglicherweise eine Dienstmagd. Ich bin überzeugt, wir können ein Kostüm für Sie in den alten Kleiderkörben finden, Miss ... äh ... Mrs ...«

»Sehr freundlich von Ihnen, Mrs. Ponsonby-Jones«, sagte Jacqueline und drehte sich der anderen älteren Frau in der Gruppe zu.

Richard Weldon sagte hastig: »Lady Isobel Crawford.«

Das einzige Adjektiv für Lady Isobel war »zaundürr«. »Dünn« wäre eine Untertreibung gewesen. Sie war kaum einsfünfzig groß, und vor dreißig Jahren mochte sie als zierliches Persönchen gegolten haben. Sie trug die Kopie des Gewandes, das die Gemahlin Eduards IV., Elisabeth Woodville, auf dem Gemälde in der National Gallery anhatte. Die abgeflachte Spitzkappe aus Goldbrokat paßte zum metallischen Schimmer ihres gebleichten Haars und war geschmückt mit einem Schmetterling aus Tüll, der durch drei feine Drähte in Form gehalten wurde. Goldbrokat faßte das schwarze Samtkleid über dem flachen Busen und an den Ärmeln ein. Der tiefe Ausschnitt ließ Teile eines bestickten Hemdes und knochige Schultern frei. Ketten und Anhänger klimperten, wenn sie sich bewegte.

»Guten Tag, Dr. Kirby«, sagte Lady Isobel und fuhr mit einem belustigten Blick auf Mrs. Ponsonby-Jones fort: »Ich fürchte, unsere kleine Scharade kommt Ihnen närrisch vor. Ich versichere Ihnen, das ist sie nicht – nicht für diejenigen von uns, die ein Hauch des göttlichen Funken Kreativität berührt hat...«

Sie betrachtete bescheiden ihre Fingernägel, und Weldon fügte eilfertig hinzu: »Ich bin überzeugt, daß Sie Lady Isobels literarische Werke kennen und gelesen haben, Dr. Kirby. Ihr Buch über Richard den Dritten wird besonders gelobt.«

»The Gallant Young King«, sagte Jacqueline. »O ja, das habe ich gelesen.«

»Wie nett«, murmelte Lady Isobel. Sie musterte

Jacqueline, plötzlich stieß sie einen kleinen Schrei aus und klatschte in die Hände. »O meine Liebe, Sie müssen sich an unserem Spiel beteiligen. Sie machen sich keine Vorstellung, welch mystische Einblicke man durch die Identifikation gewinnt – das Verständnis, das man für die Person, die man darstellt, entwickelt ... für ihre Passionen, das Leid. Und ... man erkennt die ... ja, die Aura. Man fühlt es – hier.« Sie preßte die Hände auf ihre magere Brust und lächelte Jacqueline an. »Unglücklicherweise sind die Rollen der Hauptpersonen schon verteilt. Ich würde Ihnen ja gern meinen Part als Elisabeth Woodville anbieten, aber ich fürchte, Sie würden einfach nicht in mein Kleid passen.«

»Dieses Angebot ist wirklich reizend und großherzig«, erwiderte Jacqueline enthusiastisch. »Aber ich könnte nie eine so bedeutende Rolle übernehmen – ich bin doch nur Gast. Oh!« Der letzte Laut war eine diabolische Imitation von Lady Isobels spitzem Schrei. Jacqueline schlug wie ein Kind die Hände zusammen. »Ich weiß! Ich spiele Richards Mätresse. Das heißt, wenn Sie nichts dagegen haben, Sir Richard.«

Sie schenkte Sir Richard, der einen ziemlich verwirrten Eindruck machte, ein strahlendes Lächeln.

»Ganz und gar nicht«, erklärte er herzlich. »Fabelhafte Idee.«

»Mätresse!« kreischte Mrs. Ponsonby-Jones. »Richard, ich halte das wirklich nicht für passend.«

»Sie sollten besser die anderen mit Dr. Kirby bekannt machen, Dick«, schaltete sich Thomas ein.

Weldon stellte die dritte Frau der Gesellschaft vor. Sie war jung und schlank. Ihr blaßrosa Kleid war mit braunem Pelz besetzt und hoch unter der wohlgeformten Brust zusammengefaßt; unter dem Rock schaute ein bestickter Unterrock aus rosenfarbenem Stoff hervor.

Einige vorwitzige braune Löckchen ließen sich von der großen Haube mit Schleier nicht bändigen. Die Züge der jungen Frau wären ungewöhnlich hübsch gewesen, hätten sie nicht der übertriebene Schmollmund und das Make-up nach neuester Mode verunstaltet. Für Thomas' konservativen Blick sah ihr Gesicht aus wie eine Maske, aber der Gesamteindruck war im Grunde nicht unerfreulich.

Offenbar teilte Weldon seine Ansicht nicht in allen Punkten. Seine Augen glänzten voller Zuneigung, als er sagte: »Hier ist unsere junge Elisabeth von York. In Wirklichkeit heißt sie Elisabeth Ponsonby-Jones – diesen Namen kennen Sie schon, das erleichtert die Sache für Sie, Jacqueline. Ich darf Sie doch Jacqueline nennen, hoffe ich? Wir sind alle Freunde hier.«

»Aber bitte sagen Sie nicht Elisabeth zu mir«, gab das Mädchen gedehnt von sich. »Liz oder Bessy oder Hey-du meinetwegen, aber nicht Elisabeth. In diesem Punkt bin ich ein unfreiwilliges Opfer auf dem Altar der Familiengesinnung. Ich denke, ich sollte Dickons Mätresse sein und nicht die gräßliche Elisabeth von York. Sie ist ein kranker Typ.«

»Sie sind Elisabeth von York?« fragte Jacqueline. »Die Verfasserin des berühmten Briefes?«

Liz lachte. »Genau die bin ich. Ich bin Dickons Nichte, und man erwartet von mir, eine hoffnungslos inzestuöse Leidenschaft für ihn zu empfinden.«

Sie warf Sir Richard einen lüsternen Seitenblick zu, und er lächelte liebevoll.

Mrs. Ponsonby-Jones schritt entschlossen ein. Sie überragte Sir Richard um so viel, daß sie ihn fast zu verschlingen schien wie eine riesige Amöbe. Der Blick, mit dem sie ihre Tochter bedachte, enthielt keine Spur von mütterlicher Wärme.

»Sei nicht so ausfallend, Elisabeth. Du hältst Cousin Richard mit deinen unpassenden Bemerkungen von seinen Gastgeberpflichten ab«, rügte sie.

»Elisabeth lenkt uns alle ab.« Ein Mann schlenderte auf sie zu. »Mein Name ist Kent, Dr. Kirby. Ich freue mich, daß Sie sich zu uns gesellen. Ich, als einziger Ketzer in dieser Gruppe, heiße jede Unterstützung willkommen. Hallo, Thomas.«

Kents kurzer, stämmiger Körper wirkte fast zylindrisch in dem langen schwarz-goldenen Gewand. Sein graues Haar war kurzgeschnitten. All seine Bemühungen und Frisierkünste schienen sich auf den Schnurrbart zu konzentrieren, der sich nach oben und zu den Seiten kringelte wie die Hörner eines Büffels. Die Ärmel seiner Robe waren an den Schultern geschlitzt, die schweren Falten und den Saum zierten Pelzbesätze. Auf Kents Kopf thronte ein absurd hoher Hut mit gelb gefütterter Krempe.

»Major General Sir Archibald Kent?« wollte Jacqueline wissen, während sie ihm die Hand schüttelte.

»Thomas hat Sie informiert?«

»Das war nicht nötig. Auch in Amerika verfolgen die Zeitungen Ihre Karriere mit großem Interesse. Finden Sie die Recherchen über Richard den Dritten nicht ein wenig öde nach Ihren ... äh ... Aktivitäten im Mittleren Osten?«

»Keineswegs.« Kent lächelte wie ein Wolf und zeigte dabei seine langen, vergilbten Zähne. »Der Umgang mit den Arabern und Israelis ist ein Kinderspiel im Vergleich zu dem mit meinen Kollegen hier.«

»Warum bezeichnen Sie sich als Ketzer?« fragte Jacqueline. »Ich dachte, Voraussetzung für die Mitgliedschaft in dieser Gesellschaft ist der unbedingte Glaube an Richards Unschuld.«

»So wie Sie das ausdrücken, klingt es fast, als wären wir eine absonderliche religiöse Sekte«, sagte Weldon lächelnd.

Kent lachte bellend. »Das sind wir ja auch, Dick. Sehen Sie, Dr. Kirby, die anderen bewundern Richard, weil sie glauben, daß er das Schwerverbrechen – den Mord an seinen Neffen – nicht begangen hat. Ich hingegen bewundere ihn, weil ich denke, er hat sie umgebracht. Die anderen wollen einen mittelalterlichen Liberalen aus ihm machen; ich halte ihn für einen praktischen, skrupellosen Politiker und verdammt guten Soldaten. In den damaligen Zeiten war es eine vernünftige Politik, sich der enterbten Prinzen zu entledigen; sie waren der Brennpunkt einer möglichen Rebellion.«

»Faszinierend«, sagte Jacqueline.

»Abscheulich«, befand Mrs. Ponsonby-Jones.

»Er meint es bestimmt nicht so«, behauptete Lady Isobel mit einem schrillen Kichern. »Der General liebt es, uns zu reizen.«

Jacqueline ließ Kent nicht aus den Augen. »Und welche Rolle haben Sie übernommen?« erkundigte sie sich.

»Buckingham.« Kent bellte wieder. »Sehr passend, nicht wahr? Ich habe darauf bestanden, Buckingham zu spielen. Der Herzog ist einer derjenigen, den man des Mordes verdächtigt, müssen Sie wissen. Sein Verhalten war äußerst sonderbar. Zunächst setzt er sich vehement für Richard und somit gegen die Woodvilles ein – er war einer der ersten, der Richard dazu drängte, die Krone für sich zu beanspruchen; dann zettelt er plötzlich eine Rebellion gegen seinen früheren Verbündeten an.«

»Ein wankelmütiger Mensch.«

»Keineswegs«, versetzte Kent prompt. »Buckingham wollte die Macht hinter dem Thron sein. Aber dafür war

Richard nicht der richtige Mann. Deshalb beschloß Buckingham später, den Königsmacher für Heinrich Tudor zu spielen, der sich vielleicht als gefügiger erweisen würde. Möglicherweise plante er sogar, den Thron für sich selbst zu ergattern, nachdem er die Tudors für seine Zwecke ausgenutzt hatte. Ein absolut vernünftiger Plan.«

»Vernünftiger, als Sie es sind«, wies ihn Thomas düster zurecht. »Achte nicht auf ihn, Jacqueline; er stellt sich mal auf die eine Seite, dann wieder auf die andere – einfach nur aus Spaß. Keine Debatten mehr, Kollegen, bis die Formalitäten erledigt sind.«

Jacqueline wurde noch drei weiteren Personen vorgestellt. Donald Ellis, ein pausbäckiger Mann mit strahlendem, unschuldigem Blick, trug prächtigen purpurroten Samt und eine Krone. Als Pastor der Church of England hatte er sich entschieden, den tatkräftigen, potenten Eduard IV. zu mimen. Thomas begegnete Jacquelines Blick, sah die Belustigung in ihren Augen aufblitzen und wußte, daß ihr der tiefere Sinn nicht entgangen war. Die Rollen, die diese Menschen spielten, hatten auf verschiedenen Ebenen Bedeutung.

John Rawdon sah Abraham Lincoln erschreckend ähnlich – sogar der Backenbart war derselbe. Er war Harley-Street-Spezialist, der aufgrund seines eifrigen Einsatzes für natürliche Nahrungsmittel in den Zeitungen ausgiebig porträtiert worden war. Sein blendender Ruf als Internist machte es seinen verärgerten medizinischen Kollegen schwer, ihn wegen seiner neuesten Passion zu verunglimpfen. Der Doktor war eine lebende Empfehlung für die von ihm propagierte Ernährungsweise; sein großer, schlanker Körper bewegte sich mit der Vitalität eines jungen Mannes, und in dem festen schwarzen Haar war nicht die Spur von Grau zu finden.

Sein Kopf war unbedeckt; die mittelalterliche Kragenkapuze mit dem langen Zipfel hing über seiner Schulter und war mit einer Kordel an seinem Gürtel befestigt. Sein langer Samtrock paßte nicht zu seinem energischen Gang; bei jedem Schritt schleuderte er ihn vehement aus dem Weg. Er stellte den Lancaster-König, den frommen, schwachen Heinrich VI. dar.

Dann erhob sich das letzte Mitglied der kostümierten Gruppe von dem Schemel hinter dem großen Flügel, der bis dahin den Mann bis auf den Kopf und die Schultern verdeckt hatte.

Von allen Männern hatte sich Philip Rohan als einziger für den kurzen Waffenrock entschieden. Und kurz hieß wirklich sehr kurz. Der Rock war in der Taille gegürtet wie die langen Roben, aber der Schoß war nicht länger als fünfzehn Zentimeter. Der Rest von Rohan steckte in einer Strumpfhose, die so enthüllend war wie die eines Ballettänzers. Der Verdacht, daß er die Strumpfhose ausgestopft hatte, konnte gar nicht erst aufkommen. Die sichtbaren Muskelstränge gleich neben und über der maßgeblichen Stelle machten offenkundig, daß alles, was man sah, Rohan und nur Rohan war.

Jacqueline betrachtete fasziniert und mit großem Interesse seine Ausstattung. Schließlich wandte sie den Blick von der blaßgrauen Strumpfhose und ließ ihn über den grünen, mit Silber verzierten Waffenrock, die gepolsterten Ärmel und den mit Pelz besetzten Kragen wandern. Rohans Brust war auch ohne die extra bauschigen Ärmel breit genug, und in diesem Aufzug sah er aus, als hätte er eine Wespentaille. Die Kragenkapuze stand ihm ausnehmend gut. Der Stoff, der sich um sein Gesicht schmiegte, milderte seine Züge, die ansonsten zu hart gewesen wären, um als gutaussehend durchzugehen. Dennoch wirkte seine draufgängerische, verwegene Art anziehend. Auch er hatte langes Haar. Es war fein wie das eines Mädchens und hell – so hell, daß es beinahe silbrig glänzte. Aber abgesehen davon war nichts Mädchenhaftes an ihm zu entdecken.

»Gut, gut«, sagte er leise, während er Jacqueline ebenso freimütig in Augenschein nahm wie sie ihn. »Was für eine angenehme Überraschung. Ich hatte erwartet, daß die Expertin, die Thomas herbringt, eine Hakennase hat und abgrundtief häßlich ist.«

»Sie sind selbstverständlich Schauspieler«, stellte Jacqueline fest.

»Woher wissen Sie das?« Die tiefe, kontrollierte Stimme bebte vor Belustigung. »Ich bin außerdem Lord Hastings. Richards bester Freund, den er eines Morgens zwischen dem zweiten Frühstück und dem Mittagessen kurzerhand geköpft hat.«

»Nachdem er ein gemeines verräterisches Komplott gegen Richard geschmiedet hatte«, kreischte Lady Isobel außer sich.

»Und mit den Woodvilles konspiriert hatte«, ergänzte Weldon. »Es ist schwer zu begreifen, wieso Hastings seine Loyalität auf die Gegenseite verlagert hat. Zweifellos wurde er verführt von ...«

»Du redest genauso, wie du deine Artikel schreibst«, fiel ihm Liz ins Wort. »Sei still, Onkel Dickon, und biete Jacqueline einen Tee an.«

»Wahrscheinlich möchte sie lieber einen Drink haben«, sagte Philip. »Hab' ich recht, Liebste?«

»Nein«, erwiderte Jacqueline. Mit Philips Hilfe zog sie ihr Jackett aus und offenbarte ein ärmelloses grünes Jerseytop. Sie machte einen kühlen und entspannten Eindruck, als sie sich auf dem Sofa niederließ und Weldon anlächelte. »Ein Tee wäre großartig.«

Eine ganze Weile sagte niemand etwas. Schweigen war

in dieser Gesellschaft ungewöhnlich, und Thomas empfand Unbehagen. Es war, als wären alle vorsichtig geworden, als würden sie sich hüten, in Gegenwart einer Fremden etwas preiszugeben.

»Warum waren all die Cops und Typen da draußen, als wir ankamen, Dick?« fragte Thomas, um das Schweigen zu brechen.

»Ich möchte mich erkundigen, ob Sie irgendwelche Schwierigkeiten hatten«, sagte Weldon.

»Schwierigkeiten? Wieso sollten wir?«

»Die Wölfe rotten sich zusammen«, verkündete Mrs. Ponsonby-Jones melodramatisch. »Wir sind buchstäblich belagert, Thomas.«

»Mir ist aufgefallen, daß im Dorf außergewöhnlich viel los ist, Sie meinen, diese Leute sind ...«

»Zeitungsreporter«, erklärte Lady Isobel in einem Ton, in dem andere »Gauner« sagen. »Schreckliche Menschen! Einer von ihnen versuchte doch tatsächlich, sich ins Haus zu schleichen.«

»Aber Sie wollten am Sonntag die Presse informieren«, wandte Thomas ein. »Was soll dann das Spektakel?«

Kent antwortete mit einem bellenden Lachen. »Sie wollen uns – wie heißt das bei euch da drüben? – mit heruntergelassenen Hosen erwischen. Angetan mit lächerlichen Kostümen, beschäftigt mit kindischen Spielen – am besten betrunken und wollüstig. In der Fleet Street tut sich diese Woche nichts; keine Krisen, nur dieselben langweiligen alten Kriege.«

»Das Sommerloch«, meinte Jacqueline. »Sie müssen zugeben, daß Sie eine gute Schlagzeile abgeben würden. Einige von Ihnen sind immerhin bekannte Persönlichkeiten.«

»Und manche wären froh, wenn ihr Name in der Zeitung stehen würde«, sagte Liz mit einem vielsagenden Blick auf Lady Isobel, die tat, als würde sie nichts bemerken, und auf Philip, der laut loslachte.

»Ich hätte nichts dagegen, fotografiert zu werden«, erklärte er und stellte sich in Pose.

»Nun, wir anderen haben aber etwas dagegen«, versetzte Mrs. Ponsonby-Jones energisch. »Ich kann nicht verstehen, wieso sich die Leute so schamlos aufführen.«

»Der Piltdown-Mann«, warf Jacqueline unerwartet ein. Alle starrten sie an – die meisten verständnislos, aber ein paar hatten begriffen, worauf sie hinauswollte. Der Vikar lachte leise, und Philips Mund verzog sich zu einem zynischen Grinsen.

»Die Enthüllung, daß der Piltdown-Fund ein Schwindel war, machte Schlagzeilen«, fuhr Jacqueline fort. »Die Leute lieben es, wenn sich Experten irren und eine Blamage erleben. Sie haben in der Öffentlichkeit ausführlich über diesen Brief gesprochen. Falls sich nach all der Publicity herausstellen sollte, daß er eine Fälschung ist...«

»Unmöglich«, quietschte Lady Isobel.

»Ich wünschte, wir könnten sicher sein«, meinte der Vikar. Das wirre weiße Haar umrahmte sein Gesicht wie ein Heiligenschein, das Cherubs-Gesicht drückte Besorgnis aus.

»Aber Sie haben doch den Brief gefunden«, sagte Weldon.

»Ich habe ihn nicht gefunden«, entgegnete Mr. Ellis aufgebracht.

Thomas ahnte, daß der Vikar schon mehrmals versucht hatte, dies klarzustellen, ohne seine fanatischen Zuhörer von der Bedeutung dieser Tatsache überzeugen zu können.

»Er wurde mir zugeschickt«, fuhr Mr. Ellis fort, »anonym – und wenn das nichts bedeutet...« Mit einem schiefen Lächeln schielte er zu Jacqueline, die ihn unverwandt ansah. »Ja, Mrs. Kirby versteht, was ich meine, auch wenn ihr anderen das nicht tut. Mrs. Kirby, das ist nur die nackte Tatsache, vielleicht sollte ich es etwas genauer ausführen. In dem Schreiben, das dem handschriftlichen Brief beigelegt war, werden verständliche Gründe dafür angegeben, warum der Absender gegenwärtig noch anonym bleiben möchte. Zudem wird darin eine plausible Historie des Briefes dargestellt, den Buck als letzter im siebzehnten Jahrhundert gesehen hat. Wir sind nicht so naiv, wie wir Ihnen vielleicht vorkommen; jeder von uns ist mit Handschriften und Briefen aus dieser Zeitepoche vertraut, und es sind keine gravierenden Fehler zu finden, die darauf hindeuten könnten, daß der Brief gefälscht ist. Trotzdem...«

»Ja«, sagte Jacqueline, »trotzdem... Ehrlich gesagt, Mr. Ellis, ich würde dieses heiße Eisen nicht mit der Zange anfassen. Was hat Sie dazu bewogen, damit an die Öffentlichkeit zu gehen? Das war doch gar nicht nötig.«

»Ich bedaure das auch sehr!« Ellis verzog das Gesicht wie ein heulendes Baby. »Ich habe mich immer gegen eine solche Maßnahme ausgesprochen. Nachdem ich Sir Richard den Brief gezeigt hatte, kamen wir überein, daß der Exekutivausschuß ihn prüfen sollte. Sir Richard schlug freundlicherweise ein gemeinsames Wochenende hier auf seinem Landsitz vor, damit wir in aller Ruhe über die Angelegenheit diskutieren können. Ich verstehe einfach nicht, wie sich die Sache so entwickeln konnte...«

»Es geschehen die seltsamsten Dinge, wenn dieses Komitee zusammentritt«, sagte Kent voller Sarkasmus.

»Wie dem auch sei, Ellis, Sie sind zu ängstlich. Was riskieren wir schon? Die Frage nach einem betrügerischen Akt stellt sich erst gar nicht, da unser anonymer Spender kein Geld verlangt hat; er ist bereit, mit seinen Forderungen zu warten, bis die Handschrift offiziell beglaubigt ist, und selbst dann überläßt er den Preis unserer Großzügigkeit. Dagegen ist von uns doch nichts einzuwenden, oder?«

»Aber die Peinlichkeit...«

»Bah«, machte Kent. Er war der einzige Mann in Thomas' Bekanntenkreis, der tatsächlich »bah« sagte, und er sagte es mit Emphase. »In jedem Fall wird kontrovers über diesen Brief diskutiert. Haben Sie jemals zwei Experten gesehen, die in allen fachlichen Punkten übereinstimmen? Jede bedeutende wissenschaftliche oder kulturelle Entdeckung wurde sowohl mit Jubel als auch mit Buh-Rufen empfangen. Der Piltdown-Schädel wurde jahrelang von Experten als echt anerkannt; die authentischen Höhlenmalereien von Altamira sahen die meisten maßgeblichen Historiker als Schwindel an. Falls unser Brief eine Fälschung ist, dann ist es eine verdammt gute. Einige Experten werden ihn als echt anerkennen, und andere werden behaupten, er sei gefälscht, und dasselbe passiert, wenn er echt ist. Ich bin auch nicht scharf auf Publicity, aber schaden kann es nicht – es sei denn, wir machen uns nicht in anderer Hinsicht zu Narren.«

Diesem Kommentar folgte Schweigen – sogar Thomas mußte insgeheim zugeben, daß Kent die Situation ausgesprochen vernünftig analysiert hatte. Kent war kein Dummkopf trotz seiner offenen Streitlust und der bedauernswerten Neigung, Reportern eins auf die Nase zu geben.

Jacqueline sah Weldon an. »Warum bitten wir nicht einen Experten her?« fragte sie.

»Aber wir haben einen hier.« Er schenkte ihr ein gewinnendes Lächeln.

»Haben wir das?« Lady Isobel kicherte hämisch. »Als *Expertin,* Mrs. Kirby, kennen Sie sicher Sir Richards Reputation. Er ist eine der herausragenden Autoritäten auf dem Gebiet der Handschriften aus dem fünfzehnten Jahrhundert.«

»Ja, das müßte mir eigentlich bekannt sein«, sagte Jacqueline. Sie bedachte Thomas mit einem Blick, der nichts Gutes verhieß.

»Also«, rief Thomas hastig, »ich denke, ich laufe rasch hinauf und ziehe mich um. Die Fahrt mit dem Bus ...«

»Ich bin wirklich ein schlechter Gastgeber«, bekannte Weldon bekümmert. »Dr. Kirby, Sie müssen auch müde sein. Ich klingle ...«

Bevor er den Butler mit der Glocke herbeirufen konnte, öffnete sich die Tür.

»Sie sind angekommen, Sir Richard«, verkündete der Butler.

»Sie?« wiederholte Thomas. »Wer fehlt denn noch?«

»Also ehrlich, Thomas«, entrüstete sich Liz in ihrer gezierten Sprechweise, »sagen Sie bloß, Ihnen ist nicht aufgefallen, daß mein Verlobter nicht hier ist. Frank ist doch nicht zu übersehen.«

»Frank ist ein netter Bursche«, sagte Thomas. »Ich mag ihn. Es ist nur, daß wir uns alle so in den Vordergrund drängen.« Liz lächelte spöttisch, und Thomas setzte verlegen hinzu: »Wer kommt sonst noch?«

»Ein ausgesprochen distinguierter Gast«, meldete sich Mrs. Ponsonby-Jones zu Wort. »Der neue Präsident des amerikanischen Zweiges unserer Gesellschaft ist extra über den Atlantik geflogen, um diesem großen Moment beizuwohnen. Sein Name ist O'Hagan.«

»Frank ist der einzige von uns, der mit einem Automobil herkommt«, erklärte Weldon, »deshalb habe ich ihn gebeten, Mr. O'Hagan vom Flughafen Heathrow abzuholen. O'Hagan hat die Vereinigten Staaten noch nie zuvor verlassen, und seinen Briefen konnte ich entnehmen, daß er ängstlich ist und daß es ihn beunruhigt, allein zu reisen. Es ist nicht ganz einfach, hierher zu finden...«

Zwei Männer erschienen auf der Türschwelle. Nach seinem Fauxpas begrüßte Thomas Frank Acton mit besonderer Herzlichkeit.

Dennoch war er nach wie vor der Ansicht, daß Frank in einer Menschenmenge keineswegs auffallen würde. Er war mittelgroß bei normaler Figur und hatte ein angenehm nichtssagendes Gesicht, das mit tausend anderen verschmolz, wenn man versuchte, es sich ins Gedächtnis zu rufen. Sein dunkles Haar war lang, aber ordentlich frisiert, und seine Kleidung konnte nur als konservativ bezeichnet werden. Thomas erinnerte sich, daß der junge Mann angehender Anwalt war, ein relativ unbedeutender Mitarbeiter der Kanzlei, die Sir Richards Angelegenheiten regelte. Durch diese Verbindung hatten sich Frank und Liz kennengelernt. Als die Verlobung bekanntgegeben worden war, hatte sich Thomas gefragt, was das Mädchen wohl an ihm fand.

Der amerikanische Ricardianer war ein großer, gebeugter Mann in Thomas' Alter. Sein kantiges Gesicht mit der Hakennase hätte man attraktiv nennen können, wenn es nicht zu einer ängstlichen, entsetzten Miene verzogen gewesen wäre. Die vorstehenden Vorderzähne und die bebenden buschig-weißen Schnurrbarthaare verstärkten seine Ähnlichkeit mit einem erschreckten Kaninchen. An seiner Identität konnte kein Zweifel bestehen, denn an seinem linken Revers war ein Namensschild mit einer großen Sicherheitsnadel befestigt. Thomas hatte die wahnwitzige Vorstellung, daß die Mitglieder der amerikanischen Gesellschaft das Schild sorgsam angeheftet hatten, ehe sie ihren Präsidenten wie ein Häuflein Elend ins Flugzeug gesetzt hatten. Oder hatte sich O'Hagan selbst »beschriftet«? Das war eine mindestens ebenso verrückte Idee. Weldon hatte erwähnt, daß der Amerikaner ängstlich sei. Doch das war die reinste Untertreibung. Was stimmte nicht mit diesem Mann? Vielleicht konnte er nicht sprechen.

Er konnte, und zwar mit einer Fistelstimme, die wie ein jämmerliches Winseln klang. Bei jedem Wort zitterte der Schnurrbart wie die Flügel einer Hummel.

»Furchtbar, einfach entsetzlich«, rief er aus. »Diese Leute am Tor – ein grölender Mob, Ladies und Gentlemen. Ich fühlte mich wie von Hunden gehetzt, das kann ich Ihnen versichern.«

»Das war nicht gerade schlau von Ihnen, Frank«, rügte Philip. »Sie hätten durchs Stalltor fahren sollen, statt sich durch das Haupttor auf das Grundstück zu wagen, alter Junge.«

»Kein Mensch hat sich die Mühe gemacht, mich vorzuwarnen«, erwiderte Frank beherrscht, ohne jedoch seinen Ärger völlig verbergen zu können. Er sah Liz anklagend an; sie hob lässig die Hand, statt einer Begrüßung, und er fuhr fort: »Ich wußte nicht, daß Sie vorhaben, diese Zusammenkunft in einen Zirkus zu verwandeln. Ich hatte einen miserablen Tag. Ich hatte Schwierigkeiten, Mr. O'Hagan zu finden – er war nicht dort, wo er hätte sein sollen ...«

»Es war alles so verwirrend«, jammerte Mr. O'Hagan. »All diese *riesigen* Gebäude – und die vielen Menschen – sie liefen ständig hin und her, schubsten einen von allen Seiten ...«

»Das Schlimmste haben Sie ja jetzt überstanden, Mr. O'Hagan«, besänftigte Weldon seinen Gast. »Hier bei uns sind Sie in Sicherheit. Fühlen Sie sich gut genug, um die anderen zu begrüßen?«

Mr. O'Hagan erklärte sich bereit, die schwere Prüfung auf sich zu nehmen, aber die Vorstellungen wurden durch Liz' Hang, ständig zu kichern, stark behindert. Sobald die Formalitäten erledigt waren, entschuldigte sich Thomas. Jacqueline heftete sich an seine Fersen, und ein adrettes Hausmädchen zeigte ihnen ihre Zimmer.

Sie brauchten einen Führer – das Weldon-Haus war wie ein Labyrinth. Die Kopie von Crosby Hall war nicht der einzige Anbau, überall zweigten Flügel und später hinzugefügte Zimmer und Flure ab. Als sie hinter dem Mädchen hertrotteten, murmelte Jacqueline etwas von Kaninchen. Thomas wußte nicht, ob sich ihre Bemerkung auf die Korridore, die wie Kaninchengänge anmuteten, oder auf Mr. O'Hagan bezog, und er fragte auch nicht nach. Er freute sich nicht gerade auf seine nächste Unterhaltung mit Jacqueline.

Ihre Zimmer grenzten aneinander. Thomas überlegte, ob das Zufall oder Absicht war. Das Mädchen jedenfalls war bestens geschult. Es zuckte nicht einmal mit der Wimper, als Jacqueline den Arm ausstreckte und Thomas in ihr Zimmer zerrte.

»Ich muß auspacken«, sagte er und wich ein paar Schritte zurück.

»Ich denke, man hat deine Sachen bereits ausgepackt. Meine jedenfalls sind schon aufgeräumt. Übernehmen nicht die Dienstmädchen derartige Aufgaben in diesen hochherrschaftlichen Häusern?«

»Sie übernehmen sie, und es ist mir zuwider«, sagte Thomas, der noch immer vorsichtig die Tür ansteuerte.

»Ich habe immer das unangenehme Gefühl, sie könnten Löcher in meiner Unterwäsche entdecken, selbst wenn ich genau weiß, daß sie keine Löcher hat. Vielleicht komme ich ihnen diesmal zuvor.«

»Mach die Tür zu«, befahl Jacqueline unheilvoll.

Es hatte keinen Zweck, das Unausweichliche auf die lange Bank zu schieben. Thomas gehorchte. Jacqueline ließ sich in einen Sessel fallen und strahlte ihn an.

»Thomas, du bist die Liebe meines Lebens. Wie kann ich dir je danken, daß du mich hierher gebracht hast?«

»Du bist nicht sauer? Ich habe dir verschwiegen, daß Sir Richard...«

»Ein Experte für die Schriften des fünfzehnten Jahrhunderts ist? Oh, das macht nichts. Sein Urteil über die Handschrift ist ohnehin bedeutungslos. Er will daran glauben, daß der Brief echt ist – so eine Einstellung macht alle Objektivität zunichte.«

Kleinlaut fuhr Thomas fort: »Und diese schrecklichen alten Frauen! Tut mir leid, daß du ihre Beleidigungen über dich ergehen lassen mußtest. Natürlich sind beide hinter dem armen alten Dick her, und sie betrachten jede andere Frau als Rivalin. Er ist jünger als die beiden, aber er wäre ein verdammt guter Fang.«

»Er wäre wirklich ein guter Fang. Ich finde ihn süß. O Thomas, ich amüsiere mich prächtig. Mal sehen, ob ich alles richtig verstanden habe. Sir Richard ist natürlich Richard der Dritte; niemand sonst könnte Richards Rolle übernehmen. Und diese ungeheuerliche Ponsonby-Jones hat sich die Rolle der Königin – der blassen, zerbrechlichen, schwindsüchtigen Königin Anne – unter den Nagel gerissen. Wie hat sie das nur durchgesetzt?«

»Die Ponsonby-Jones sind Sir Richards einzige Familienangehörige. Sie sind zwar nur entfernt verwandt mit ihm, aber er fühlt sich dennoch für sie verantwortlich. Die junge Elisabeth Ponsonby-Jones hat es ihm besonders angetan.«

»Sie ist Elisabeth von York«, zählte Jacqueline weiter auf, »Richards Nichte und die spätere Gemahlin König Heinrichs des Siebten. Der nette kleine Vikar ist Eduard der Vierte, Richards Bruder – sieht er sich selbst in seinen Tagträumen als potenten Lüstling? Dr. Rawdon mimt den armen, schwächlichen Heinrich den Sechsten, was ebenso unpassend ist – er sieht so gesund aus, daß es fast weh tut, ihn anzuschauen. Auch General Kent ist eine Fehlbesetzung für die Rolle des Buckingham; Buckingham muß einen ausgesprochen wankelmütigen Charakter gehabt haben – er hat seine Ansichten ziemlich oft gewechselt, und Kent macht ganz und gar nicht den Eindruck eines unentschlossenen Mannes. Lady Isobel – guter Gott, Thomas hast du je eines ihrer gräßlichen Bücher gelesen? – ist Elisabeth Woodville, die Angetraute oder eben nicht Angetraute Eduard des Vierten. Wahrscheinlich wäre es ihr lieber gewesen, Richards Königin darzustellen, aber sie erhob bestimmt keine Einwände gegen den Part von Elisabeth Woodville, der legendären Schönheit mit dem silbrig-goldenen Haar, die einen König zur Ehe verführt hat. Philip Rohan als Lord Hastings ... ja, aber er könnte jede Rolle spielen. Er ist ein talentierter Schauspieler. Er hat eine wundervolle Stimme.«

»Es war nicht gerade seine Stimme, die du am meisten bewundert hast«, stellte Thomas fest.

»Aber, aber, Thomas. Wen habe ich vergessen?«

»Du weißt, daß ich Clarence spiele, den Bruder von Richard und Eduard. Du hast Frank vergessen, Liz' Verlobten. Alle Welt vergißt den armen Teufel.«

»Ich habe einen Grund, ihn zu übergehen – ich weiß nämlich nicht, welchen Part er übernommen hat. Oder hast du es mir gesagt?«

»Ich glaube nicht. Er ist Eduard von Lancaster, der Sohn Heinrichs des Sechsten. Er war Annes erster Mann, später heiratete sie Richard. Eduard wurde in einer Schlacht getötet, aber die Tudor-Historiker beschuldigen Richard, ihn ermordet zu haben.«

»Das weiß ich. Okay, ich denke, ich hab' sie alle richtig eingeordnet. Thomas, begreifst du, was das ist? Es ist eine englische Hausparty, Liebling, genau wie in den Detektivromanen, die ich verschlungen habe. Die Menschen sind die klassischen Charaktere. Sie könnten nicht besser sein, wenn sie jemand erfunden hätte. Der Doktor, der Vikar, der Landadelige, die boshaften alten Hexen, die schmollende, schöne, junge Heroine und die beiden jugendlichen, netten Liebhaber – gutaussehend und verführerisch. Einer fehlt noch, aber das wäre vielleicht zuviel verlangt.«

Die Tür flog auf.

»Ah«, rief eine mißtönende Stimme. »Sie denken sicher an mich – den fehlenden Charakter! Der ungezogene, frühreife kleine Junge.«

Die Adjektive hatte sich kein wirklich kleiner Junge einfallen lassen. Seine Wangen waren rosig und weich, seine Stimme ein hoher Tenor. In anderer Hinsicht konnte man ihn nicht mehr nur als groß, sondern eher als schwerfällig wie ein Elefant bezeichnen. Sein aufgedunsenes, rötliches Gesicht war kugelrund, die Züge ebenmäßig und ganz hübsch, aber eingebettet in dicke Fettschichten. Niemand konnte behaupten, daß ihm das Kostüm schmeichelte. Die bis zum Zerreißen gespannte Strumpfhose umschloß Beine, die als karnakische Säulen hätten durchgehen können, und das kurze Wams wölbte sich über einem Bauch, der den eines jeden Biertrinkers mittleren Alters in den Schatten gestellt hätte. Die Vorderseite des Kostüms trug deutliche Spuren von Essensresten und verschütteten Getränken.

»Ungezogen stimmt«, sagte Thomas angewidert. »Jacqueline, das ist Percival Ponsonby-Jones, der Sohn und Erbe der Lady, die du bereits kennengelernt hast. Es ist nicht nötig, daß ich dich vorstelle – er weiß, wer du bist. Er weiß alles. Wie lange hast du gelauscht, Percy?«

»Lange genug, um gehört zu haben, daß meine Mutter als alte Hexe bezeichnet wurde.« Percy kam herein und ließ sich auf das Bett plumpsen. Er kramte eine Handvoll Kekse aus dem Beutel, der an seinem Gürtel hing, und fing an zu essen, wobei er mit voller Absicht überall Krümel verstreute.

»Hexe ist vielleicht nicht das richtige Wort«, gestand Jacqueline ein. »Dabei denkt man an jemanden, der hager und unterernährt ist... Welche Rolle spielst du in der Scharade, mein Kind? Den Hofnarren? Oder Clarence' Sohn, der geistig zurückgeblieben war?«

Thomas blinzelte verblüfft. Normalerweise war Jacqueline nicht so rüde. Der verbale Angriff brachte den Jungen ein wenig aus der Fassung. Er zögerte und überlegte, welche Beleidigung er zuerst parieren sollte.

»Ich bin Eduard der Fünfte«, sagte er schließlich. »Der Prinz, der von Heinrich Tudor ermordet wurde.«

»Nicht erstickt im Tower von Richard dem Dritten?« hakte Jacqueline nach.

Percy stopfte sich das letzte Plätzchen in den Mund und holte einen Apfel aus dem Beutel.

»Alle Welt weiß, daß Richard die Prinzen nicht getötet hat«, versetzte er verächtlich. »Das ist lediglich eine Verleumdung der Tudors. Ich schätze, Sie haben keine Ahnung, wer die Tudors waren.«

»Aber soweit ich gehört habe, sind die Skelette der Jungs im Tower gefunden worden«, erwiderte Jacqueline trügerisch freundlich.

Percy holte tief Luft und wurde noch röter und noch aufgeblasener. Thomas hatte fast ein bißchen Mitleid mit dem Jungen; Percy hätte nach den vorigen Bemerkungen von Jacqueline gewarnt sein müssen, aber er war wahrscheinlich noch zu unerfahren und sicher viel zu selbstgefällig, um sich in acht zu nehmen.

»Die Knochen wurden 1674 gefunden, als Arbeiter eine Treppe außerhalb des weißen Turms einrissen. Erst 1933 wurden die Knochen und Zähne von einem Arzt und einem Zahnarzt untersucht. Sie sagten, daß es sich um Skelette von zwei Kindern, die etwa zehn und zwölf Jahre alt waren, handeln würde. Aber ...« Percy biß in den Apfel und fuhr kauend fort: »Das können Sie natürlich nicht wissen, aber die präzise Altersangabe ist umstritten. Um Richard das Verbrechen nachzuweisen, müßte man beweisen, daß der eine Junge genau zehn und der andere zwischen elf und zwölf Jahre alt war, als sie starben, und das kann man nicht sagen, weil es unmöglich ist, das Alter der Kinder nach den Knochen so genau zu bestimmen. Man kann nicht einmal sagen, ob es Jungs oder Mädchen waren, wenn sie die Pubertät noch nicht hinter sich hatten. Die Beschreibung des Fundortes stimmt außerdem nicht mit dem überein, was Thomas More schreibt, aber darauf will ich lieber nicht näher eingehen, weil es sonst zu kompliziert für Sie wird.«

Er grinste Jacqueline an und biß noch einmal kräftig in den Apfel.

»More schreibt, die Prinzen wurden am Fuß einer Treppe ziemlich tief unter einem Haufen Steinen vergraben«, sagte Jacqueline leise. »Nach den Berichten der Arbeiter, die die Skelette im siebzehnten Jahrhundert gefunden haben, lagen sie unter dem Grundstein der Treppe. Das hätte nicht nur eine viel mühseligere Operation erfordert, als More sie geschildert hat, sondern es paßt auch nicht zu seiner Behauptung, daß die Leichen später exhumiert und von einem Priester irgendwo anders bestattet wurden. Zudem gibt es da noch die Aussage eines Anthropologen, den Kendall zu Rate zog – er glaubte, daß das größere Kind nicht älter als neun Jahre gewesen sein konnte. Da es gegenwärtig keine zuverlässige Methode gibt, das Alter von menschlichen Knochen genau zu bestimmen, wissen wir nicht, wie lange die Leichen im Tower gelegen haben. Sie könnten zu jeder Zeit nach 1100 begraben worden sein. Ich muß gestehen, daß ich deine Zweifel teile, was die Identifikation dieser Skelette als sterbliche Überreste der beiden Prinzen betrifft.«

Percys riß fassungslos den Mund auf und offenbarte ekelerregende zermalmte Apfelstücke. »Sie halten sich wohl für verdammt klug, was?« konterte er lahm.

»Ich halte mich nicht für klug, ich weiß, daß ich es bin«, sagte Jacqueline und setzte an Thomas gewandt hinzu: »Es hat keinen Zweck, ihn zu schonen, Thomas. Also, Percy, verschwinde. Und komm nie mehr her, ohne vorher anzuklopfen und abzuwarten, bis ich dir erlaube, das Zimmer zu betreten. Wenn du dich nicht daran hältst, klebe ich dir eine – wie wir ungehobelten Amerikaner es ausdrücken.«

»Das würden Sie nicht wagen ...« Percy stand auf.

»Sei dir da mal nicht zu sicher. Probier's doch einfach mal aus – Risiken einzugehen macht das Leben abwechslungsreich und interessant.«

Percy fühlte sich mehr und mehr in die Ecke gedrängt. »Ich werde denen da unten erzählen, daß Sie Thomas in Ihrem Zimmer haben. Ich hab' genau beobachtet, wie sie ihn reingezerrt haben. Meine Mutter ist bestimmt begeistert, wenn sie *das* hört.«

Jacqueline lachte.

»Du bist wirklich ein kleines Ekel«, sagte Thomas. »Wenn der junge Eduard so war wie du, ist es kein Wunder, daß ihn jemand für immer zum Schweigen gebracht hat.«

»Da ist jedes Wort verschwendet, Thomas«, meinte Jacqueline. »Solchen Früchtchen darf man nichts zweimal sagen. Bluffe nie, handle einfach.«

Sie erhob sich und ging auf Percy zu. Er hatte verstanden und trat überstürzt und ohne jeden weiteren Kommentar den Rückzug an. Auf der Schwelle stieß er mit Sir Richard zusammen.

»Hier bist du also«, sagte Weldon. »Deine Mutter sucht nach dir, Percy. Lauf schnell zu ihr.«

Percy machte sich nach einem vielsagenden Blick auf Jacqueline aus dem Staub, und Weldon schüttelte den Kopf.

»Ich hoffe, er hat Sie nicht belästigt. Er ist ein schwieriges Kind. Außergewöhnlich intelligent, aber seine Mutter hat es nicht leicht mit ihm – so ganz ohne männliche Autorität im Haus ...«

Er sah Jacqueline trübsinnig an, und sie lächelte strahlend.

»Sie brauchen sich nicht für den Jungen zu entschuldigen, Sir Richard. Ich habe die kleine Unterhaltung mit Percy sehr genossen.«

Zur festgesetzten Stunde machte sich Thomas auf den Weg in den Salon. Er trug eine Freizeithose und ein

Sporthemd; Weldon hatte zwanglose Kleidung für die abendliche Zusammenkunft und das Essen angeordnet. Thomas war froh, daß er sich nicht mit seinem mittelalterlichen Kostüm herumquälen mußte. Es war ungewöhnlich warm für die Jahreszeit, und er scheute davor zurück, sich vor Jacquelines ironischen Blicken zur Schau zu stellen.

Der Salon war verlassen – nur Wilkes, der Butler, betrachtete mißmutig das Tablett mit den Getränken. Thomas mochte Wilkes recht gern; er war gut ausgebildet und genauso förmlich wie Jenkins, aber bei weitem nicht so hochnäsig. Der untersetzte, kahlköpfige Butler blickte auf, als Thomas hereinkam.

»Bin ich der erste?« fragte Thomas und nahm einen Whisky mit Soda. Im Grunde schmeckte ihm so etwas gar nicht, doch ihm erschien ein Whisky für den Anlaß angemessen.

»Der Rest der Gesellschaft hat sich in die Bibliothek zurückgezogen«, erklärte Wilkes förmlich. »Ich habe Sir Richard vorgeschlagen, das Tablett hinüberzubringen, aber er versicherte mir, daß die Gesellschaft sofort wieder in den Salon kommen würde.«

Thomas hatte Verständnis für den Groll des Butlers. Beschwichtigend sagte er: »Ich gehe gleich zu ihnen. Vielleicht kann ich Sir Richard beiläufig auf die Uhrzeit aufmerksam machen.«

Wilkes melancholischer Gesichtsausdruck veränderte sich kein bißchen. Thomas mußte ihm im stillen beipflichten, daß dieser Botengang vermutlich keine Früchte tragen würde. Wenn Sir Richard in seiner Bibliothek weilte, war es schwierig, ihn da wieder hinauszubringen, besonders wenn er einen neuen Zuhörer hatte.

Die Tür stand weit offen, und Thomas vernahm schon

auf dem Flur Weldons sanfte Stimme, die sich rhythmisch hob und senkte. Thomas blieb vor der Bibliothek stehen und nutzte die Gelegenheit, die anderen zu beobachten, bevor sie ihn bemerkten.

Die meisten hatten die mittelalterliche Kleidung abgelegt, doch Percy trug nach wie vor sein gräßliches Kostüm. Entweder wußte er nicht, wie furchtbar er aussah, oder es war ihm egal. Philip, der anmutig am kunstvoll verzierten Kaminsims lehnte, hatte sich ebenfalls nicht umgezogen. Unbewußt zog Thomas den Bauch ein.

Als nächstes fiel ihm die ungewöhnliche Eintracht zwischen Mrs. Ponsonby-Jones und Lady Isobel auf, die friedlich nebeneinander saßen. Sie gaben ein komisches Paar ab – die üppigen, ausufernden Formen der einen unterstrichen die erschreckende Magerkeit der anderen. Sie einte eine gemeinsame Empfindung – beide starrten mit zuammengekniffenen Augen auf die Feindin. Jacqueline trug ihr Lieblingsgrün, ein hauchzartes Kleid, das ihre gebräunten Schultern und Arme hervorhob. Es schmiegte sich an ihren hochgewachsenen Körper, und die beiden älteren Ladies waren nicht die einzigen, die den Blick nicht von ihr wenden konnten.

Weldon hatte Jacquelines Arm ergriffen, um sie herumzuführen. Er redete ohne Punkt und Komma.

Es gab viel zu erklären. Der hohe Raum mit den großen Glastüren, die auf die Veranda hinausgingen, enthielt zwei Reihen Bücherregale, eine Treppe führte zur Galerie, die über drei Seiten verlief. Von dort aus gelangte man über eine schmale Wendeltreppe ins Wohnzimmer von Sir Richards privater Suite, so daß der gelehrte Herr zu seinen geliebten Büchern gelangen konnte, ohne durch das ganze Haus wandern zu müssen.

Die Dimensionen des Raumes ließen den großen Konferenztisch und den ebenso riesigen Schreibtisch winzig erscheinen. Massive Ledersessel und Sofas waren im ganzen Zimmer verstreut. Ein dicker Teppichboden dämpfte Stimmen und Schritte. Die Glasvitrinen, die in gleichmäßigen Abständen aufgestellt waren, enthielten die erleseneren Stücke der Weldon-Sammlung, und an der Wand über dem Kamin hingen weitere Exponate – eine eindrucksvolle Reihe mittelalterlicher Waffen. Am auffallendsten war ein enormes Bihänder-Schwert. Weldon sprach gerade über das Schwert, als Thomas eintrat.

»Ich bin überzeugt, daß es Richard dem Dritten gehörte. Es stammt aus Leicester, nahe Bosworth, und die Überlieferung...«

Kent unterbrach ihn mit einem Schnauben. »Unsinn. Die Waffe stammt hundertprozentig aus dem sechzehnten Jahrhundert. Sie mögen ja ein Handschriftenexperte sein, aber schließlich bin ich der Spezialist, wenn es um Waffen geht, und ich versichere Ihnen...«

Weldon drehte sich zu ihm um. Sein Gesicht war beinahe genauso grimmig wie das von Richard III. »Erlauben Sie mal. Die historische Überlieferung...«

Kent gab wieder ein vulkanisches Schnauben von sich, und Frank warf taktvoll ein: »Ich kann mir nicht vorstellen, daß ein Soldat eine derart schwere Waffe schwingen konnte. Wie lang ist sie genau, Sir?«

Statt zu antworten, kletterte Weldon rasch auf einen Sessel und nahm das Schwert von der Wand. Jacqueline wich zurück, als die mächtige Klinge nicht mehr von den Haken gehalten wurde, doch Weldon ging bravourös damit um.

»Sie wiegt nur etwa sechs Kilogramm«, sagte er.

»Gesamtlänge zwei Meter sechsundzwanzig«, ergänzte Kent. »Die Klinge allein ist mehr als einsachtzig lang.«

Die erschreckende Größe des Schwerts wurde deutlicher, als Weldon es aufrecht hinstellte. Er war um einiges kleiner als einsachtzig, und der Griff überragte ihn um mehr als einen halben Meter.

»Sie denken an ein modernes Duell«, sagte Kent zu Frank. »Aber diese Kampfart kam erst im siebzehnten Jahrhundert auf. Zu Richards Zeit versuchte man, mit dem Schwert so kräftig wie möglich auf den Feind einzudreschen. Das Schwert wurde zum Zerschlagen benutzt, nicht zum Fechten und Zustoßen, wie man es mit einer moderneren Waffe tut.«

Er nahm Weldon das Schwert ab und demonstrierte, was er meinte. Die Klinge sauste mit tödlicher und überraschender Präzision durch die Luft. Selbst Thomas, der ziemlich weit weg stand, trat einen Schritt zurück.

»Man muß damit umzugehen wissen«, warnte Kent, als die anderen sich um ihn drängten, um die Waffe auch einmal in die Hand zu nehmen. »Sie sollten es nicht schwingen wie ich, sie könnten jemandem das Ohr abtrennen.«

Frank war der erste, der es versuchte; er war vorsichtig und stellte fest, wie wenig ausbalanciert die Waffe war. Lady Isobel machte eine große Show daraus, daß sie das Schwert nicht einmal heben konnte. Jacqueline betrachtete sie nachdenklich und nahm es ohne Schwierigkeiten in beide Hände. »Meine Handtasche ist schwerer«, bemerkte sie.

Als Percy auf die Gruppe zuwatschelte und die Hand gierig nach der Waffe ausstreckte, hielt es Thomas für besser einzuschreiten.

»Hey«, sagte er. »Wir sollten alle in den Salon gehen. Wilkes ist gekränkt, weil ...«

Es war zu spät.

»Das Dinner ist serviert«, verkündete Wilkes und bedachte Thomas mit einem tadelnden Blick.

Sie aßen früh zu Abend, damit sie ihre Konferenz zu einer vernünftigen Zeit abhalten konnten. Es war noch hell draußen; Thomas überblickte von seinem Platz aus die ausgedehnten Rasenflächen, die bis zum Irrgarten und den großen Rosenbeeten reichten. Das goldene Licht verwandelte den Rasen in grünen Samt. Es war ein wundervoller Ausblick, eine Szene aus Englands verherrlichter Geschichte und seinen romantisierten Legenden.

Zwei Gestalten tauchten auf – eine menschliche und eine auf vier Beinen. Ein Wachmann mit einem großen Mastiff an der Leine.

Lächerlich, dachte Thomas verdrossen, das ganze Theater und Aufheben wegen ein paar Reportern. Man könnte meinen, das Haus würde von johlenden Horden der Lancasters belagert, die mit Piken durch die Luft fuchteln und nach Weldons Blut dürsten.

Thomas war eingeschnappt, obwohl er dieses Wort selbst nicht gewählt hätte. Rohan und Kent, die draufgängerischsten Männer in der Gruppe, hatten die Stühle neben Jacqueline ergattert. Weldon hatte seine Gunst auf die beiden älteren Frauen mit dem Geschick verteilt, das gejagte Männer oft entwickeln. Mrs. Ponsonby-Jones thronte triumphierend als Gastgeberin am Ende des Tisches, und Lady Isobel war glücklich, den Platz zur Rechten des Hausherrn einnehmen zu dürfen. Thomas war eingeklemmt zwischen Mrs. Ponsonby-Jones und Liz, und keine von beiden schenkte ihm auch nur die geringste Aufmerksamkeit. Liz wurde von Frank, der auf der anderen Seite neben ihr saß, mit Beschlag belegt, während Mrs. Ponsonby-Jones mit ihrem Sohn beschäftigt war. Percy hatte den Platz gegenüber von Thomas, der mit fasziniertem Widerwillen beobachtete, wie Percy aß. Essen war eigentlich nicht das richtige Wort – der entsetzliche Junge verschlang alle Speisen wie ein Python, und seine vernarrte Mutter drängte ihn, immer mehr und mehr zu essen. Thomas wandte den Blick ab und ließ Fragmente der Unterhaltung an sein Ohr dringen. Das Gespräch drehte sich, wie konnte es anders sein, um Richard.

»... Richard machte die Woodvilles für Clarence' Tod verantwortlich. Sie hatten ein erdrückendes Motiv, ihn aus dem Weg zu räumen – es scheint im Bereich des Möglichen zu liegen, daß er von Eduards früherem Eheversprechen wußte.«

»... versuch ein Stück von dem Rindfleisch, Liebling. Ein Junge im Wachstum muß sich stärken.«

»... hatte germanische Waffen. Sie waren das beste, was verfügbar war.«

»... hätte gewonnen, wenn Northumberland der Schlacht nicht ferngeblieben wäre. Richard hätte wissen müssen, daß er ein Verräter ist ...«

»Wieso? Er hat den Halunken mit seinem Wohlwollen überschüttet.«

Die Stimme des Vikars übertönte alle anderen. Er und der Besucher aus Amerika durchlitten noch einmal die Schlacht von Bosworth, und Thomas lächelte, als er sah, daß die anderen nacheinander hellhörig wurden und sich den beiden zuwandten. Das erinnerte ihn an seine Freunde aus dem Süden, wenn sie über Kriege diskutierten, die nicht so lange zurücklagen. »Wenn Stonewall Jackson nicht getötet hätte ... Wenn sich England auf unsere Seite geschlagen und eingegriffen hätte ...« Die verlorenen Gefechte, die romantischen Fehlschläge ... die Flucht nach Varennes, die Erhebung der Jakobiner 1745, Bonnie Dundee und der verschwundene Dauphin. »Wenn damals nur ...« Fruchtlose Spekulationen, theoretisch und unwiderstehlich.

Der Amerikaner antwortete. »Richards Popularität im Norden bedrohte Northumberlands Position in dieser Region. Northumberland konnte damit rechnen, daß er Oberbefehlshaber wird, wenn Heinrich Tudor gewinnt ...«

»Er brauchte nicht das Risiko einzugehen, die falsche Seite zu unterstützen«, mischte sich Kent ein. »Alles, was er tun mußte, war, sich fest auf seinen Hintern zu setzen und keinen Schritt zu machen. Raffiniert, wirklich sehr gerissen.«

»Verabscheuungswürdig, meinen Sie wohl eher«, quietschte Lady Isobel.

»Ah, die liebenswerte Unlogik der Frauen«, sagte Kent mit einem boshaften Lächeln. »Ich bedaure genauso wie Sie, werte Lady, daß Richard verraten wurde, aber ich kann nicht darüber hinwegsehen, daß er nicht nach seinem üblichen gesunden Menschenverstand handelte. Wenn er einen Hinterhalt von den Stanleys erwartet hatte ...«

Ein Chor aufgeregter Stimmen brachte ihn zum Schweigen.

»Ja, die Stanleys waren der entscheidende Faktor.«

»... unglaublich naiv von Richard. Stanley war der Mann von Heinrich Tudors Mutter.«

»Was soll das heißen – ›naiv‹? Richard hatte Stanleys Sohn als Geisel ...«

»Stanley wußte, daß Richard den Jungen nicht töten würde. Er war verdammt noch mal zu weich.«

»Zu feinfühlig und freundlich! Nein, der größte Fehler des armen Richard war, daß er Heinrich Tudor persönlich angegriffen hat. Er hätte andere vorschicken und sich selbst im Hintergrund halten müssen.«

»Quatsch. Das war ein brillanter Schachzug, und er war nahe dran, den Tag zu retten. Richard war ein bravouröser Kämpfer, und Heinrich Tudor erwies sich als elender Feigling. Fünf Minuten länger, und Richard hätte dem Schurken den Schädel eingeschlagen...«

»Fünf Minuten? Zwei Minuten! Richard hat die stärksten Rohlinge in Heinrichs Garde niedergestreckt...«

Thomas wurde beinahe schwindlig. Hatte sich die Schlacht vor fünfhundert Jahren oder erst gestern abgespielt? Er drehte den Kopf und begegnete dem Blick des Mädchens, das neben ihm saß. Ihr Gesicht spiegelte denselben Unglauben wieder, den er empfand.

»Wir sind alle verrückt«, murmelte Liz.

»Aber es ist eine ausgesprochen harmlose Verrücktheit«, antwortete Thomas, »und wenigstens Sie scheinen dagegen gefeit zu sein...«

Liz schüttelte den Kopf, ihr feines braunes Haar umwehte sie. »Ich bin genauso schlimm wie die anderen. ›Der einzigartige König Richard wurde getötet, während er mannhaft im Getümmel seiner Feinde kämpfte.‹ Das sagten seine Widersacher über ihn; auch wenn sie ihn gehaßt und niedergemetzelt haben, konnten sie ihm diese Anerkennung nicht verwehren. Und ich...« Sie lachte leise; Thomas gefielen diese Töne kein bißchen. »...ich schwärme wie ein Schulmädchen für ihn. Ich bin zu anspruchsvoll, um mich in Popstars oder die nackten Muskelmänner aus den Magazinen zu verknallen. Ich träume von einem Mann, der seit fünfhundert Jahren tot und längst verwest ist.«

»Liz!«

Das Mädchen schüttelte wieder den Kopf. Der Trübsinn schwand aus ihrem Gesicht, und plötzlich war sie wieder das schmollmündige, gelangweilte Mädchen.

»Thomas, Sie sind unglaublich! Man muß Sie einfach auf den Arm nehmen, weil Sie so vertrauensselig sind.« Ohne Thomas Zeit für eine Erwiderung zu lassen, erhob sie die Stimme: »Mutter!« rief sie. »Wird es nicht Zeit, daß sich die Damen zurückziehen? Wenn wir so weitermachen, findet die Konferenz heute bestimmt nicht mehr statt.«

Mrs. Ponsonby-Jones funkelte ihre Tochter an. Schlagfertigkeit gehörte nicht zu ihren Stärken, deshalb antwortete Weldon an ihrer Stelle: »In welch konventionelle Kreise bist du denn geraten, Liz? Ich dachte, deine Generation verweilt zusammen mit den Männern beim Port.«

»Port ist nicht unbedingt das, wobei wir verweilen«, erwiderte Liz. »Trotzdem bist du nah dran.«

»Keiner von uns verweilt heute bei irgend etwas«, bestimmte Weldon, als Philip lachte und Mrs. Ponsonby-Jones über Liz' Bemerkung nachdachte. »Wir trinken später bei unserer Zusammenkunft Kaffee, wenn's recht ist. In der Crosby Hall um acht. Frank, Sie halten den ersten Vortrag.«

»Gut, Sir. Dann gehe ich jetzt besser hinauf und suche meine Notizen zusammen.«

Weldon versetzte dem jungen Mann einen freundschaftlichen Klaps auf den Rücken. »Sie sind doch nicht etwa aufgeregt, oder?«

»O nein, Sir.«

»Es besteht kein Grund, nervös zu sein. Wir sind alle Freunde.«

Frank blickte von Philips breitem Grinsen zu Kents erwartungsvollem Lächeln. Sein freundliches Gesicht nahm einen düsteren Ausdruck an.

Der dröhnende Gong rief die Gesellschaft zu ihrer Zusammenkunft. Thomas hatte sein Gedächtnis mit Kendalls *Richard III.* aufgefrischt; als er in die Halle trat, waren die meisten anderen schon dort versammelt. Er blieb am Eingang stehen und genoß einen Moment der Sentimentalität; die Rekonstruktion von Richards früherem Heim erfreute ihn. Jacqueline, die ebenfalls zu spät kam, erschien hinter ihm, und Thomas trat beiseite, damit sie sich alles ansehen konnte.

Der Raum hatte ungeheure Ausmaße; der ungeschliffene Marmorboden erstreckte sich vor ihnen wie eine Eiskunstbahn. Der Kamin war nicht mehr als ein Bogen aus roh behauenen Steinen ohne Sims und Haube. Am anderen Ende führte eine gewundene Treppe zu einer Galerie mit dunklem Eichenholzgeländer, auf der die Spielmänner und Minnesänger einst ihren Platz gehabt hatten. In die obere Hälfte der Wände waren Fenster eingelassen, jedes in einem spitz zulaufenden Bogen, der von einem dreiblättrigen Kleeblatt aus Stein umrahmt wurde. Einige der rautenförmigen Nischen waren mit Buntglas abgeschlossen, dort hatte Weldon Richards Waffenrock neben denen anderer Figuren ausgestellt, die in dem Drama eine Rolle gespielt hatten. Der untere Teil der Wände war mit unbezahlbaren alten Tapisserien aus Weldons Sammlung ausgekleidet.

Das wahre Glanzstück der Halle war die Decke. Geschnitzte und bemalte Balken unterteilten sie in ein kompliziertes Kassettenmuster mit Verzierungen und Ornamenten an den Schnittpunkten. Der natürliche warme Braunton des Holzes bildete den Hintergrund für die Malerei in Rot, Grün und schimmerndem Gold. Thomas hatte nie danach gefragt, aber er war überzeugt, daß das Gold echtes Blattgold war.

Weldon hatte einen Tisch, der so lang wie eine gefällte Eiche war, und Stühle mit hohen, geschnitzten Lehnen und roten Samtpolstern – Kopien von Möbelstükken aus dem fünfzehnten Jahrhundert – auf das Podium an einer Seite des Saales stellen lassen. Sir Richard saß bereits an der Stirnseite des Tisches. In dem Mammutstuhl wirkte seine schmächtige Gestalt zwergenhaft, und Thomas spitzte den Mund zu einem lautlosen Pfiff, als er den Stuhl genauer betrachtete. Er war seit seinem letzten Besuch neu hinzugekommen, und die kunstvoll geschnitzte Krone an der Rückenlehne sowie die Form der Armlehnen ließen darauf schließen, daß es sich um einen Thron handelte.

Vielleicht hatte der Anblick dieses Thrones der Gesellschaft die Sprache verschlagen. Das Schweigen hielt an, als Thomas Jacqueline durch die gesamte Länge der Halle führte. Er kam sich vor wie die Hauptfigur bei einer formellen Zeremonie – einer Eheschließung, Amtseinführung oder Krönung –, und er fragte sich, ob der Boden wirklich so glatt war, wie es ihm schien. Jacqueline ging gemessenen Schrittes an seiner Seite und schaute weder nach links noch nach rechts. Thomas wußte, daß sie sich köstlich amüsierte.

Liz zwinkerte ihm zu, als er sich am Tisch niederließ. Philip saß neben ihr; er stieß sie an und flüsterte etwas so nahe an ihrem Ohr, daß sein Atem die Locken in Bewegung brachte. Liz kicherte. Ihre Mutter blitzte sie böse an.

Frank war der einzige, der noch fehlte. Thomas überlegte, ob der Junge vielleicht doch kalte Füße bekommen hatte und versuchte, seinen Vortrag so lange wie möglich hinauszuzögern. Ein Rechtsanwalt dürfte eigentlich kein Lampenfieber haben, dennoch mußte es einem Neuling schwerfallen, dieser Zuhörerschaft gegenüberzutreten. Frank war noch nicht sehr vertraut mit der kontroversen Diskussion über Richard, da er der Gesellschaft erst kürzlich, nachdem er sich mit Liz verlobt hatte, beigetreten war. Jetzt mußte er sich einer Gruppe von kritischen Experten stellen, zu denen die Familie seiner Verlobten und das wohlhabende, äußerst gebildete Oberhaupt dieser Familie gehörte.

Thomas warf einen Blick auf das Programm. Weldon machte keine halben Sachen; das Schriftstück war auf edles Papier gedruckt und in Kalbsleder gebunden. Franks Vortrag war der erste an diesem Abend, und Thomas seufzte leise, als er das Thema des Referats las.

»Wer ermordete die Prinzen?«

Das war das Schlimme an den Amateur-Gesellschaften – sie kauten immer wieder und wieder das alte Material durch. Über den »Mord« an den Prinzen hatten schon so viele Leute geschrieben, und es gab nichts mehr darüber zu sagen, was nicht schon tausendmal vorher gesagt worden war. Aber der Vorfall ärgerte die Ricardianer wie ein fauler Zahn. Sie konnten das Thema einfach nicht ruhen lassen, und einige der armseligen Naiven konnten nicht zwischen Logik und Wunschdenken, zwischen Wesentlichem und Unwesentlichem unterscheiden. Sie warfen alles in einen Topf und setzten es der Welt noch einmal vor, in der Hoffnung, die aufgewärmte Vermischung von Tatsachen und Phantasie würde neues Interesse wecken.

Aber Thomas mußte zugeben, daß Amateur-Historiker nicht die einzigen waren, die unter dieser Schwäche litten. Die wissenschaftlichen Journale waren voll mit Bagatellen und fehlerhaften Argumentationen.

Er war so versunken in seine eigenen pompösen Gedanken, daß er gar nicht merkte, als ein unmutiges Murmeln am Tisch laut wurde, bis Philip ausrief: »Sir

Richard, was ist mit Frank? Es ist schon fast halb neun.«

»Wahrscheinlich versteckt er sich unter dem Bett«, sagte Percy kichernd. Er aß Geleefrüchte oder irgendeine Süßigkeit, die so ähnlich aussah – Percy schmatzte und lutschte unaufhörlich an den bunten, klebrigen Gebilden.

»Ob er wohl eingeschlafen ist?« überlegte Lady Isobel. Sie sah selbst ziemlich erschöpft aus, und wenn Percy den Geruch nach Geleefrüchten verströmte, dann wehte ein ganz anderer aus Lady Isobels Richtung. Ihr gerötetes Gesicht legte die Vermutung nahe, daß sie sich ein, zwei Schlückchen in der Abgeschiedenheit ihres Zimmers gegönnt hatte, bevor sie zu dem Treffen aufgebrochen war.

Jacqueline warf einen Blick auf ihre Uhr. »Ist er oft so nachlässig?«

»Ganz im Gegenteil; er ist der gewissenhafteste Junge, den ich kenne.« Weldon schien besorgt zu sein. »Es ist töricht – ein gesunder, junger Mann ... es ist sicher alles in Ordnung mit ihm, aber vielleicht sollten wir doch lieber ...«

»Ganz recht ...« bellte Kent. »Halten wir nach ihm Ausschau. Die Damen bleiben hier, es dauert bestimmt nicht lang, bis wir ihn finden.«

Lady Isobel sah nicht so aus, als könnte sie noch einen Fuß vor den anderen setzen, und Mrs. Ponsonby-Jones neigte in majestätischer Zustimmung den Kopf, aber Jacqueline war bereits aufgesprungen, und Liz folgte ihr auf dem Fuße. Alle stiegen gemächlich die Treppe hinauf.

Die Vermutung, daß Frank eingeschlafen war, schien die nächstliegende zu sein. Thomas erschrak ein wenig, als ihm klarwurde, daß es ansonsten keine logische

Erklärung für sein Fernbleiben gab. Falls ein Notfall vorliegen würde, hätte er sie benachrichtigt.

Percy war der erste, der Franks Zimmer erreichte, nicht weil er flinker war als die anderen, sondern weil sich der Rest des Grüppchens Zeit ließ. Der fette Junge stieß die Tür auf, und als Weldon vortrat, verkündete Percy mit dem Genuß, den gewisse Leute bei schlechten Nachrichten empfinden: »Er ist nicht hier. Es sei denn, er hat sich unter dem Bett verschanzt.«

Er war nicht unter dem Bett – Thomas kam sich vor wie ein Idiot, aber etwas zwang ihn dazu, sich selbst davon zu überzeugen.

Einen Moment standen alle da und sahen sich ratlos an. Dann sagte Kent in brüskem Ton: »Lächerlich. Organisation, das ist jetzt genau das, was wir brauchen. Klingeln Sie nach Wilkes, Dick. Vielleicht hat einer der Dienstboten den Jungen gesehen.«

Niemand vom Personal hatte Frank, seit sich alle in ihre Zimmer zurückgezogen hatten, zu Gesicht bekommen. Das war nicht weiter verwunderlich, denn die Angestellten hatten zu dieser Zeit ihr Abendessen in dem für sie bestimmten Speisezimmer eingenommen, dennoch traf die Nachricht die Anwesenden wie ein Schock. Percy war der einzige, der seine Fröhlichkeit beibehielt.

»Nun gut«, sagte Kent, nachdem der Butler wieder zu seinen Pflichten gegangen war. »Am besten, wir halten die Dienerschaft aus dieser Angelegenheit heraus; wahrscheinlich ist alles sowieso nur ein Sturm im Wasserglas. Ich gehe und befrage die Leute, die draußen Dienst tun. Vielleicht hat Frank einen Spaziergang gemacht und ist auf einer Bank eingedöst. Dick, Sie sehen in der Bibliothek, im Wohnzimmer und im Salon nach. Philip ...«

»Wir suchen in den Schlafzimmern«, fiel ihm Philip ins Wort und griff nach Liz' Hand.

»Aber was sollte er...« Liz hielt inne. Die lackierte Fassade ihres Gesichts bekam Risse.

»Möglicherweise ist er ohnmächtig«, sagte Thomas. »Er sieht zwar gesund aus, aber es wäre doch möglich, daß er ein Herzleiden, Epilepsie oder etwas anderes hat...«

»Nein«, sagte Liz mit Bestimmtheit.

Weldon sah sie an. »Wir dürfen nicht zulassen, daß unsere Phantasie mit uns durchgeht. Ich bin überzeugt, es gibt eine harmlose Erklärung für sein Verschwinden.«

Sie teilten sich auf. Kent marschierte im Stechschritt davon und war bald außer Sicht. Der Doktor und der Vikar gingen ihm nach. Weldon lächelte zaghaft, ehe er sich der Treppe zuwandte. O'Hagan heftete sich an seine Fersen. Percy trottete Philip und Liz nach – offenbar hatte er eine spezielle Vorliebe für die Schlafzimmer anderer Leute. Blieben also nur noch Thomas und Jacqueline, und als sie allein waren, wandte sich Thomas ihr zu.

»Du warst so still. Was geht dir durch den Kopf?«

Jacqueline antwortete nicht sofort. Sie griff in ihre Tasche und zog die Brille heraus. Die Handtasche war ein gutes Stück geräumiger, als sie aussah, wie alle Handtaschen, die Jacqueline mit sich herumtrug. Sie setzte sich die Brille auf die Nase und sagte: »Hier stimmt etwas nicht. Ich habe schon seit unserer Ankunft dieses eigenartige Gefühl. Wenn ich medial veranlagt wäre, würde ich mit den Augen rollen und etwas von Schwingungen und Auren faseln. Thomas, es ist fast neun Uhr. Kannst du dir irgendeinen Grund vorstellen, warum der junge Mann nicht dort ist, wo er sein sollte?«

»Keinen, der mich überzeugt.«

»Ich auch nicht. Laß uns nach ihm suchen.«

»Wo?«

»Wir sehen erst in der Halle nach, vielleicht ist er in der Zwischenzeit dort aufgetaucht. Wenn nicht... ich nehme an, dieses Haus hat einen Keller, oder?«

»Einen Keller so groß wie die Mammuthöhle in Kentucky. Wieso glaubst du...«

»Ich glaube gar nichts. Aber die anderen suchen im Rest des Hauses.«

Frank war nicht in der Halle. Die beiden älteren Damen saßen allein am Tisch. Lady Isobel schlief ihren kleinen Rausch aus, ihr Kopf war unbequem zur Seite gesunken, und ihr Mund stand weit offen. Mrs. Ponsonby-Jones betrachtete sie mit einem maliziösen Lächeln. Sie bemerkte nicht, als Thomas und Jacqueline durch die Tür spähten, und die beiden traten hastig den Rückzug an.

In den Kellerräumen war natürlich elektrisches Licht verlegt. Sie waren tatsächlich beinahe so groß und weitläufig, wie Thomas behauptet hatte. Thomas sah, daß Jacqueline schauderte, als sie in die feuchte, staubbedeckte Stille hinunterstiegen.

Das Haus wurde von einer ganzen Riege Dienstboten in Ordnung gehalten, aber nicht einmal der vermögende Weldon konnte ausreichend viele Putzfrauen anheuern, um den Keller staubfrei zu halten. Eine dünne Schicht bedeckte den Boden, und ihnen fiel sofort auf, daß kürzlich jemand hier unten gewesen war. Sie sahen keine deutlichen Fußabdrücke, sondern eher eine kaum sichtbare Spur im Staub.

»Das muß nicht unbedingt Frank gewesen sein«, sagte Jacqueline, als sich Thomas hinkauerte, um sich die Spur genauer anzuschauen. »Das Personal kommt sicher auch manchmal her, zumindest geht der Butler hin und wieder in den Weinkeller.«

»Es gibt keine anderen Hinweise«, stellte Thomas fest. »Wenn er hier unten war, dann ist er hier entlang gegangen.«

Es war nicht ganz einfach, der Spur zu folgen. Thomas mußte in den finstersten Winkeln nach Lichtschaltern tasten, und die Beleuchtung war ziemlich schwach. Die Spur zweigte hin und wieder ab und führte in Lagerräume und in den Heizungskeller. Der monströse Heizkessel schien trotz seines beträchtlichen Alters noch bestens zu funktionieren. Weldon hatte genügend Essensvorräte im Haus, um eine mehrmonatige Belagerung zu überstehen.

Thomas verirrte sich zweimal. »Ja, ich war schon einmal hier«, erwiderte er ärgerlich, als Jacqueline einen bissigen Kommentar machte. »Weldon hat uns bei unserem ersten Aufenthalt hier das ganze Haus gezeigt. Aber das ist schon ein paar Jahre her, und du kannst von mir wirklich nicht erwarten... Das da drüben muß der Weinkeller sein. Das ist so ungefähr der einzige Winkel, in dem wir noch nicht nachgesehen haben.«

»Dann tun wir's eben jetzt.«

»Das Ganze ist zu blöde«, murrte Thomas, während er hinter Jacqueline her stapfte. Als sie ihren Rock hochhob, blitzten ihre silbernen Sandalen in dem trüben Licht auf. »Ich wette, sie haben ihn schon längst schnarchend im Garten gefunden.«

Jacqueline öffnete die Tür des Weinkellers und blieb wie angewurzelt stehen; nur ihre Finger zuckten. Der dünne Stoff ihres Kleides raschelte, als sie ihn losließ.

Thomas stürzte in den Raum.

Frank lag mit dem Gesicht nach unten inmitten einer glänzenden, dunklen Pfütze. Sein weißes Hemd war übersät mit roten Flecken, und sein Haar schimmerte feucht. Die schwache Glühbirne vom Korridor spendete gerade genug Licht, um tiefe Schatten auf die liegende Gestalt zu werfen, überall blitzten kleine Lichtfunken auf wie tausend blinzelnde Augen.

Es dauerte ein paar Sekunden, bis Thomas die schattenwerfenden Gebilde als Fässer identifizierte und begriff, daß das Licht von den in dem Regal aufgereihten Flaschen reflektiert wurde. Auch auf dem Boden glitzerten Glasscherben.

Er tastete nach dem Lichtschalter, fand aber nur eine Schnur. Er zog daran. Eine Glühbirne an der Decke leuchtete auf, und die Szenerie gewann eine Klarheit, die sie noch unglaubhafter machte.

Jacqueline raffte ihren Rock. Thomas hielt sie zurück.

»Bleib hier stehen«, sagte er und atmete auf, weil es ihm gelungen war, seine Stimme unter Kontrolle zu halten. »Du ruinierst dir sonst noch dein Kleid.«

»Er lebt«, sagte Jacqueline.

»Natürlich lebt er«, stimmte Thomas ihr in beschwichtigendem Ton zu. »Das ist Wein, kein Blut. Er muß eine Flasche zerbrochen haben.«

Er bahnte sich vorsichtig einen Weg durch die Scherben und den verschütteten Burgunder und strich über Franks Kopf. Als er die Hand zurückzog, waren seine Finger rot und klebrig, aber nicht von Blut.

»Nur eine kleine Beule«, verkündete er erleichtert.

Frank ächzte und bewegte sich. Thomas legte die Hand auf die Schulter des jungen Mannes.

»Keine Angst, Frank. Sie haben nur eine Beule am Kopf. Sie müssen gefallen sein und dabei eine Flasche umgestoßen haben.«

Frank murmelte etwas Unverständliches.

»Wie ist der Wein auf die Rückseite des Hemdes gekommen?« fragte Jacqueline.

Thomas sah sie überrascht an. Dann rollte sich Frank herum und setzte sich auf. Jacqueline sog scharf die Luft ein, und Thomas wurde sich bewußt, daß sich seine schöne Theorie im Bereich des Unwahrscheinlichen auflöste.

Es gab nur eine Erklärung für die Wunden, die das Gesicht des jungen Mannes entstellten. Es hatte einen Kampf gegeben – und wenn Frank ihn nicht verloren hatte, dann wollte Thomas auf gar keinen Fall wissen, wie der andere Kerl zugerichtet war. Blaue Flecken und Schwellungen verunzierten Franks Kiefer, die Wange und die Schläfe. Schnitte durchzogen das ganze Gesicht, und die angetrockneten dunklen Krusten auf der Oberlippe waren bestimmt kein Wein.

»Guter Gott«, sagte Thomas. »Jacqueline, hol Hilfe. Wir müssen ihn tragen.«

»Nein, nein, es ist alles in Ordnung«, erklärte Frank wenig überzeugend. »Lieber Himmel, was ist passiert?«

»Wir hatten gehofft, daß Sie uns das erzählen können.«

»Ich erinnere mich an gar nichts ... nur daran, daß der Kerl im Trenchcoat da war, als ich die Treppe hinuntergegangen bin.«

Thomas warf Jacqueline einen Blick zu.

»Bring ihn rauf«, sagte sie. »Dies ist weder der richtige Zeitpunkt noch der richtige Ort für eine Debatte.«

Es war zehn Uhr, als endlich alle in der Halle versammelt waren, und das Thema der Besprechung war nicht der Mord an den Prinzen. Frank saß mit am Tisch. Nachdem er sich gründlich gewaschen hatte, konnte er die anderen davon überzeugen, daß seine Verletzungen nicht so schlimm waren, wie sie zunächst ausgesehen hatten, und Dr. Rawdon bestätigte dies. Das meiste Blut in Franks Gesicht stammte aus der Nase. Kleinlaut erklärte er, daß er immer schon anfällig für Nasenbluten gewesen war. Die Schnitte waren nicht viel mehr als Kratzer. Den größten Schaden hatte seine Selbstachtung genommen, deshalb redete er eine ganze Weile ohne Punkt und Komma.

»Er muß mir mit einer Flasche einen Hieb versetzt haben«, schloß er erbittert. »Ich erinnere mich an gar nichts – nicht einmal an einen Kampf –, aber ich kann diese Flasche nicht versehentlich aus dem Regal gestoßen haben. Wenn ich mich doch nur erinnern könnte!«

»Temporäre Amnesie ist nicht ungewöhnlich nach einem Schlag auf den Kopf«, beruhigte ihn der Doktor. »Die Erinnerung wird wahrscheinlich wiederkommen.«

»Das, was er noch weiß, ist schon schlimm genug«, meinte Kent. »Irgend jemand ist in dieses Haus eingedrungen. Aber wie?«

»Das erscheint mir unmöglich«, sagte Weldon. »Ich habe Wachen auf dem Grundstück ...«

»Trotzdem ist jemand hereingekommen. Frank, Sie haben den Kerl nicht sehr gut beschrieben. Ein Trenchcoat und ein Hut mit weißer Krempe, sagen Sie?«

»Ich hab' sein Gesicht nicht gesehen«, sagte Frank. »Ich habe nur ganz kurz erkannt, daß sich jemand in einem Trenchcoat unter der Treppe duckte, als ich herunterkam. Ich war früh dran – ich wollte vor meinem Vortrag meine Gedanken sammeln. Ich folgte dem Mann – sah, daß die Tür zum Keller weit offen stand – und mehr weiß ich nicht mehr.«

»Offensichtlich war das einer dieser entsetzlichen Reporter«, sagte Isobel, die nach ihrem Nickerchen frisch und munter wirkte. Sie schauderte geziert. »Sind die nicht immer so angezogen?«

»Das sollten Sie wissen, meine Liebe«, flötete Mrs. Ponsonby-Jones. »Sie beschweren sich doch immer, daß Sie diese Kreaturen auf Schritt und Tritt verfolgen.«

»Es wird uns nie gelingen, ihn zu identifizieren«, stellte Kent fest. »Nicht nach dieser Beschreibung.«

Mrs. Ponsonby-Jones stieß einen kleinen Schrei aus. Alle zuckten erschrocken zusammen.

»Vielleicht ist er immer noch hier!« kreischte sie. »In diesem Haus!«

»Nein, nein«, wehrte Weldon ab. »Es wäre dumm von ihm, sich nach diesem heimtückischen Überfall am Ort des Verbrechens herumzudrücken.«

»Da bin ich mir nicht so sicher«, sagte Philip nachdenklich. »Vielleicht rechnet er damit, daß wir das glauben, und fühlt sich sicher, wenn er bleibt. Wir sollten heute abend lieber alle unter den Betten nachsehen.«

Sein verwegenes Gesicht war düster, aber er spähte schelmisch zu Mrs. Ponsonby-Jones.

»Richard«, jammerte sie schrill, »ich werde heute nacht kein Auge zutun.«

»Ich werde veranlassen, daß das Personal das ganze Haus gründlich durchsucht«, besänftigte Weldon sie. »Nur um ganz sicherzugehen.«

Er klingelte und gab dem Butler entsprechende Anweisungen. Percy ging mit Wilkes hinaus.

»Philip mag glauben, daß es für den Täter nach so einem Angriff besser wäre, im Haus zu bleiben«, sagte Liz. »Er ist ja auch ein Dummkopf, aber ich denke doch, daß die meisten Zeitungsleute gescheiter sind.«

Philip schenkte ihr ein Lächeln, und der Vikar meinte: »Ganz recht. Immerhin sind diese Burschen keine Kriminellen; werte Dame, Sie wären bestimmt nicht in Gefahr, wenn Sie einen von ihnen unter Ihrem ... ich meine ...«

Liz brach in Gelächter aus. »Du brauchst dir sicher keine Sorgen zu machen, Mutter.«

Kent schlug donnernd mit der Faust auf den Tisch. »Von allen verantwortungslosen Narren, die mir in meinem Leben untergekommen sind, ist dieser Haufen der schlimmste. Wir verschwenden wertvolle Zeit. Wenn der Kerl von einer Zeitung war, dann hat er nicht viel ausgerichtet. Mit Reportern werde ich spielend fertig.« Seine Augen blitzten, als er an die letzte hautnahe Begegnung mit einem Journalisten dachte. »Aber was, wenn es kein Reporter war?«

Die anderen starrten ihn fassungslos an.

»Mir ist ein Gerücht zu Ohren gekommen«, fuhr Kent fort. »Man munkelt, daß ein Fremder im Dorfgasthof abgestiegen ist. Ein Fremder für die, aber nicht für uns ... Ladies und Gentlemen, ich habe den Verdacht, daß dieser Fremde kein anderer als James Strangways ist!«

Ein Außenstehender hätte meinen können, daß Kent ihnen eröffnet hätte, eine Bombe sei im Zimmer versteckt. Die Gesichter wurden blaß, die Augen glasig; Lady Isobel sank mit einem gequälten Stöhnen zurück, und Mrs. Ponsonby-Jones versuchte, in Ohnmacht zu fallen.

Thomas sah Jacqueline an. Er ahnte, daß sie den Namen kannte, aber sie ließ sich nichts anmerken. Sie schlug mit einer übertriebenen Geste des Entsetzens die Hände zusammen und gab Sir Richard sein Stichwort: »Lieber Himmel, Sir Richard! Wer ist James Strangways?«

Weldons rundes Gesicht wurde finster. »Er ist der größte Gegner, den ich auf dieser Welt habe.«

Mrs. Ponsonby-Jones verwandelte die melodramatische Szene in eine Farce. »Dein Gegner? Und was ist mit mir? Erinnerst du dich an diesen scheußlich beleidigenden Brief, den er schrieb, nachdem mein kleiner Artikel über Richards religiösen Glauben erschienen war?«

»Oh«, machte Jacqueline. »Dieser Strangways.«

Weldon nickte ernst. »Vielleicht sollte ich sagen, er ist Richards schlimmster Feind. Der Mann ist eine Bedrohung. Man könnte ihn einen Abtrünnigen nennen, weil er früher Richards Sache unterstützt hat.«

»Er schrieb eine Biographie über Eduard den Vierten«, sagte Jacqueline. *»Die* maßgebliche Biographie.«

»Das stimmt. Im Anhang erklärt er mit deutlichen Worten seine Überzeugung, daß er Richard für unschuldig halten würde, den Mord begangen zu haben.«

Es war nicht nötig, daß Weldon genauer ausführte, welchen Mord er meinte; in Ricardianer-Kreisen waren die jungen Prinzen die einzigen nennenswerten Opfer.

»Aber das war vor zehn Jahren«, fuhr Weldon fort, »als Strangways noch ein aufstrebender junger Wissenschaftler in einer Ihrer amerikanischen Universitäten war. Seither hat er seine Ansichten drastisch geändert. Er verfaßte nicht nur abfällige Artikel über Richard, sondern greift auch noch die Richard-Anhänger bei jeder sich bietenden Gelegenheit an. Bis vor kurzem war er noch Mitglied eines amerikanischen Zweiges der Gesellschaft, aber schließlich blieb unseren Kollegen in den

Vereinigten Staaten nichts anderes übrig, als ihn auszuschließen.«

»Wegen Hochverrats?« erkundigte sich Jacqueline mit gespieltem Ernst.

Sir Richard sah sie vorwurfsvoll an. »Also wirklich, Jacqueline.«

»Vergebt mir; ich wollte mich nicht über die Gesellschaft lustig machen.«

»Selbstverständlich nicht.« Sir Richard lächelte. »Ich schätze, wir müssen Außenstehenden ein bißchen närrisch erscheinen; doch Strangways ist tatsächlich ein äußerst unangenehmer Bursche. Wir betrachten ihn als unseren bösartigsten Widersacher, weil er Prestige und einen gewissen literarischen Stil hat...«

»Einen ausgesprochen widerwärtigen, zynischen Stil«, mischte sich Lady Isobel ein. Ihre Wangen waren hochrot. »Seine Werke haben keinen großen literarischen Wert. Nichts als Schmähungen und Beschimpfungen, mehr sind seine sogenannten Arbeiten nicht.«

»Strangways ist extrem rüde mit *The Gallant Young King* umgegangen«, zwitscherte der Vikar mitfühlend. »Die Rezension wurde von vielen gelesen; sie erschien in einer Ihrer amerikanischen Zeitungen.«

»In der *New York Times«,* präzisierte Thomas mit unbewegter Miene. »Sie hat eine mittelmäßige Auflage.«

Philip bedachte Thomas mit einem anerkennenden Blick. »Ihre kleinen Lokalzeitungen«, sagte er grinsend. »Na, wir kennen ja die Amerikaner, oder nicht, Lady Isobel? Keinen Geschmack. Barbaren.«

»Ich verwahre mich gegen derartige Verallgemeinerungen«, warf O'Hagan unvermittelt ein. »Sie verunglimpfen die beträchtlichen Verdienste der amerikanischen Gesellschaft, und ich bin sehr stolz darauf, diese Gesellschaft hier vertreten zu dürfen.«

Er wirkte wie ein entrüstetes Kaninchen. Sein Gesicht war rot angelaufen, und der weiße Schnurrbart zitterte heftig. Die anderen riefen wild durcheinander und entschuldigten sich wortreich bei ihm. Kent donnerte wieder mit der Faust auf den Tisch und machte dem Geschnatter ein Ende.

»Guter Gott, wollen wir hier die ganze Nacht mit dummem Geschwätz verbringen? Dick, ich schlage vor, wir verschieben die normalen Geschäfte auf morgen; wir könnten um zehn Uhr eine zusätzliche Sitzung anberaumen, damit wir die Vorträge, die heute abend gehalten werden sollten, hören können. Im Augenblick ...«

»Das ist keine angemessene Verfahrensweise«, beschwerte sich der kleine Pfarrer. »Sie müssen einen offiziellen Antrag stellen.«

»Zum Teufel mit der Verfahrensweise«, sagte Frank. »Verzeihen Sie, Mr. Ellis, aber ich stimme dem General zu, und meine Wunden und Verletzungen haben auch nichts gegen seinen Vorschlag einzuwenden. Diese Angelegenheit könnte ernstere Auswirkungen haben, als uns im Augenblick bewußt ist. Falls der Eindringling kein Zeitungsmann war, hatte er es vielleicht auf etwas Wichtigeres abgesehen als auf einen kleinen Skandal.«

Erstaunlicherweise hatten nur wenige eine solche Möglichkeit in Betracht gezogen. Weldon allerdings bildete in diesem Punkt eine Ausnahme.

»Der Brief ist in meinem Safe«, sagte er. »Niemand außer mir kennt die Kombination.«

»Strangways weiß das wahrscheinlich nicht«, murmelte der Doktor.

»Aber, woher sollen wir ...«

»Einen Moment mal«, unterbrach Thomas ungehalten. »Wir fangen schon wieder an, dummes Zeug zu reden. Zuallererst sollten wir herauszufinden versuchen, ob dieses Gerücht über Strangways aus der Luft gegriffen ist. Einer von uns muß morgen früh ins Dorf gehen und Nachforschungen anstellen. Ist der Fremde wirklich Strangways? Wenn ja, hat er ein Alibi für diesen Abend?«

»Ich bin überzeugt, er wird Ihnen mit Freuden in allen Einzelheiten erzählen, was er heute abend gemacht hat«, spottete Liz.

»Wir brauchen ihn nicht selbst zu befragen. Diskrete Gespräche mit dem Personal des Gasthofes ...«

»Ein guter Gedanke«, lobte Kent. »Ich mache mich morgen auf den Weg.«

»Nicht Sie«, wandte Weldon ein. »Jeder Reporter in England kennt Ihr Gesicht.«

»Hmm«, brummte Kent.

»Ich werde gehen«, bot Thomas an. »Die Presse interessiert sich nicht für Jacqueline und mich.«

»Ihre Gesichter sind vielleicht nicht bekannt«, warf Philip mit einem ironischen Lächeln ein, »aber kennen Sie auch das Gesicht, das Sie zu sehen hoffen? Kennt irgend jemand von uns Strangways von Angesicht zu Angesicht?«

Bleiernes Schweigen senkte sich über die Versammelten. Schließlich sagte Jacqueline leise: »Möglicherweise ist ein Foto von ihm auf dem Schutzumschlag seines Buches.«

Weldon trabte augenblicklich los, um das Buch zu holen. Als er zurückkam, drängten sich alle an der Stirnseite des Tisches zusammen und starrten auf die kleine Fotografie über dem Klappentext.

»Das ist nicht gut«, befand Frank niedergeschlagen. »Nur Kopf und Schultern.«

»Die Nase gefällt mir«, sagte Jacqueline gedankenvoll. »Groß und kühn und napoleonisch. Und ein guter, kantiger Unterkiefer.«

»Das hier ist kein Männer-Schönheitswettbewerb«, schimpfte Thomas. »Fakt ist, daß uns das Foto nicht viel nützt – ich wette, es ist mindestens zehn Jahre alt. Dieser kantige Unterkiefer, den du so bewunderst, könnte inzwischen in ein Doppelkinn eingebettet sein, und das Haar – verzeih, Jacqueline, das dichte schwarze Haar – ist ihm vielleicht inzwischen ausgefallen.«

Die Tür schwang auf. Percy, mit Spinnweben und Krümeln bedeck; der Butler war bei ihm. Ehe Wilkes etwas sagen konnte, verkündete Percy schrill: »Niemand da. Aber wir haben ein offenes Fenster gefunden.«

»Das ist korrekt, Sir Richard«, bestätigte Wilkes eisig und bedachte dabei Percy mit einem haßerfüllten Blick.

»Danke, Wilkes.«

Der Butler ging. Percy ließ sich schwer auf einen Stuhl fallen, und seine Mutter rief aus: »Schätzchen, du bist ja ganz schmutzig. Du mußt sofort in die heiße Wanne.«

»Nein«, erwiderte Percy frech. »Ich könnte was verpassen. Was ist passiert, als ich weg war?«

»Ist er nicht entzückend?« fragte Mrs. Ponsonby-Jones voller Liebe. »Zusammengefaßt, Schätzchen ...«

»Hätten Sie was dagegen, wenn Sie Ihrem Sohn später Bericht erstatten?« fiel ihr Jacqueline ins Wort. »Ich bin einigermaßen müde, und Frank sollte so schnell wie möglich ins Bett. Seine Verletzungen mögen ja oberflächlich sein, aber er hat einen ziemlichen Schock erlitten.«

»Natürlich.« Weldon stand auf und strich sich geistesabwesend über die braune Haarmähne. »Es war ein anstrengender Abend. Ich bin sicher, wir alle sind erschöpft und ein bißchen besorgt.«

Aber das waren sie nicht, wie Thomas registrierte. Sie

erlebten die bewegendste Zeit ihres Lebens. Sogar Franks verunstaltetes Gesicht drückte eher Wut und Aufregung aus als Beunruhigung. Wie schon oft zuvor in dieser Gruppe von liebenswürdigen Monomanen kam er sich vor wie der einzige Erwachsene in einer Klasse mit Vorschulkindern. Er sah Jacqueline an und glaubte zu wissen, daß sie ähnlich empfand wie er. Sie hatte früher einmal erwähnt, daß sie nicht viel für Kinder übrig hatte.

Thomas stand am nächsten Morgen früh auf. Weldon hatte durchblicken lassen, daß er es sehr zu schätzen wüßte, wenn sich alle zu dem neu angesetzten Treffen pünktlich um zehn einfinden könnten. Die Gesellschaft war sehr empfindlich, was die Einhaltung bestimmter Rituale betraf. Und nach Franks Wegbleiben am Vorabend und den melodramatischen Folgen hätte ein fehlendes Mitglied eine allgemeine Hysterie ausgelöst. Vor der Zusammenkunft mußten Thomas und Jacqueline ihre Spionagemission im Dorf erfüllen und nach dem ruchlosen James Strangways suchen.

An einem sonnigen Sommermorgen war das Frühstückszimmer im Weldon-Haus besonders bezaubernd. Es erinnerte an Fotografien aus der Zeitschrift *Country Life* – in einer Ausgabe der Vorkriegszeit –, als es Gegenstände wie georgianisches Silber und Chippendale-Tische noch in Hülle und Fülle gab. Auf der Mahagoni-Anrichte standen etliche silberne Schüsseln auf Rechauds, und verschiedene verführerische Düfte stiegen Thomas in die Nase. Nicht die Macht verdirbt die Menschen, sondern das gute Leben, dachte er. Jeder barbarische Eindringling würde bei dieser Verpflegung klein beigeben. Speck – guter, englischer Speck und mit

Fett marmorierte Schinkenscheiben, Rühreier, gekochte Eier, Spiegeleier, Hafergrütze und eine Reihe verschiedener Müslis – ohne die plebejischen Verpackungen und angerichtet in funkelnden Kristallschüsseln, Toast in silbernen Ständern, verschiedene Marmeladesorten in geschliffenen Gläsern, schwarze Kirschen in Sirup, festes Orangengelee, goldgelber Honig aus Weldons eigenen Bienenstöcken, heiße Biskuits und... Thomas' Augen wurden kugelrund, als er die mit Gelee gefüllten Doughnuts auf einer Platte sah. Bei seinem letzten Besuch im Weldon-Haus hatte er beiläufig seine Leidenschaft für Doughnuts erwähnt. Verdammt, dachte er gerührt, man muß diesen Mann einfach gernhaben, wenn er sich solche Kleinigkeiten merkt. Er fragte sich, ob Sir Richard auch die Vorlieben der anderen berücksichtigte, und sah seine Vermutung bestätigt, als er den Vikar beobachtete, wie er gebratene Nierchen auf seinen Teller häufte. Der Gottesmann winkte jovial mit der Gabel, auf der eine Niere aufgespießt war, als sich Thomas an der Anrichte zu ihm gesellte.

»Guten Morgen, Bruder Clarence, guten Morgen. Wie geht es Euch?«

Thomas schaute zum Tisch, wo Jacqueline nahezu orientalische Schönheit ausstrahlte, und verdrehte die Augen. Das Sonnenlicht strömte durch die Erkerfenster und verwandelte ihr Haar in leuchtendes Feuer; sie trug eine weiße Hose und eine weite, mit Grün, Pfauenblau und Gold bedruckte Seidenbluse. Sie sah von ihrem kargen Frühstück – einer Tasse Tee und einem Toast – auf und zwinkerte. Thomas wandte sich wieder an den Vikar, der offenbar erwartete, als Richards Bruder, Edward IV., angesprochen zu werden.

»Gott zum Gruße, Majestät«, sagte Thomas tapfer. »Wie geht es Euch?«

Der Doktor, der gerade eintrat, schnalzte mißbilligend mit der Zunge.

»Nein, nein, Thomas; nicht ›Majestät‹ – es muß heißen: ›Euer Hoheit‹.«

Rawdon löffelte eine Portion blaßgrauen Brei auf seinen Teller und betrachtete verächtlich die gebratenen Nierchen, mit denen sich der Vikar bedient hatte.

»Was diesen huldvollen König hier betrifft, wird es ihm bald nicht mehr sehr gutgehen, wenn er dieses schreckliche Zeug in sich hineinschlingt. Mich schaudert's, Freund Eduard, wenn ich an Eure Magenschleimhaut denke.«

»Dann denkt einfach nicht dran«, empfahl Mr. Ellis munter. »Wirklich, Rawdon – vergebt mir, König Heinrich –, wir sollten die Rollen tauschen. Ich will zwar nicht behaupten, daß ich ein Heiliger bin – und es gibt nicht wenige, die glauben, daß der arme, verrückte Heinrich prädestiniert für eine Heiligsprechung war...«

»Als Mann der Kirche sind Sie besser geeignet für die Rolle als ich«, stimmte Rawdon ihm zu. »Genau genommen bin ich der Ansicht, Heinrich war eher geistesgestört als fromm, aber das mag ein berufsbedingtes Vorurteil sein.«

»Möglicherweise haben Sie beide recht«, sagte Thomas und nahm sich von dem gebratenen Speck. »Heinrich war ein sanftmütiger, freundlicher Mann, aber auch beträchtlich verwirrt. Ich nehme an, Ihre Ernährungsweise hätte ihm zugesagt, Rawdon. Was ist das für ein Zeug?«

Das Miene des Doktors hellte sich auf. »Nur Getreide, Honig, Malz und einige andere Kostbarkeiten, die die Natur den Menschen schenkt. Es ist nach meinem eigenen Rezept hergestellt. Weldon ist so freundlich, es zubereiten zu lassen, wenn ich hier bin. Ehrlich, Thomas, Sie sollten es einmal versuchen. Es würde Wunder bewirken für Ihr ...«

»Nein, danke«, wehrte Thomas ab. Er wollte gar nicht wissen, in welchen Organen die grausige Pampe Wunder bewirken würde, und noch weniger wollte er sie essen.

Der Vikar kicherte. »Es ist besser als Malvasierwein – stimmt's, Bruder Clarence?«

Thomas parierte den Scherz mit einem säuerlichen Lächeln. Er hatte die Anspielungen auf das berühmte Weinfaß allmählich satt.

Er ging zum Tisch und nahm neben Jacqueline Platz. Sie sah ihn mit ihren smaragdgrünen Augen an.

»Gott zum Gruße, Bruder George. Ich darf Euch doch Bruder nennen, hoffe ich? Als Mutter von Richards illegitimen Kindern ...«

»Hör auf damit!«

»Bestimmt nicht. Ich habe beschlossen, mich voll und ganz dieser Sache zu widmen. Habe ich schon erwähnt, daß mein Name Katherine ist? Niemand scheint zu wissen, wer Richards Mätressen waren; ich selbst habe die Theorie aufgestellt, daß eine von ihnen Hastings' Gemahlin Katherine gewesen sein muß. Das würde erklären, warum Richard es so eilig hatte –« sie klimperte mit den Wimpern, und Thomas zog eine Grimasse –, »so eilig hatte, Hastings hinzurichten. Wir wissen, daß Richards uneheliche Tochter Katherine hieß; es wäre doch nur natürlich, wenn man sie nach ihrer Mutter benannt hätte, oder? Richard hat eine Kapelle für die heilige Katharina errichten lassen ...«

Sie brach ab, als Kent sich zu ihnen setzte. Im hellen Tageslicht sah das Gesicht des Generals aus wie das einer guterhaltenen Mumie, aber seine Augen blitzten lebhaft, als er Jacquelines kühle Eleganz bewunderte. Er stellte seinen Teller ab, und Jacqueline starrte konsterniert auf die beiden weißäugigen Fische.

»Eine äußerst interessante Theorie«, befand Kent, während er begann, die häßlichen toten Fische zu entgräten. »Ich glaube nicht, daß ich schon einmal davon gehört habe. Würden Sie uns einen Vortrag darüber halten, Jacqueline?«

»Es war nur ein Scherz«, schwächte Jacqueline bescheiden ab. Der starre Blick der Fische schien sie zu zähmen.

»Über ernste Angelegenheiten sollte man keine Scherze machen.« Kent gluckste leise. »Wissen Sie, je mehr ich darüber nachdenke, um so besser gefällt mir die Idee. Lady Hastings als Richards Mätresse ...«

»Moment mal«, rief Thomas. »Das ist lächerlich. Erstens war sie zu alt, und zweitens ...«

Kent achtete gar nicht auf ihn. Er wandte sich an den Pfarrer, der sich neben ihm niedergelassen hatte, und wiederholte Jacquelines Theorie. Rawdon, der seinen Brei in kleinen Portionen zu sich nahm und vorschriftsmäßig gut kaute, hörte aufmerksam zu. Jacqueline begegnete Thomas' Blick und zog resigniert die Augenbrauen hoch.

»Faszinierend«, sagte der Vikar. »Wirklich, Jacqueline, Sie müssen einen Artikel für unser kleines Journal schreiben. Oder – nein! Darf ich Sie Katherine nennen?«

»Nur zu«, entgegnete Jacqueline heftig, »bitte.«

»Wo sind die anderen?« erkundigte sich Thomas, um das Thema zu wechseln, ehe Jacqueline ausfallend wurde.

»Mal überlegen.« Ellis dachte über die Frage nach, als würde er historische Nachforschungen anstellen. »Unser geschätzter Hausherr und seine Lady waren hier und sind wieder gegangen, genau wie meine werte

Gemahlin. Der junge Eduard – Euer Sohn, mein lieber Doktor – hat auch bereits gefrühstückt, ebenso der andere junge Eduard, mein Sohn und Erbe. Von den anderen weiß ich nichts.«

Thomas brauchte einen Moment, bis er die Rollen richtig zugeordnet hatte.

»Sir Richard, die beiden älteren Ladies, Frank und Percy«, übersetzte er für Jacqueline, deren Augen glasig geworden waren. »Ich wette, Percy war der erste, der kam, und der letzte, der ging.«

»Kein Zweifel.« Der Gedanke schien den Doktor zu beunruhigen. Er legte seinen Löffel weg und betrachtete unschlüssig den Breirest auf seinem Teller. »Der Junge hat einen außergewöhnlichen Appetit...«

»Der Junge ist eine Nervensäge«, sagte Thomas. »Er wird nicht lange genug leben, um ein Erwachsener zu werden.«

»Übergewicht ist ungesund«, stimmte der Vikar zu.

»Das habe ich nicht gemeint. Ich denke, jemand wird ihn umbringen, bevor er erwachsen ist. Ich könnte dieser Jemand sein. Rawdon – was ist los mit Ihnen?«

Der Doktor krümmte sich und preßte eine Hand auf den Mund. Plötzlich sprang er auf, sein Stuhl fiel donnernd um. Thomas sah kurz sein erbsengrünes Gesicht, als er aus dem Zimmer stürmte.

Die Verbliebenen schauten sich verständnislos an.

»Ihm ist übel«, stellte Kent fest. »Kein Wunder bei diesem gräßlichen Zeug.«

»Er ißt es jeden Morgen«, sagte Thomas. »Ich hoffe, er hat sich kein Virus eingefangen.«

»Ich sehe besser nach, ob ich helfen kann«, meinte der Vikar. Er stopfte sich das letzte Nierchen in den Mund. Thomas konnte ihm das selbstgefällige Grinsen nicht übelnehmen.

Der Gottesmann trottete hinaus. Jacqueline beäugte argwöhnisch den Teller des Doktors.

»Ich überlege ...«

»Wir haben keine Zeit für Überlegungen«, sagte Thomas energisch. »Komm, Jacqueline. Wenn wir um zehn zurück sein wollen, sollten wir uns jetzt besser beeilen.«

Jacqueline ging hinauf, um ihre Handschuhe zu holen – »Ich kann unmöglich ohne Handschuhe ins Dorf gehen, Thomas!« Thomas verstand diese Bemerkung so, wie sie gemeint war. Er wußte, was Jacqueline eigentlich holen wollte: ihre gigantische Handtasche.

Als er sich ebenfalls auf den Weg nach oben machte, kam der Butler auf ihn zu und hielt ihm eine Nachricht auf einem Silbertablett entgegen.

»Dies hat das Mädchen in Ihrem Zimmer gefunden, Sir.«

Auf den Umschlag hatte jemand hastig Thomas' Namen gekritzelt. Thomas öffnete ihn.

Jacqueline, die den oberen Treppenabsatz erreicht hatte, beugte sich über das Geländer. Ihr Haar schimmerte wie ein glühender Heiligenschein.

»Was ist das, Thomas?«

Thomas las die kurze Nachricht: »Kommen Sie nach dem Frühstück in den Weinkeller. Ich glaube, ich habe etwas gefunden. Frank. PS: Erzählen Sie niemandem davon. Es könnte gefährlich sein.«

Das Wort *niemandem* war dick unterstrichen.

»Thomas, was steht in dem Brief?«

Thomas sah auf.

»Nichts Besonderes. Ich treffe dich hier in fünf Minuten.«

Die Lichter im Keller brannten. Das hätte Thomas je nach Gemütsverfassung stutzig machen oder in Sicherheit wiegen müssen, aber tatsächlich fiel es ihm gar nicht auf. Er war überzeugt, daß Frank ihm nichts Bedeutendes zeigen konnte, trotzdem wollte er es sich ansehen, ehe er ins Dorf hetzte und sich vielleicht umsonst Mühe gab, dort etwas herauszufinden. Zudem trieb ihn ein weniger edles Motiv zum Handeln. Jacqueline war hübsch, charmant und witzig, aber sie brachte ihn auch auf die Palme mit ihrer ironischen Art und ihrer Besserwisserei. Wenn er etwas entdeckte, was sie nicht wußte ...

Thomas war so versunken in diese niederen Gedanken, daß ihn der Schlag, der ihn zu Boden schickte, vollkommen unerwartet traf. Er sah Sterne, und das war auch schon alles. Gleich darauf umhüllte ihn tiefste Finsternis, als er spürte, wie er fiel.

Nach einer unbestimmten Weile gelangte er wieder zu Bewußtsein, und er brauchte eine gewisse Zeit, die er ebensowenig einschätzen konnte, bis ihm klar wurde, wo er sich befand. Das Delirium oder eine Wahnvorstellung schien ihm eine unmögliche Position vorzugaukeln; das konnte nicht die Wirklichkeit sein. Der Blutandrang in seinem angeschlagenen Kopf überzeugte ihn schließlich doch. Er stand auf dem Kopf, die Arme waren an seinen Körper gebunden, und die Beine waren gefesselt. Ein Knebel steckte in seinem Mund. Er war blind. Buchstäblich blind – seine Augen waren nicht verbunden und offen, aber er sah nichts. Dafür roch er etwas. Der Gestank, der ihm in die Nase stieg, verstärkte die Übelkeit, die ihm diese unnatürliche Körperhaltung und die Verletzung bereiteten. Ein anderer Sinn, der von Menschen, die nicht wirklich blind waren, meist ungenutzt blieb, erwachte schwach zum Leben – die Nervenzellen in seinem Gesicht verrieten ihm, wo genau er war. Der klare Moment verstrich, aber Thomas war ein intelligenter Mann, und sein Gehirn setzte im Bruchteil einer Sekunde alle Informationen zusammen und kam zu einem unglaublichen Ergebnis. Der Gestank nach schalem Wein, das Gefühl, in einem engen Raum zu stecken, die absurde, demütigende Haltung. Thomas versuchte zu fluchen, würgte und verlor erneut das Bewußtsein.

Als er zum zweitenmal zu sich kam, öffnete er erst ein Auge, um zu prüfen, ob es sich lohnte, all seine Sinne zu mobilisieren. Das Resultat war beruhigend. Er lag flach; seine Glieder schmerzten, aber sie waren frei beweglich. Licht schien ihm ins Auge, und er sah ein verschwommenes Gesicht mit einem glühenden Heiligenschein – es war ein blasses Gesicht, und Thomas hoffte, daß es Besorgnis um ihn ausdrückte. Er öffnete den Mund und quakte wie ein Frosch.

»Was hast du gesagt?« Das war Jacquelines Stimme. Sie klang kühl, beherrscht und ein wenig quengelig. Gequält machte Thomas beide Augen auf und zwinkerte, bis sie sich an das Licht gewöhnt hatten. Nach der Dunkelheit erschien ihm das Licht grell, aber es war nur die trübe Glühbirne im Weinkeller, die ihm solche Schmerzen bereitete. Er befand sich auf dem staubigen Boden, und neben ihm lag ein leeres Faß – ein großes Faß, das mindestens einsfünfzig hoch war, wenn es aufrecht stand.

Jemand drückte ein Glas an seine Lippen. Thomas trank. Die Flüssigkeit benetzte seine trockene Kehle wie köstlicher Champagner. Erst nach dem zweiten Schluck merkte er, daß es tatsächlich Champagner war. Jacqueline hatte offenbar eine Flasche geöffnet. Thomas schluckte und wiederholte seine Frage.

»Ich fürchte, ja«, sagte Jacqueline bedauernd.

»Ich war in einem Faß?«

»Das fragst du schon zum drittenmal.«

»Ich kann es einfach nicht fassen. Ich glaube es nicht. O Gott.« Thomas setzte sich auf und sah sich um. »Wer hat mich sonst noch gesehen?«

»Du sorgst dich um dein männliches Ego? Ich denke, dies ist nicht der richtige Zeitpunkt dafür«, sagte Jacqueline. Sie kauerte sich hin. Thomas' Kopf sank auf ihren Schoß, als er zurückfiel. »Thomas, Liebling, du bist nicht verletzt. Nur die klassische Beule am Kopf. Aber – du hast mir wirklich einen Schrecken eingejagt.«

Das Beben in ihrer Stimme kurierte einen Teil seiner verletzten Eitelkeit. Ihr Schoß war bequem – weich, kühl, seidig. Er machte es sich gemütlich und entspannte sich.

»Du hast dir verdammt lang Zeit gelassen«, maulte er weinerlich. »Ein Wunder, daß ich nicht am Blutstau im Gehirn gestorben bin.«

»Du warst nur ein paar Minuten in... in diesem Ding.«

»Woher willst du das wissen? Es hat sich angefühlt, als wären Tage vergangen.«

»Ich habe zehn Minuten gewartet, bevor ich mich auf die Suche nach dir machte. Wenn man bedenkt, wieviel Zeit der Angreifer gebraucht haben muß, dich niederzuschlagen, zu verschnüren und in das... Faß zu stopfen.«

Jacquelines Stimme klang noch immer unsicher, aber Thomas hatte den Verdacht, daß ihr eine andere Empfindung als die Sorge um ihn so zu schaffen machte. Er schielte zu ihr auf, sah, daß ihre Mundwinkel zitterten, und lächelte plötzlich auf die humorige Art, die zu seinen gewinnendsten Eigenschaften gehörte.

»Ich muß ausgesehen haben wie ein Idiot«, sagte er. »Meine Füße, die aus dem Ding ragten... Ich nehm's dir nicht übel, daß du lachen mußt.«

»Ich lache nicht«, sagte Jacqueline.

Thomas setzte sich auf und nahm Jacqueline in die Arme. Eine Weile saßen sie schweigend da, während Jacqueline an seiner Brust schluchzende Geräusche von sich gab. Schließlich löste sie sich von ihm und hockte sich auf die Fersen. Ihr Gesicht war verschmiert, und in den Augen schimmerten noch ein paar Tränen. Zwei Haarsträhnen kringelten sich vorwitzig um ihre Ohren.

»Nein«, wehrte sie ab, als Thomas wieder die Arme nach ihr ausstreckte. »Genug davon.«

»Ist das alles, was ich dafür bekomme, niedergeschlagen und kopfüber in ein Faß gesteckt worden zu sein?« beklagte sich Thomas. »Wenn ich einen Arm oder ein Bein verloren hätte, würdest du vermutlich . . .«

»Du bist betrunken«, versetzte Jacqueline kühl. »Thomas, sei vernünftig. Ich war zu Tode erschrocken – deshalb hab' ich mich so dumm benommen, aber das hier ist kein Scherz. Und ich fürchte, dein männliches Ego hat beträchtlichen Schaden genommen, auch wenn ich die einzige war, die dich *in situ* gesehen hat. Wir müssen die anderen über den Vorfall in Kenntnis setzen.«

Jacquelines Therapie wirkte sofort. Abgesehen von leichten Kopfschmerzen fühlte sich Thomas ganz gut. Er griff nach der Champagnerflasche und nahm einen großen Schluck, dann nickte er.

»Ja, ich glaube, ich weiß, woran du denkst. Ein Gutes hat die Sache wenigstens – wir müssen uns nicht anhören, wie Lady Isobel ihr Gedicht über den heldenhaften König Richard rezitiert.«

Die Krisensitzung war in vollem Gange, und all das Gerede führte zu nichts. Thomas brummte der Schädel. Er fühlte sich nicht mehr wie der nachsichtige Erwachsene, der die Possen niedlicher Kinder beobachtete; er kam sich vielmehr vor wie ein Dompteur, den man mit schizophrenen Löwen in einen Käfig gesteckt hatte. Die Menschen gingen ziellos im Raum umher und schrien sich Fragen zu. Weldon, der an der Stirnseite des Tisches saß, schlug wie ein Richter mit dem Holzhammer auf die Tischplatte. Niemand nahm seine Bemühungen, die nötige Ruhe herzustellen, zur Kenntnis. Das Hämmern verstärkte nur Thomas' Schmerzen.

Wie er befürchtet hatte, war die erste Reaktion auf seinen Bericht über den Vorfall ein Heiterkeitsausbruch. Das Gelächter wich jedoch bald der blanken Entrüstung. Beides war laut und gleichermaßen ineffektiv. Frank empörte sich am meisten; er beteuerte immer wieder, daß er nicht der Verfasser der Nachricht gewesen sei, die Thomas in sein Verderben gelockt hatte. Thomas seinerseits versicherte ihm unaufhörlich, daß er ihm glaubte, trotzdem verlangte Frank nach Papier und Bleistift, um eine Handschriftenprobe abzugeben, die ihn entlasten würde. Thomas erinnerte sich, daß die Schrift auf dem Zettel tatsächlich anders gewesen war. Er mußte sich auf sein Gedächtnis verlassen, denn der Zettel steckte nicht mehr in seiner Tasche.

Jacqueline kauerte schweigend in einem großen Sessel. Sie trug ihre Brille, und ihre Augen funkelten, als sie von einem wild gestikulierenden Mitglied der Gesellschaft zum anderen sah.

Schließlich erhob sie sich. Die Unterhaltung verstummte allmählich, während sie langsam zum Tisch ging. Sie lächelte Weldon an, er trat ein paar Schritte zurück und lud sie mit einer Geste ein, seinen Platz einzunehmen. Als sie aufblickte, war es fast ganz still im Raum.

»Ich möchte ein paar Worte sagen«, begann sie leise. »Dürfte ich um Ihre Aufmerksamkeit bitten? Keine Kommentare, keine Fragen und keine Unterbrechungen, wenn ich bitten darf!«

Man hätte eine Stecknadel fallen hören können, so leise war es jetzt im Raum.

»Sehr schön«, fuhr Jacqueline fort und spähte über den Rand ihrer Brille. »Ich fange von vorn an. Gestern abend wurde Frank von jemandem angegriffen, den man alles in allem als maskierten Mann bezeichnen könnte. Oder vielleicht sollte ich besser sagen eine maskierte Person...

In Ihrem ricardianischen Rollenspiel stellt Frank den Lancaster-Prinzen Eduard dar, den Sohn von Heinrich dem Sechsten. Die Tudor-Propagandisten beschuldigen Ihren Helden Richard, für den Tod des Prinzen verantwortlich zu sein. Eduard wurde in der Schlacht getötet, und die ersten Berichterstatter verkünden lediglich, daß er den Tod im Kampf gefunden hat. Spätere Historiker deuten an, daß er erst von den Gefolgsmännern des siegreichen Eduard des Vierten umzingelt und dann getötet wurde. Einer der Tudor-Propagandisten behauptet, Richard habe ihn niedergestochen, als er vor ihm kniete und um Gnade flehte.

Ich bitte um Verzeihung, daß ich all das wiederhole, was Sie längst wissen, doch ich möchte uns allen nur Klarheit verschaffen und meine Gedanken ebenso wie Ihre ordnen.«

Dieses Vorhaben gelingt ihr bestens, dachte Thomas. Ein Professor für englische Geschichte könnte nicht beeindruckender auftreten.

»Der Tod dieses Prinzen«, fuhr Jacqueline fort, »könnte als Richards erster Mord angesehen werden, wenn man der Argumentation der Tudors glaubt. Eduards Verwundung wird nirgendwo beschrieben, aber wir dürfen annehmen, daß jemand, der in einer Schlacht getötet wurde, Stich- und Hiebverletzungen hatte, wie sie durch Schwerter und Dolche, durch Keulen und Streitäxte verursacht werden. Er hatte sicher Schnitte und Schwellungen am ganzen Körper.«

Sie redete weiter, ohne auf eine Reaktion zu warten. Die scharfsinnigeren unter ihren Zuhörern zeigten erste Anzeichen des Entsetzens und des Unglaubens.

»Der zweite Mord, der Richard angelastet wird, ist der an Heinrich dem Sechsten, der im Tower von London gefangengehalten wurde. Die Tudors behaupten, Richard habe den alten Mann erstochen. Ich weiß nicht, ob irgend jemand erwähnt hat, daß Heinrich vergiftet worden sein könnte, doch der Leichnam wies keinerlei Anzeichen von Gewaltanwendung auf, als er, wie es damals Brauch war, öffentlich zur Schau gestellt wurde, und Gift wurde meistens vermutet, wenn der Tod unerwartet eintrat.

Heute morgen wurde es Doktor Rawdon, der den Part von Heinrich dem Sechsten übernommen hat, plötzlich übel, nachdem er das Frühstück, das extra für ihn zubereitet wurde, eingenommen hatte.

Bis zu diesem Zeitpunkt konnte noch niemand den Zusammenhang zwischen den, wie es schien, zufälligen Ereignissen erkennen. Thomas' Abenteuer allerdings machte den Bezug ganz deutlich. Der Spaßvogel unter uns wurde etwas direkter. Thomas, also der Herzog von Clarence, wurde niedergeschlagen und in ein Weinfaß gesteckt. Glücklicherweise war das Faß leer, aber der Witzbold gab sich große Mühe, um die Demütigung so perfekt wie möglich zu machen. Thomas wurde aufrecht gehalten – wenn ich es so ausdrücken darf – durch ein Seil, das seine Knöchel fesselte und oben um das Faß geschlungen war.

Kein ernstzunehmender Historiker glaubt, daß Richard tatsächlich verantwortlich für den Tod seines verräterischen Bruders war, doch die Tudor-Legende klagt ihn dennoch deswegen an. Sagen Sie mir eines«, forderte Jacqueline im selben sanften, angenehmen Ton, »möchten Sie wirklich noch, daß wir ins Dorf gehen und nach dem imaginären Schurken suchen, oder sollten wir nicht viel eher unsere eigenen Alibis überprüfen?«

Die verblüfften Ricardianer starrten sie wie vom Donner gerührt an. Thomas lehnte sich zurück und faltete die Hände über dem Bauch. Indem sie einen gemeinsamen Nenner für die Vorfälle gefunden hatte, war es Jacqueline gelungen, sein peinliches Erlebnis zum Teil eines Puzzles zu machen. Es war nicht mehr so schlimm, zum Narren gemacht worden zu sein, wenn man soviel Gesellschaft hatte.

»Ich kann es nicht glauben«, brachte der Vikar endlich heraus. Sein ansonsten so rosiges Gesicht war blaß geworden. »Meine Liebe, sind Sie sicher ...«

»Wir wollen keine Zeit damit verschwenden, das Offensichtliche zu leugnen«, unterbrach ihn Kent. »Der Zusammenhang ist klar. Aber ich stelle Ihre Schlußfolgerung in Frage, Jacqueline. Wieso brauchen wir Alibis?«

»Das erscheint mir ebenso offensichtlich«, entgegnete Jacqueline. Sie wirkte so selbstgefällig, daß Thomas ihr am liebsten etwas entgegengeschleudert hätte. »Wir können die Möglichkeit, daß ein Außenstehender hier sein Unwesen treibt, nicht vollkommen ausschließen. Aber um tätig zu werden, müßte er sich zuerst Zugang zu diesem Haus verschaffen und sich informieren, wer welche Rolle spielt. Ersteres ist trotz Sir Richards Vorsichtsmaßnahmen nicht unmöglich. Dieses Haus ist keine mittelalterliche Festung mit Burggraben und Fallbrükke, sondern ein offenes, modernes Haus, und ich garantiere Ihnen, daß ein einigermaßen geschickter Mensch den Zaun, der das Grundstück umgibt, in zehn Sekunden überwinden kann. Auch die Informationen, die Ihr Rollenspiel betreffen, kann sich ein Außenstehender ohne Schwierigkeiten beschafft haben. Er könnte die Dienstboten bestochen haben; kein Mensch würde sich wie ein Verräter vorkommen, wenn er so nebensächliche Informationen weitergibt. Einige von Ihnen haben vielleicht mit Freunden über Ihre Scharade gesprochen. Wie auch immer ...«

»Aber Sie widersprechen sich selbst«, fiel Frank ein. »Sie haben bewiesen, daß ein Außenstehender die Gelegenheit gehabt hätte. Und was das Motiv betrifft – jemand will uns augenscheinlich zum Narren halten. Keiner von uns würde so etwas tun.«

Der Vikar stimmte Frank mit ein paar Grunzlauten zu. Mrs. Ponsonby-Jones, deren schwerfälliger Verstand die Situation endlich erfaßt hatte, bewegte ihren massigen Kopf auf und ab. Die anderen verhielten sich ruhig.

Percy kicherte. »Ich wünschte, mir wäre das eingefallen. Ich hätte Thomas zu gern in dem Weinfaß gesehen.«

»Junger Mann«, wies ihn Sir Richard ärgerlich zurecht.

Mrs. Ponsonby-Jones, deren Gehirnzellen schneller arbeiteten, wenn sie ihr Söhnchen bedroht glaubte, drückte Percy mit einem durchdringenden Schrei an ihren mütterlichen Busen. »Richard, wie kannst du es wagen, Percy zu beschuldigen. Der Junge hat doch gar nicht die Kraft für solche Aktionen, selbst wenn er die Phantasie hätte, sich so häßliche Dinge auszudenken.«

Thomas mußte eingestehen, daß Percy vor allem aus Fett und nicht aus Muskeln bestand. Er bezweifelte, daß der Junge einen erwachsenen Mann überwältigen und wegschleppen konnte. Ansonsten wäre Percy der perfekte Verdächtige. Kindisch, altklug, boshaft ... Boshaftigkeit. Als ihm dieses Wort einfiel, wurde Thomas plötzlich klar, warum Jacqueline so ernst war.

Ein schwaches Hüsteln von der anderen Seite des Tisches lenkte die Aufmerksamkeit aller Anwesenden auf den amerikanischen Gast.

O'Hagan räusperte sich noch einmal. »Es muß ein Außenstehender gewesen sein«, sagte er und schnappte aufgeregt nach Luft. »Und ich weiß auch wer. Strangways! Der Mann ist zu allem fähig. Er muß hier sein. Suchen wir ihn!«

»Kennen Sie ihn, Mr. O'Hagan?« fragte Jacqueline.

»Liebe Güte, nein!« Die Vorstellung allein schien O'Hagan in Wut zu versetzen. Sein Schnurrbart bebte. »Ich würde niemals Bekanntschaft mit einem solchen Halunken schließen. Trotzdem weiß ich über ihn Bescheid. Er ist zu allem fähig«, wiederholte er.

»Das sagten Sie bereits«, bemerkte Philip. »Ich habe eine Idee. Ein einfallsreicher Zeitungsfritze könnte die Tricks inszeniert haben. Es wäre eine großartige Story – die verrückten Ricardianer spielen ihre Rollen bis zum Äußersten. Wenn der Kerl eine Kamera dabei hatte und Fotos von den Opfern gemacht hat ...«

Ein gequältes Ächzen drang ungewollt über Thomas' Lippen. Frank gab zwar keinen Laut von sich, aber er sah aus, als könnte er auf der Stelle losheulen.

»Mein Gott, ich werde auswandern müssen«, jammerte er.

»Ich auch«, sagte Thomas. »Wenn meine Studenten jemals ein solches Foto zu Gesicht bekämen!«

»Unsinn!« explodierte Jacqueline. »Was ist los mit Ihnen? Theoretisch könnte uns ein Außenstehender diese Streiche gespielt haben, aber er hätte schon eine Tarnkappe und viel Glück haben müssen, um unentdeckt zu bleiben. Wenn das nicht einer von uns war, dann ...«

Liz flüsterte etwas vor sich hin. Sie schien schockierter zu sein als alle anderen, ihr Gesicht war unter dem Make-up aschfahl.

»Was?« fragte Jacqueline.

»Ich glaube, ihr seid alle verrückt geworden«, brummte Liz. »Ich hätte gute Lust, alles hinzuschmeißen und von hier zu verschwinden.«

»Sie haben keinen Grund, sich Sorgen zu machen, meine Liebe«, sagte Philip. Sein Lächeln war wie weggeblasen, und sein hübsches Gesicht wirkte hart und gefährlich. »Elisabeth von York hat Richard um einige Jahre überlebt. Ich bin derjenige, der seine Sachen pakken sollte. Hastings war Richards nächstes Opfer – wenn unser Spaßvogel wirklich der Tudor-Chronologie folgt.«

»Denken Sie über das, was ich gesagt habe, nach.« Jacqueline ließ die Worte wie Steine in die angespannte Stille fallen. »Komm, Thomas, gehen wir ins Dorf. Wenn wir die Möglichkeit, daß sich ein Fremder hier herumtreibt, ausschließen können, sehen unsere Freunde den Tatsachen vielleicht ins Auge.«

Sie marschierte hinaus.

Thomas mußte rennen, um sie einzuholen. Erst als sie die Terrasse überquerten, hatte sich Jacqueline so weit beruhigt, daß sie wieder normal sprechen konnte.

»Es ist nicht die Logik der Situation«, murmelte sie vor sich hin. »Es ist die Atmosphäre. Sehen sie das denn nicht? Die Boshaftigkeit, dieser gehässige Humor – es ist ein internes Verbrechen, nichts anderes. Niemand spielt vollkommen Fremden so tückische Streiche. Und wenn es keine Streiche sind ...«

Thomas nahm ihren Arm, als sie die flachen Stufen zum Rosengarten hinuntergingen.

»Genau deshalb wollen sie sich den Tatsachen nicht stellen. Die Fakten sind nicht gerade erfreulich. Hör auf zu schäumen, Liebes – riechst du den Duft der Rosen? Der Tag ist viel zu schön, um wütend zu sein.«

»Ich wette, es fängt heute noch an zu regnen«, sagte Jacqueline.

Aber die Schönheit des Morgens hätte einen Stein erweicht; ihr Gesicht klärte sich, als sie tief einatmete. Sie blieb stehen und legte behutsam die Hände um eine Rosenblüte. Das Herz war rosa und die Blütenblätter schneeweiß.

»Ich habe mir nie viel aus Rosen gemacht«, sagte Thomas.

»Was sind deine Lieblingsblumen?«

»Was, ein vitaler Amerikaner soll eingestehen, daß er eine Lieblingsblume hat? Ich beschäftige mich nicht viel mit Blumen. Die giftige Tollkirsche vielleicht? Sie erinnert mich an dich.«

Er legte den Arm um sie, und Jacqueline lachte.

»Vielen Dank, Thomas, ich bin gerührt. War ich da drin sehr schrecklich?«

»Nein, sie haben's nicht anders verdient.« Sie schlenderten Arm in Arm weiter, und Thomas erfaßte eine Woge des Glücks. »Ein englischer Garten im Sonnenschein und die Frau, die ich liebe«, sagte er poetisch. »Was könnte besser sein?«

»Ein Laib Brot und ein Krug Wein. Ich kriege allmählich Hunger. Meinst du, wir könnten Bier und Käse im Pub bekommen?«

Jacquelines Gesicht strahlte. Thomas umarmte sie und drückte sie fest an sich.

»Du kannst ein ganzes Faß Bier haben, wenn du willst.«

»Reden wir lieber nicht über Fässer.«

»Wenn ich davon sprechen kann, hast du keinen Grund, dich zu zieren. Glaubst du wirklich, daß wir im Dorf etwas herausfinden?«

»Um die Wahrheit zu sagen, der Gedanke an ein Bier hat mich dazu veranlaßt, der Unternehmung zuzustimmen«, erwiderte Jacqueline nachdenklich. »Aber ich denke, wir sollten uns trotzdem umsehen.«

»Du glaubst, daß Strangways hier ist?«

»Ich an seiner Stelle wäre hier. Er ist genauso besessen von Richard wie deine Freunde; sogar noch mehr, weil ihn eine Art Haßliebe antreibt. Er war so ausfallend, daß sein Ruf als Wissenschaftler mit Richards Schurkereien steht und fällt. Jede Entdeckung, die Richard entlastet, stellt eine Bedrohung für Strangways dar. Ja, ich wäre sicherlich in der Nähe, wenn ich von einem aufsehenerregenden, kürzlich aufgetauchten Dokument gehört hätte.«

Sie kamen zu einer Baumgruppe, die den hinteren Gartenteil abschirmte. Der Schatten war kühl und erfrischend. Thomas zog seinen Arm zurück, so daß sie sich hintereinander durch die Bäume zwängen konnten.

»Wieso weißt du soviel über Strangways?«

»Selbstverständlich habe ich seine Veröffentlichungen gelesen. Ich lasse mich nicht auf ein solches Unternehmen ein, ohne meine Hausaufgaben zu machen.«

»Ah, der Mittwoch nachmittag, als du sagtest, du müßtest zum Friseur.«

»Ich habe lediglich angedeutet, daß ich eigentlich hin müßte, aber ich war statt dessen im britischen Museum.«

»Und zweifellos hast du berufliche Verbindungen zu jemandem im Leseraum. Du bist wirklich die größte... Doch deine Freudsche Analyse vom unseligen Strangways erscheint mir ein wenig weit hergeholt.«

»Das ist sie ganz und gar nicht«, versetzte Jacqueline kühl. »Zu meinen beruflichen Pflichten gehört es, Kontakt zu der sonderbaren Welt der Geschichtswissenschaftler zu halten. Ich kenne einen Mann, der vollkommen vernarrt in Maria, die Königin der Schotten, ist. Er hat in seinem Arbeitszimmer zu Hause einen kleinen Altar aufgebaut mit einem Porträt von dieser schrecklichen Frau in karmesinrotem Samt, mit einem ewigen Licht und einer weißen Lilie in einer Vase. Da es ihm schwerfällt, von seinem mageren Professorengehalt ständig für frische Lilien zu sorgen, ist die Blume aus Plastik; aber die Gesinnung ist deswegen nicht weniger gräßlich.«

»Ist das jemand, den ich kenne?« wollte Thomas wissen.

»Du kennst ihn.« Jacqueline grinste ihn über ihre Schulter hinweg an. »Aber meine Lippen sind versiegelt. Ich habe auch nie jemandem von deiner kleinen Schwärmerei für Nofretete erzählt.«

»Jeder schwärmt mindestens einmal im Leben für Nofretete«, verteidigte sich Thomas. Er spürte, daß er rot wurde, und wechselte das Thema. »Da ist der Zaun. Zehn Sekunden, hast du gesagt? Einundzwanzig, zweiundzwanzig...«

Er hätte es besser wissen müssen. Jacqueline war schon bei achtundzwanzig über dem Zaun. Thomas kletterte hinterher. Ehe Jacqueline verkünden konnte, wie lange er gebraucht hatte, sagte er schnell: »Du hast dir die Hose zerrissen.«

»Meiomei!« Jacqueline versuchte ohne nennenswerten Erfolg, über ihre Schulter zu schauen.

Thomas strich ihr über den Hosenboden und heuchelte Erleichterung. »Nein, es ist okay – nur ein Rostfleck. Woher hast du deine Ausrufe? Seit meinem achten Lebensjahr habe ich niemanden mehr ›meiomei‹ sagen hören.«

»Ich versuche, mein Vokabular zu reformieren. Die Studenten üben einen schlechten Einfluß auf mich aus, und ihre Ausdrücke klingen schon schlimm genug, wenn sie sie aussprechen, aber aus dem Mund einer gesetzten, würdevollen Lady... Welchen Weg nehmen wir?«

Der Pfad führte am Zaun entlang, dann durch eine hügelige Wiese, die wie absichtlich mit schwarzweißen Kühen dekoriert war. Jacqueline fing an zu singen, es klang zum Verrücktwerden. Thomas hätte es nichts ausgemacht, wenn sie laut gesungen hätte, da sie eine hübsche Stimme hatte und harmonische Klänge in die Landschaft paßten; aber Jacqueline gab eine Art gesungenen Monolog von sich, der wie ein tiefes Dröhnen klang. Auch die Auswahl der Melodien paßte Thomas nicht. Sie begann mit einem Ausschnitt aus der rasenden Szene von *Lucia* und machte weiter mit *Eleanor Rigby* und der schauerlichen Ballade über einen alten englischen Mord, *Eduard.* Thomas war heilfroh, als sie endlich ins Dorf kamen und Jacqueline aufhörte, von Blutstropfen zu singen.

Von früheren Besuchen her hatte Thomas das »Weldon Arms« in angenehmer Erinnerung, auch wenn der Besitzer den Namen geändert hatte, um dem gegenwärtigen Besitzer des Herrenhauses zu schmeicheln. Der Gasthof hatte seine Ursprünge im vierzehnten Jahrhundert, und sein früherer Name »Der blaue Keiler« erinnerte die Ricardianer an ihren Helden. Sein Wappen mit dem weißen Keiler hatte während seiner kurzen

Regentschaft viele Wirte zu Schildern für ihre Häuser inspiriert, und als die Tudors an die Macht kamen, beeilten sich die Leute, die Keiler blau anzumalen, um die neuen Herrscher nicht gegen sich aufzubringen.

Als sie um die Ecke bogen und den Gasthof vor sich sahen, stieß Thomas einen ärgerlichen Pfiff aus. Die schmale Straße war vollgeparkt mit Autos und Motorrollern. Dünner blauer Dunst von Auspuffgasen dämpfte den hellen Sonnenschein und die leuchtenden Farben der Blumengärten. Gaffende Touristen drängten sich zwischen den Fahrzeugen, und Thomas versuchte zu entscheiden, welcher Nationalität wohl die am wenigsten attraktiven Touristen waren.

Jacqueline stieß ihm in die Rippen, als er eine langbeinige Blondine – eine Schwedin? – in einem ärmellosen, tief ausgeschnittenen Stricktop betrachtete.

»Spiel bloß nicht den schmutzigen alten Mann, Thomas, das ist so langweilig. Wie sollen wir in den Gasthof kommen? Da drin ist es brechend voll.«

»Gehen wir auf die andere Seite zum Privateingang«, schlug Thomas vor. »Als ich das letzte Mal hier war, hat man mich Mr. Doakes, dem Wirt, vorgestellt – vielleicht erinnert er sich noch an mich.«

Der vielbeschäftigte Mr. Doakes erinnerte sich nicht, aber als Thomas seinen und Sir Richards Namen nannte, hellte sich das gerötete Gesicht des Mannes auf.

»Tut mir leid, Sir, ehrlich. Ich hätte Sie erkennen müssen, aber Sie sehen ja selbst...« Er deutete auf die Menschen, die sich auf der Straße drängten. »Ich beschwere mich nicht, keineswegs. Es ist gut fürs Geschäft. Kommen Sie ins Nebenzimmer, das halte ich immer für Stammgäste frei. Und diese Lady ist...? Ist mir ein Vergnügen, Mrs. Kirby.«

Im Nebenzimmer, einer Perle der englischen Architektur, herrschte himmlischer Frieden. Die massiven Balken waren alt, aber Thomas hatte so seine Zweifel, was die Kupferkessel und -pfannen betraf, die überall hingen. Die kleinen, bleiverglasten Fenster dämpften das Sonnenlicht, so daß der Raum angenehm kühl war. Es roch nach Ale, Würstchen und Messingpolitur.

Einer der Stammgäste schlief in einer Ecke. Er war so alt, runzlig und still, daß Thomas für einen Moment überlegte, ob er überhaupt echt war. Jacqueline bewegten ähnliche Gedanken; als der Wirt hinausging, um ihnen etwas zu essen und zu trinken zu holen, tippte sie Thomas an und flüsterte: »Ich glaube, der ist ausgestopft. Mr. Doakes hat ihn dort hingesetzt, um die richtige Atmosphäre zu schaffen.«

»Vielleicht ist er gerade gestorben, und niemand hat es bemerkt.«

Doakes kam mit Ale, selbstgebackenem Brot und köstlichem Wensleydale-Käse zurück. Er schien froh zu sein, von dem Getümmel in der allgemeinen Gaststube wegzukommen, und als Thomas ihn einlud, sich zu ihnen zu setzen, nahm er bereitwillig an.

»Vierzig Jahre bin ich jetzt hier, und jeden Tag vermisse ich das gute alte London«, sagte er. »Aber jetzt, wenn ich sehe, was für eine Brut die Stadt da ausspuckt . . .« Er schüttelte den Kopf und widmete sich seinem bescheidenen Bierkrug. Der Schluck stimmte ihn nicht heiterer, und er fuhr düster fort: »Mit allem Respekt für Sir Richard, es ist seine Schuld, daß uns diese Horden die Hölle heiß machen. Der ganze Unsinn, der sich da im Herrenhaus abspielt . . .«

Ein knirschendes Geräusch – wie ein rostiges Getriebe – ertönte in der Ecke, in der die alte Mumie hockte. Thomas drehte den Kopf und erschrak. Himmelblaue Augen blitzten in dem faltigen Gesicht, und eigenartige

Laute drangen aus dem zahnlosen Mund. Das fehlende Gebiß und der unglaubliche Yorkshire-Akzent machten die Worte unverständlich. Thomas wandte sich mit einem fragenden Blick an Doakes.

»Will sagt, Sir Richard ist der beste Master in West Riding, und er will kein böses Wort über ihn hören«, übersetzte Doakes. »Schon gut, Will, schon gut, bin ganz deiner Meinung. Hat nicht Sir Richard meine kleine Enkelin in dieses Hospital in London geschickt, als sie letztes Jahr so krank war? Aber trotzdem sag' ich, daß sich erwachsene Männer und Frauen nicht so aufführen sollten. Es ist schon schlimm genug, daß sie sich verkleiden und irgendwelche Rollen spielen, aber wenn sie auch noch so tun, als wären sie Leute, die längst gestorben sind – ich kann dazu nur sagen, das ist nicht normal.«

Offenbar pflichtete der alte Will ihm in diesem Punkt bei; die blauen Augen und der zahnlose Mund blieben geschlossen. Thomas tauschte einen Blick mit Jacqueline und sah, daß sie dasselbe dachte wie er. Die Vorgänge im Weldon-Haus waren den Dorfbewohnern nicht verborgen geblieben.

Jacqueline trank ihr Ale aus und starrte vielsagend auf ihr leeres Glas. Thomas bestellte eine neue Runde. Unter dem Einfluß seines eigenen, ausgezeichneten Gebräus wurde der Wirt noch ein wenig zugänglicher. »Ah«, meinte er philosophisch, »Sir Richard ist ein feiner Mann, trotz seines Spleens, und ich wünsche ihm nur das allerbeste. Ihm und der Lady seiner Wahl.«

»Mrs. Ponsonby-Jones?« fragte Thomas unsicher.

Der alte Will öffnete wieder den Mund. Er sah aus wie Boris Karloff im schlimmsten Gruselfilm. In der schwarzen Kehle formten sich Laute, die wie ein Todesröcheln klangen. Thomas hätte die Geräusche nicht als Lachen identifiziert, wenn Doakes nicht mit eingefallen wäre.

»Der Gentleman macht Witze, Will. Doch nicht die alte ... äh ... Frau! Die wird bestimmt nicht Lady Weldon, und die Dürre auch nicht. So verrückt ist Sir Richard auch wieder nicht. Wir alle würden uns freuen, wenn Miss Liz die Herrin im Weldon-Haus werden würde. Sie ist ein nettes Mädchen, obwohl sie moderne Flausen im Kopf hat.«

»Aber ...« begann Thomas, verstummte jedoch, als Jacqueline ihm einen Tritt ans Schienbein versetzte. Sie hatte recht, sie verschwendeten nur ihre Zeit.

»Sir Richard schickt mich – er bittet Sie um Ihre Hilfe, Mr. Doakes«, sagte er. »Jemand ist letzte Nacht ins Haus eingedrungen.«

Doakes' Grinsen verblaßte, als Thomas die Sachlage erklärte. Dann schüttelte er den Kopf.

»Also so was können wir hier wirklich nicht brauchen. Einbrechen und in fremden Häusern herumspazieren – das verstößt gegen das Gesetz, hab' ich recht?«

Er hatte nichts dagegen, das Melderegister zu holen und die Namen mit Thomas durchzugehen. Nur sechs Fremde hatten im Gasthof Quartier genommen, und Doakes' Beschreibungen nach konnte keiner von ihnen Strangways sein. Weitere Fragen bestätigten, daß sich kein Mann, der in Strangways Alter war, in einem der Cottages im Dorf eingemietet hatte. Sie bedankten sich bei Doakes und standen auf, um den Heimweg anzutreten.

»Richten Sie Sir Richard aus, daß er sich keine Sorgen mehr zu machen braucht«, sagte der Wirt im Brustton der Überzeugung. »Niemand wird mehr bei ihm einbrechen, dafür werden wir schon sorgen.«

Thomas spähte in die Ecke zum alten Will und war nicht überrascht, die blauen Augen offen und hellwach zu sehen. Er nahm Doakes' Versprechen ernst. Die Dorfbewohner würden die Reihen schließen, wenn einer von ihnen bedroht war, und Thomas tat jetzt schon jeder Reporter leid, der mit einem Einheimischen – sogar mit dem alten Will – aneinandergeriet. Schon sein Anblick, wenn er im Dunkeln auf einen zuhinkte und seinen zahnlosen Mund aufriß, würde einem nervenschwachen Mann einen Entsetzensschrei entlocken.

Sie waren schon fast an der Tür, als der alte Will einen letzten Kommentar von sich gab. Die rollenden »Os« und »Us« dröhnten wie Donnerhall.

Doakes zögerte einen kleinen Moment, ehe er übersetzte: »Er sagt, das Theaterspielen ist gut, wenn es hilft, endlich König Richards Unschuld zu beweisen. Er meint, König Richard hat's nicht getan, und alle Dorfbewohner wollen am Sonntag dabeisein, wenn bewiesen wird, daß er's nicht getan hat.«

Der alte Will murmelte aufgeregt vor sich hin. Thomas ahnte, daß er in seine eigene Phantasiewelt abgedriftet war, und fragte sich, ob es dieselbe Welt war, in der Weldon einen Teil seiner Zeit verbrachte. Wie konnte jemand annehmen, daß die tote Vergangenheit tatsächlich tot war? Sie lebte in diesem halbgebildeten Achtzigjährigen genauso weiter wie in der Gruppe belesener Ricardianer. Der Gedanke war beinahe angsteinflößend.

Doakes begleitete sie durch die Hintertür auf die Straße. Ihm schien Wills Ausbruch peinlich zu sein; ehe er die Tür zumachte, flüsterte er noch: »Sie müssen Nachsicht mit dem alten Will haben, Sir, Madam. Er spinnt manchmal ein bißchen... Aber eigentlich sind alle ziemlich komisch, wenn die Sprache auf König Richard kommt. Ich sag' nur eins – das ist nicht normal.«

Jacqueline war auf dem Heimweg mit ihren eigenen Gedanken beschäftigt. Als sie ins Haus kamen, ging sie hinauf, um sich umzuziehen. Das Klettern über den Zaun hatte nicht nur gezeigt, daß sie körperlich fit war, sondern auch, daß sich weiße Hosen nicht für Begegnungen mit rostigen Eisenstäben eigneten.

Thomas wanderte durch den Garten. Er war satt von Brot und Käse und hatte im Augenblick keine Lust, sich mit einer Horde streitbarer Ricardianer herumzuschlagen. Er durchquerte den Rosengarten, um in einen Teil des Anwesens zu kommen, an den er sich von einem seiner früheren Besuche her erinnerte – es war ein gepflasterter Hof mit efeubewachsenen Mauern, Blumentrögen, Steinbänken und einem Springbrunnen.

Sein Gedächtnis trog ihn nicht, und die üppige Blütenpracht belohnte ihn für die mühselige Suche nach dem friedlichen Plätzchen. Auf einer der Bänke saßen Liz und Frank.

Thomas blieb zögernd unter dem Torbogen stehen. Es war ein geeigneter Zufluchtsort für ein Liebespaar, aber er hatte den Eindruck, daß er eher bei einem Streit als bei einem Tête-à-tête störte. Liz' herzliche Begrüßung und Franks schroffes »Hallo« bestätigte seine Vermutung. Thomas setzte sich zwischen die beiden – sie saßen je an einem Ende der Bank – und überlegte, was er sagen konnte. Ihm fiel der Klatsch wieder ein, den der Wirt über Weldon und das Mädchen an sie weitergegeben hatte, und wurde noch unsicherer.

»Haben Sie etwas herausgefunden?« fragt Liz.

»Kein Strangways.« Thomas erzählte ihnen, was sie erlebt hatten.

»Hölle und Verdammnis«, brummte Frank düster. »Es war nicht wirklich zu erwarten, daß Sie auf irgend etwas stoßen, trotzdem hatte ich gehofft...«

»Wir brauchen uns keine Sorgen zu machen«, beruhigte Thomas ihn mit gespieltem Optimismus. »Niemand wurde verletzt. Genaugenommen war der Spaßvogel, wie Jacqueline ihn so gern nennt, ziemlich rücksichtsvoll.«

»Hah«, machte Frank und tastete die Wunden in seinem Gesicht ab.

»Das sind nur kleine Kratzer«, sagte Liz mit einem verächtlichen Blick. »Sie haben recht, Thomas. Rawdon ist auch schon wieder auf den Beinen.«

»Was war in seinem Essen?«

Liz kicherte – sie sah entzückend aus. »Offenbar irgendein Brechmittel. Rawdon will nicht sagen, welches es war. Die Namen der in Frage kommenden Mittel würden eher Belustigung als Mitgefühl hervorrufen.«

»Also wurde auch er hauptsächlich gedemütigt und nicht ernsthaft in Gefahr gebracht«, sagte Thomas, »genau wie ich.«

»Ich finde, Ihr Abenteuer war ziemlich gefährlich«, widersprach Liz, und Thomas war gerührt von ihrem Mitgefühl. »Es hätte böse für Sie ausgehen können, wenn man Sie nicht rechtzeitig gefunden hätte.«

»Aber ich wurde sofort gefunden. Jeder wußte, daß wir ins Dorf gehen wollten, und Jacqueline ist nicht gerade ein geduldiger Mensch. Der Witzbold konnte sicher sein, daß sie mich suchen würde, wenn ich nicht pünktlich wie ausgemacht erschien.«

»Und woher wußte sie, wo sie suchen mußte?« erkundigte sich Liz.

»Wilkes hat beobachtet, wie ich zur Kellertür ging«, erwiderte Thomas. Das hatte Jacqueline ihm erklärt, als sie ihn zu den anderen gebracht hatte. »Aber ich nehme an, es war auch Intuition im Spiel. Nach Franks Begegnung...« Er brach mit einem entsetzten Keuchen ab. »O nein, Sie verdächtigen doch nicht Jacqueline, oder? Sie ist eine Fremde...«

»Ganz genau. Sie ist der einzige Neuling in unserem Kreis und die einzige, die sich der Sache nicht verschrieben hat. Und ich finde, sie hat einen ziemlich eigenartigen Humor.«

Thomas verschluckte sich und hustete, und Frank prustete laut los.

»Hör schon auf, Liz. Du bist daran gewöhnt, daß dir alle Männer in der Gruppe zu Füßen liegen, und jetzt hast du Konkurrenz bekommen.«

Liz funkelte ihn böse an.

Offenbar merkte Frank, daß er zu weit gegangen war, und fügte rasch hinzu: »Jacqueline ist außerdem nicht die einzige Fremde.«

»O'Hagan«, sagte Thomas nachdenklich. »Ist ihm einer der anderen schon früher einmal begegnet?«

»Nein«, antwortete Liz. »Ich muß gestehen, daß er mir komisch vorkommt. Vielleicht sind bei ihm ein paar Schrauben locker.«

»Ich denke«, sagte Frank, »das wichtigste ist jetzt, weitere Vorkommnisse zu verhindern. Wenn wir den Spaßvogel schon nicht identifizieren können, dann sollten wir wenigstens überlegen, welchen Schritt er aller Wahrscheinlichkeit nach als nächstes unternehmen wird.«

»Guter Vorschlag«, sagte Thomas anerkennend. »Bis jetzt schien er der Tudor-Legende gefolgt zu sein. Also müßte sein nächstes Opfer...«

»... Lord Hastings sein«, ergänzte Frank, »den unser Bühnen- und Leinwandidol darstellt.«

Liz hatte den neben der Bank wachsenden Fingerhut mit, wie Thomas fand, finsterem Interesse studiert, jetzt drehte sie sich abrupt zu Frank. »Und du freust dich schon darauf, daß es ihn erwischt, wie?«

»Warum nicht?« entgegnete Frank trotzig. »Man hat einen Narren aus mir gemacht, und jetzt nehme ich mir die Freiheit, mit größtem Vergnügen zu beobachten, wenn ein anderer dran ist. Wenn es überhaupt irgend jemand verdient, dann er...«

Sie tauschten wütende Blicke aus, und Thomas wurde beinahe sentimental. Vor vielen Jahren war er in ein ähnliches Wortgefecht mit einem hübschen Mädchen verwickelt gewesen... Seine Debatten mit Jacqueline gehörten nicht unbedingt in dieselbe Kategorie.

»Der springende Punkt ist nicht, sich über Philips Erniedrigung zu amüsieren, sondern den Missetäter zu erwischen«, warf er milde ein. »Wenn Sie recht haben, dann brauchen wir nichts weiter zu tun, als Philip auf Schritt und Tritt zu bewachen.«

»Stimmt«, bestätigte Frank widerstrebend. »Keine Angst, Thomas, ich bin nicht so dumm, meine Pflichten zu vernachlässigen, nur weil...«

»... du eifersüchtig bist«, beendete Liz den Satz für ihn. »Du wirfst mir Eifersucht vor; aber du – du bist fuchsteufelswild vor Eifersucht! Phil ist sehr gutaussehend, talentiert, ziemlich bekannt und selbstbewußt...«

»Und ich bin das alles nicht.« Frank stand auf. Sein Gesicht war rot angelaufen, aber es lag eine gewisse Würde in seinem Zorn und seiner Selbstbeherrschung. »Alles klar, Liz, mehr kann ich heute nicht ertragen. Such dir einen anderen Prügelknaben.« Er machte sich davon.

Sobald er weg war, schien Liz in sich zusammenzusinken. Ihre Augen drückten gleichermaßen Trotz und Kummer aus, als sie Thomas kurz ansah. Sie wandte sich wieder dem Fingerhut zu und sagte: »Sie finden mich schrecklich, stimmt's?«

»Bestimmt nicht. Ich glaube nur, daß Sie Angst haben. Aber ihr Ladies habt keinen Grund, euch zu fürchten. Nicht einmal seine schlimmsten Feinde beschuldigen Richard, Frauen umgebracht zu haben.«

»Abgesehen von seiner Gemahlin.« Liz sah ihn mit einem matten Lächeln an. »Und das ist meine liebe Mutter. Was meinen Sie, wie simuliert der Spaßvogel wohl die Schwindsucht?«

»Wenn er sich an die Tudor-Geschichten hält, müßte es Gift sein«, entgegnete Thomas beklommen. »Ihre Mutter ist keine junge Frau mehr. Mir gefällt der Gedanke nicht, daß ihr jemand einen üblen Streich spielen könnte.«

Liz lächelte wieder, als sie aufstand und Thomas die Hand hinhielt, um ihn auf die Füße zu ziehen.

»Sie sind wirklich ein Schatz. Kommen Sie, Thomas, die Nachmittagssitzung fängt in Kürze an. Wir dürfen nicht fehlen. Dickon hat uns strikt jedes Gespräch über die geheimnisvollen Ereignisse untersagt; er meint, wir hätten schon genug Zeit damit verschwendet.«

»Also hören wir heute, wie Frank den Mord an den Prinzen wiederkäut«, sagte Thomas, während er neben Liz hertrottete.

»Und Lady Isobel rezitiert ihr neues Gedicht – falls die Zeit es erlaubt.«

»Wahrscheinlich erlaubt sie es nicht.« Dieser Gedanke stimmte Thomas heiterer. »Wir haben bereits zwei Sitzungen vertagt. Aber sagen Sie, Liz, sind Sie sicher, daß Hastings das nächste Opfer ist? Haben die Tudor-Verleumdungen nicht nahegelegt, daß Richard auch den Mord an Eduard dem Vierten begangen hat?«

»Nicht einmal Sir Thomas More behauptet so etwas Absurdes.« Liz runzelte nachdenklich die Stirn. Sie sah hübsch aus, wenn sie angestrengt überlegte, und Thomas war versucht, den Arm um sie zu legen, aber er besann sich eines Besseren.

»Dennoch«, fuhr Liz fort, »könnte man Richard indirekt die Schuld an Eduards Tod geben, weil er keinen Versuch unternommen hat, ihn von den Ausschweifungen abzubringen, die sein Ende herbeigeführt haben.«

»Wunderbar.« Thomas lachte. »Ich bin überrascht, daß das More nicht eingefallen ist. Denken Sie nur an seine Behauptung, Richard sei verantwortlich für Clarence' Hinrichtung gewesen, obwohl er öffentlich Protest dagegen eingelegt hat. More meinte, er hätte nicht laut genug protestiert und könnte es deswegen wohl nicht ernst gemeint haben.«

»Solche Überlegungen führen zu nichts, Thomas.«

»Nein. Aber wir werden Philip ständig im Auge behalten müssen.«

»Das übernehme ich«, bot Liz an.

Früher hatte sich Thomas daran gestört, daß die Ricardianer viel zu emotional waren. An diesem Tag erlebte er eine Demonstration des britischen Phlegmas. Die Nachmittagssitzung verlief nach Tagesordnung, und niemand erwähnte die unseligen Vorfälle.

Aber als er sich genauer umsah, entdeckte er, daß die Ereignisse deutliche Spuren hinterlassen hatten. Sie zeigten sich in den geröteten Wangen und den glitzernden Augen, in der kummervoll gefurchten Stirn des Kirchenmannes und in Rawdons ungesunder Gesichtsfarbe. Auch Philip merkte man eine gewisse Unruhe an – sein hübsches Gesicht war unbewegt, während er Weldons einführenden Worten lauschte, seine langen Hände, die auf dem Tisch lagen, wirkten entspannt, aber er klopfte unaufhörlich mit einem Fuß auf den Teppichboden.

Sie saßen in der Bibliothek, da die große Halle für die Feierlichkeiten am Abend vorbereitet wurde. Thomas ging im Geist noch einmal die Schritte des Tanzes durch, den er einstudiert hatte. Aber dann zwang er sich, den anderen zuzuhören.

Weldon sah mehr denn je aus wie sein eigener Held. Seine Nervosität drückte sich nur in einer Geste aus, die er sich vermutlich von Richard III. abgeschaut hatte, dessen Porträt zeigte, wie er an seinem Ring spielte – eine Gewohnheit, die von Historikern belegt wird. Auf dem Porträt trug Richard drei Ringe an der rechten Hand, was für die damalige Zeit äußerst bescheiden anmutete. Weldon trug nur einen, und er drehte ständig daran herum und schob ihn vor und zurück, während er redete.

Zunächst hieß er den bedeutenden Gast aus Amerika, der mit einem Quieken antwortete, in ihrer Mitte willkommen und wies auf die Vergnügungen hin, die für den Abend geplant waren. Er beendete seine kleine Ansprache mit der Vorstellung des ersten Vortragenden, und Frank bestieg das extra installierte Rednerpult.

Das, was Thomas nicht erwartet hatte, trat ein: Er fand Franks Ausführungen einigermaßen interessant. Der junge Mann hatte trotz seiner juristischen Ausbildung einen logischen Verstand. Sogar die Schwellungen in seinem wenig attraktiven Gesicht lenkten nicht von seiner Sicherheit ab, und es war angenehm, seiner tiefen, wohlmodulierten Stimme zuzuhören.

Thomas warf einen Blick auf Jacqueline. Er hatte den Verdacht, daß sie mehr Sympathien für Richard empfand, als sie zugab, aber er traute ihr zu, daß sie aus reinem Eigensinn die Gegenseite vertreten könnte. Thomas versuchte, sein Herz vor dem anmutigen, von rotglänzendem Haar umrahmten Gesicht zu verschließen. Eine der Eigenschaften, die ihn besonders an ihr ärgerte, war ihre Geheimniskrämerei. Wenn sie doch nur ein einziges Mal offen sagen würde, was sie wußte, statt mädchenhafte Unwissenheit vorzutäuschen und dann ihr ahnungsloses Opfer mit einer Flut von Spezialwissen zu überfahren...

Frank vertrat die – unter den Ricardianern – konventionelle Ansicht, daß Heinrich VII. die Morde an den Prinzen begangen hatte. Er erinnerte an Heinrichs unerklärliche Unterlassung, das Schicksal der beiden Kinder nach seiner Ankunft in London aufzudecken, und wies auf die Widersprüche in Mores Darstellung des Geständnisses hin. Zudem machte er deutlich, daß Richards Verhalten ähnlich unlogisch gewesen wäre, wenn er das Verbrechen tatsächlich begangen haben sollte. Wie Englands finstere Vergangenheit bewies, war ein entthronter Monarch oft so gut wie tot; doch die Leichname ermordeter Könige wurden immer öffentlich zur Schau gestellt, so daß kein Zweifel an ihrem Ableben bestehen konnte. Wenn Richard eine Rebellion zugunsten seiner Neffen verhindern wollte, dann wäre es unumgänglich gewesen, das Volk von ihrem Tod in Kenntnis zu setzen.

Während Frank fortfuhr, schweifte Thomas' Blick zu Sir Richard. Weldon hielt seine Hände keine Sekunde still, er drehte den Ring und schob ihn den Finger hinauf und hinunter. Ein eigentümliches Lächeln umspielte seine Mundwinkel, während er dem Vortrag lauschte.

Mit einemmal fiel ihm der Brief wieder ein. Die ungeheuerlichen Ereignisse der letzten vierundzwanzig Stunden hatten den eigentlichen Anlaß für dieses gemeinsame Wochenende vollkommen in den Hintergrund gedrängt. Was stand in dem Brief? War er die Ursache für Weldons rätselhaftes Lächeln?

Wenn ja, dann teilte der Vikar Weldons Gefühle nicht; er wirkte ernst und konzentriert, hin und wieder nickte er, wenn Frank ein Argument anführte. Soweit Thomas wußte, war Ellis außer Weldon das einzige Mitglied der Gesellschaft, das den Brief zu Gesicht bekommen hatte. Das war nicht richtig. Das Komitee sollte die Gelegenheit haben, sich das Dokument anzuschauen, ehe der große Pressezirkus begann. Waren sie nicht deshalb hier? Thomas fragte sich, ob die anderen genau wie er von den boshaften Streichen abgelenkt worden waren und den eigentlichen Zweck ihrer Zusammenkunft vergessen hatten. Er schwor sich, Weldon zur Rede zu stellen, sobald die Sitzung beendet war.

Er mußte sich zusammennehmen, während der Doktor über die mittelalterliche Heilkunst sprach und Percy ein weitschweifiges Schriftstück über die Erziehung adeliger Jungs im fünfzehnten Jahrhundert verlas. Der Nachmittag schleppte sich dahin, und es wurde allmählich dunkel in der Bibliothek. Die Sonne war hinter den Regenwolken, die Jacqueline schon am Vormittag prophezeit hatte, verschwunden. Ein kühler Wind blies durchs offene Fenster, und Thomas zappelte vor Ungeduld. Applaus riß ihn aus seinen Gedanken. Percy war fertig mit der Verlesung des Schriftstücks, und seine entzückte Mutter klatschte begeistert in die Hände. Donner dröhnte unheilvoll, kurz bevor Sir Richard seinen Holzhammer auf den Tisch sausen ließ und die Sitzung beendete.

Thomas holte seinen Gastgeber an der Tür ein und zog ihn zur Seite. Die anderen machten sich auf den Weg in ihre Zimmer, um sich auf das Bankett vorzubereiten. Jacqueline drückte sich in der Nähe herum, aber Thomas warf ihr einen finsteren Blick zu und winkte sie ungehalten weiter. Er wollte allein mit Sir Richard reden. Ausnahmsweise gehorchte Jacqueline.

Die Unterhaltung verlief keineswegs zufriedenstellend. Weldon blieb vage. Selbstverständlich habe er vor, den Kollegen den Brief zu zeigen. Doch es habe so viele Ablenkungen gegeben... Heute abend? Möglicherweise... sie würden später darüber diskutieren. Ob Thomas ihn jetzt wohl entschuldigen wolle? Er müsse mit Wilkes über die Arrangements für das Bankett reden...

Weldon machte sich mit einem freundlichen Lächeln davon. Thomas fluchte. Er verspürte den Drang, seine Nerven zu beruhigen, deshalb klingelte er und bestellte einen Drink. Ein Lakai brachte ihm das Gewünschte – Wilkes hatte offenbar anderweitig zu tun. Thomas ging mit dem Glas nach oben.

Er zog Jackett, Krawatte und Schuhe aus und machte es sich mit Sir Thomas Mores Machwerk auf dem Bett bequem. Regentropfen schlugen leicht gegen das Fenster. Die zugezogenen Vorhänge und die Leselampe vermittelten Thomas ein warmes Gefühl der Geborgenheit. Die Verleumdungen von Sir Thomas nahmen ihn noch mehr für die Seite der Ricardianer ein, aber ansonsten war die Lektüre nicht besonders stimulierend. Thomas fielen die Augen zu …

Ein Klopfen an der Tür weckte ihn. Er tastete nach dem Buch mit dem unnötigen schlechten Gewissen, das Menschen empfinden, wenn sie bei einem Nickerchen am Tage überrascht werden.

Jacqueline schlüpfte in sein Zimmer. Sie trug einen dunkelgrünen Morgenmantel, der perfekt zur Farbe ihrer Augen paßte. Thomas setzte sich auf. Seine Müdigkeit war verflogen, doch ein Blick in Jacquelines Gesicht verriet ihm, daß seine Hoffnungen vergeblich waren.

»Ich möchte ein bißchen mit dir plaudern«, sagte sie und setzte sich in einen Sessel. »Was liest du da? Oh, Sir Thomas More. Oder schließt du dich den Wissenschaftlern an, die behaupten, Morton habe das Buch in Wirklichkeit verfaßt?«

Thomas seufzte. Es war ehrlich zum Verrücktwerden, daß Jacqueline über alles Bescheid wußte.

»Bischof Morton war einer von Richards erbittertsten Feinden. More hat zweifellos einige Informationen von dem armen alten Teufel bekommen, aber … nein, ich denke, More hat das Buch ganz allein geschrieben. Doch was beweist das? Thomas More mag ein frommer Mann gewesen sein, aber er war bestimmt nicht unfehlbar. Verdammt, es ist ein schreckliches Buch! Voller Lügen, Zweideutigkeiten und schmutzigen …«

»Ihr alle seid unglaubliche Masochisten«, stellte Jacqueline fest. »Warum liest du das Zeug, wenn es dich so wütend macht?«

»Ich weiß nicht. Vielleicht ist es die Fassungslosigkeit – ich kann nicht glauben, daß ein Intellektueller wie More so einen Mist produziert. Er ist ein Meister der widersprüchlichen Gesinnung. Hör dir das an:

›Er ermordete eigenhändig König Heinrich den Sechsten, der Gefangener im Tower war, *wie beharrlich behauptet wird,* und das ohne Befehl oder Wissen des Königs, der unzweifelhaft, hätte er so etwas vorgehabt, *die Bluttat einem anderen als seinem Bruder überlassen hätte.*‹«

Thomas betonte die Satzteile, die ihm besonders aufstießen. Mit wachsendem Unmut setzte er hinzu: »Mit anderen Worten – das alles sind reine Gerüchte. ›Wie beharrlich behauptet wird!‹ Und ist dir die unglaubliche Logik des letzten Teils aufgefallen? Wenn der König Anweisung gegeben hätte, Heinrich zu töten, hätte er nicht seinen Bruder mit der Aufgabe betraut; aber dennoch wird beharrlich behauptet, Richard habe den Mord begangen, demzufolge konnte Eduard nichts davon gewußt haben! Das Buch ist voll mit solchen Sachen. Hier…«

»Du brauchst mich nicht zu überzeugen. Ich stimme dir voll und ganz zu.«

»Hier schreibt er…« Thomas legte das Buch weg. »Wenn du mir zustimmst, wieso stellst du dich dann gegen Richard und vertrittst in den Gesprächen die andere Seite? Oder willst du vielleicht doch unserer Gesellschaft beitreten?«

Jacqueline lächelte und streckte sich träge. Die langen weiten Ärmel ihres Morgenrocks glitten zurück, als sie die Hände hinter dem Kopf verschränkte und tiefer in den Sessel rutschte.

»Ich stelle mich gegen gar niemanden, ich denke nur logisch. Man kann Richard genausowenig vom Mord an den Prinzen freisprechen, wie man ihn deswegen verurteilen kann. Es gibt keine Beweise. Es ist mir unverständlich, wie überhaupt ein Historiker Mores *Richard* ernst nehmen kann; oder sagen wir lieber, es wäre mir unverständlich, wenn ich die Historiker nicht so gut kennen würde, wie ... Thomas, hörst du mir eigentlich zu?«

»Warum kommst du nicht her und machst es dir gemütlich?« schlug Thomas vor.

»Ich fühle mich so, wie es ist, ausgesprochen wohl.«

»Ich nicht.«

Jacqueline ließ die Arme sinken und faltete die Hände züchtig im Schoß. »Trink deinen Whisky aus«, empfahl sie in freundlichem Ton. »Nein, Thomas, bleib, wo du bist. Ich weigere mich, bei einem Wochenende auf dem Land ein Techtelmechtel – wenn man es so bezeichnen kann – mit dir anzufangen. Wie konventionell! Und Percy lauscht wahrscheinlich an der Tür!«

Thomas' Blick huschte unsicher zur Tür. Er nahm die Vermutung nicht ernst genug, um aufzustehen und nachzusehen, aber der Hinweis dämpfte seine Leidenschaft beträchtlich. Er nahm sein Glas in die Hand und sagte resigniert: »Wenigstens bist du unvoreingenommen. Ich glaube nach wie vor felsenfest, daß berechtigte Zweifel an Richards Schuld bestehen.«

»Du glaubst doch nicht ernsthaft, daß Heinrich der Sechste ...«

»Doch, das tue ich. Ich denke, daß die Prinzen im Sommer 1483 aus dem Tower geschafft und in ein entlegenes Schloß im Norden gebracht wurden. Deshalb wurden sie in den Annalen, die Londoner Zeitgenossen führten, nicht mehr erwähnt.«

Thomas ereiferte sich so für die Sache, daß seine Augen funkelten und sein Gesicht glühte. Jacquelines scharfer Blick wurde sanfter, als sie ihn betrachtete, aber Thomas war blind für ihren Stimmungsumschwung.

»All die Ungereimtheiten klären sich, wenn man Richards Unschuld voraussetzt«, fuhr er fort. »Sir James

Tyrrell, nicht Richard der Dritte, tötete 1485 auf Befehl Heinrich des Siebten die Jungen. Zwanzig Jahre später, als Tyrrell tot und begraben war, machte Heinrich Tyrrells ›Geständnis‹ öffentlich und veränderte die Tatsachen so, daß Richard als Schuldiger dastehen mußte. Er war nicht sehr geschickt dabei; die Geschichte, wie sie uns überliefert wurde, ist durch und durch widersprüchlich. Aber zur damaligen Zeit gab es niemanden, der Heinrichs Version widerlegen konnte. Elisabeth Woodville, die Mutter der Prinzen, war inzwischen gestorben...«

»Die Schwester lebte noch«, fiel ihm Jacqueline ins Wort. »Heinrichs Gemahlin, Elisabeth von York.«

»Heinrichs Gemahlin und Mutter des Thronerben. Was konnte sie tun, wenn sie die Wahrheit wußte? Ich habe immer daran gezweifelt, daß sie der Ausbund an Tugend war, wie die Tudor-Historiker sie darstellen. Es gibt da eine alte Geschichte – es wird behauptet, sie habe eine aktive Rolle bei der Verschwörung gegen Richard gespielt und persönlich an Heinrich Tudor geschrieben. Sie versprach ihm, ihn zu heiraten, sollte er erfolgreich sein. Sie liebte Heinrich nicht; sie war ihm nie in ihrem Leben begegnet, und allen Berichten zufolge muß er ein ausgesprochen verabscheuungswürdiger Mann gewesen sein. Sie wollte Rache – Rache an Richard, der ihre Familie von dem hohen Podest gestoßen und sie in aller Öffentlichkeit mit der Verlautbarung, er habe nicht die Absicht, sie zu heiraten, gedemütigt hatte. Ich glaube, sie war in Richard verliebt, bevor er sie zurückgewiesen hatte. Er war fähig, Liebe zu wekken; eine alte Frau, die ihn persönlich kannte, beschrieb ihn als den hübschesten Mann nach seinem Bruder Eduard...«

Jacqueline stand auf. »Du redest, als wären sie alle erst

letzte Woche gestorben«, versetzte sie scharf. »Das ist nervenaufreibend, Thomas.«

Plötzlich war es mucksmäuschenstill im Zimmer. Nur das Prasseln des Regens gegen die Fensterscheibe unterbrach das Schweigen.

»Es ist nur ein Spiel, Jacqueline«, sagte Thomas nach einer Weile. »Ein intellektuelles Spiel – ein bißchen absurd vielleicht, aber harmlos.«

»So harmlos auch wieder nicht. Ihr alle macht einen wahnsinnig! Ihr sitzt herum und redet über Morde, die fünfhundert Jahre zurückliegen, während ein geistesgestörter Witzbold in eurer Mitte hockt und die übelsten Streiche ausheckt. Hast du schon vergessen, was heute morgen mit dir passiert ist?«

»Nein, und genausowenig habe ich den Brief vergessen.« Thomas erzählte ihr ausführlich von seinem Gespräch mit Weldon. »Er benimmt sich verdammt eigenartig in dieser Sache«, schloß er. »Ich kann mir nicht vorstellen, was ihn so verändert hat.«

»Wirklich nicht?«

»Oh, natürlich ist er besorgt um den kostbaren Brief. Nichts anderes scheint mehr eine Rolle für ihn zu spielen. Ich hingegen mache mir wirklich Gedanken um diese bösartigen Streiche. Du weißt, daß Philip der nächste auf der Liste ist?«

Jacqueline nickte. »Ich habe auf dem Weg hierher bei ihm hereingeschaut.«

»Du warst in seinem Zimmer?« Thomas richtete sich auf. »Also, ich muß schon sagen, Jacqueline ...«

»Du hattest nichts dagegen, daß ich in dein Zimmer komme.« – »Er ist auf der Hut. Ich hatte kaum angeklopft, als er auch schon die Tür aufriß und beide Hände um meinen Hals legte. Sie blieben nicht lange dort«, fügte sie zuvorkommend hinzu.

Thomas beschloß, das Thema nicht weiter zu verfolgen. »Ich bin froh, daß er auf Ärger gefaßt ist. Vielleicht erwischt er den Witzbold.«

»Oder umgekehrt.«

»Hör auf mit deinen geheimnisvollen Anspielungen und Andeutungen«, fauchte Thomas. »Erwartest du etwas von mir? Was soll ich deiner Meinung nach tun? Was können wir tun? Sollen wir Richard noch einmal wegen des Briefes zur Rede stellen?«

»Nein. Ich halte den Brief im Augenblick nicht für wichtig.« Jacqueline ging zur Tür. »Ich muß mir mein Kleid anziehen.«

»Was für ein Kleid ist das?« erkundigte sich Thomas neugierig.

»Ach, ich hab' da etwas aufgetrieben ...« Jacqueline drehte den Kopf und schenkte ihm ein bezauberndes Lächeln. »Wenn ich der Gesellschaft beitrete, Thomas, dann dem amerikanischen Zweig.«

Sie ging und überließ es Thomas, über diese rätselhafteste all ihrer Anspielungen zu grübeln. Nach einigen fruchtlosen Überlegungen klingelte er und bestellte noch einen Whisky mit Soda.

Angemessen erfrischt widmete er sich seinem Kostüm. Er hatte es vorher schon einmal anprobiert, deshalb kannte er die wenigen Haken und Ösen. Es gab nichts zu binden, keine Rüschen zu arrangieren oder Strumpfhosen zu glätten. Das Kostüm war erstaunlich bequem. Thomas gab dem langen, pelzverbrämten Gewand einen Tritt und wunderte sich, daß Frauen so gerne Hosen trugen. Röcke vermittelten einem das Gefühl von Freiheit, man war nicht so eingeengt ... Er stolperte und hielt sich an einem Sessel fest, um seinen Schuh, der sich im Saum verheddert hatte, zu befreien. Natürlich war es schwierig, in langen Röcken etwas zu tun. Sie waren nur für gemessene, langsame und bedächtige Schritte geeignet. Die Männer des fünfzehnten Jahrhunderts zogen nicht in ihren üppigen Roben in den Krieg. Die Römer trugen ihre Togen nur bei offiziellen Anlässen.

Während er über die mittelalterliche Kleidung nachdachte – ein Thema, über das er nur wenig wußte –, drapierte Thomas eine goldene Kette über seine Schultern und betrachtete seine Erscheinung im Spiegel. Sehr hübsch. Zu schade, daß Männer seiner Generation keinen Schmuck trugen – es lag in der Natur des Menschen, sich für funkelnde Edelsteine und Glitter zu begeistern. Erst im letzten Jahrhundert hatten die Männer die Gewohnheit, sich wie Pfauen herauszuputzen, abgelegt und sich zu nüchternem Schwarz und Grau gezwungen. Früher stolzierten die Kavalliere mit Federbusch und Samt, mit Spitzenkragen und roten Satinhosen durch die Gegend.

Thomas schmückte sich mit einer zweiten Kette, studierte wieder zufrieden sein Spiegelbild und spann seinen Gedankengang weiter. Tutenchamuns Schmuckschatullen quollen über mit Edelsteinen und Gold. Römische Feldherren trugen goldene Rüstungen. D'Artagnan schmückte sich mit dem Diamantring der Königin und Porthos mit seinem reich bestickten Umhang; Männer trugen, auch jetzt noch, farbenfrohe Uniformen, die blitzten und glänzten. Vielleicht, sinnierte Thomas, ist es gerade das, was in der älteren Generation heutzutage nicht in Ordnung war. Die Leute unterdrückten ihre natürlichen Neigungen, um sich einer neurotischen Auffassung von Anständigkeit anzupassen... Thomas steckte Ringe an sechs Finger und warf einen letzten, äußerst zufriedenen Blick in den Spiegel.

Der Herzog von Clarence sah ihm entgegen. Langes, blondes Haar flutete unter der Adelskrone bis auf seine Schultern. In den Schmuckstücken brach sich das Licht in allen Farben des Regenbogens. Samt fiel in üppigen, weichen Falten bis auf den Boden; die Hermelinstreifen waren weiß wie Schnee. Eine beringte Hand ruhte auf dem juwelenbesetzten Griff eines Dolches.

Thomas erschrak. Er hatte unbewußt den Dolch an sich genommen. Eigenartige, atavistische Erinnerungen regten sich. Der Griff hatte sich irgendwie richtig angefühlt. Der Dolch war eine Art Kompromiß – eigentlich hätte Thomas viel lieber ein Schwert getragen, aber er wußte, daß eine solche Waffe unpassend für ein höfisches Kostüm gewesen wäre. Einen Dolch hingegen hielt er für angebracht. Der echte Herzog von Clarence war ein hinterlistiger, niederträchtiger Halunke gewesen, der – mit Recht – unter einer Art Verfolgungswahn litt.

Der erste Gong hallte durch die Flure. Thomas rückte seine Adelskrone zurecht und glättete die langen Lokken. Die Perücke war das einzige an seinem Kostüm, was ihm Unbehagen bereitete, aber sie wegzulassen hätte den Gesamteindruck empfindlich gestört. Er drehte sich vom Spiegel weg. Noch zehn Minuten bis zum nächsten Gongschlag, der die Gäste zu einem Cocktail in den Salon rufen würde. Aber Thomas trödelte nicht länger herum. Diese Zeitspanne war besonders gefährlich für die Gäste, die durch die labyrinthartigen Korridore gehen mußten. Vielleicht hatte Jacqueline ihm auf ihre indirekte Art zu verstehen gegeben, daß Philip Begleitschutz gebrauchen könnte.

Thomas spähte auf den Flur. Er war menschenleer. Dann raffte er die Röcke, eilte zu Philips Zimmer und klopfte an die Tür.

Erst als er eine kalte Schwertspitze an seiner Kehle spürte, wurde ihm klar, daß Philip seine Motive mißverstehen könnte.

»Hey«, krächzte er und schielte über die blitzende Klinge in Philips Gesicht. »Ich bin's nur.«

»Komisch, aber das beruhigt mich kein bißchen.« Philip trat einen Schritt zurück, hielt aber sein Schwert nach wie vor bereit. »Kommen Sie rein, wenn Sie wollen. Setzen Sie sich da drüben hin.«

Thomas durchquerte den Raum und nahm auf dem Stuhl, auf den Philip deutete, Platz. Er lächelte. »Ich bin's nur«, wiederholte er.

Philip ließ das Schwert ein klein wenig sinken. Er trug ein ähnliches Kostüm wie am Tag zuvor, aber dieses war noch auffallender. Sein schwarzes Samtwams war mit Hermelin besetzt und hatte dick gepolsterte Ärmel. Über seiner breiten Brust hing eine schwere Kette aus silbernen Sonnen und Rosen – die Kette der Yorks.

Schwarz und Silber wirkte düster und sah eher nach Hamlet als nach Ricardianischer Zeit aus. Philip hatte sich das Kostüm wahrscheinlich aus irgendeiner Theatergarderobe entliehen. Seine grauen Augen blitzten so eisig wie die stählerne Schwertklinge.

»Ich habe sie erst gar nicht erkannt«, gestand er. »Woher haben Sie diese Perücke?«

»Aus einem Londoner Kostümverleih.« Thomas schob seine Krone zurecht, die zur Seite gerutscht war. »Gefällt sie Ihnen nicht?«

»Oh, ich liebe sie, bester Freund«, rief Philip in anzüglichem Ton.

Thomas lehnte sich zurück, aber er fühlte sich keineswegs wohl in seiner Haut. Philip war nicht nur auf der Hut, wie Jacqueline es ausgedrückt hatte, seine Nerven waren bis zum Zerreißen angespannt.

»Was macht Ihnen so zu schaffen?« fragte Thomas. »Der Spaßvogel hat wahrscheinlich längst aufgegeben. Er konnte leicht zuschlagen, solange niemand damit rechnete, aber jetzt sind wir uns der Gefahren bewußt, und der Unbekannte kann nicht mehr darauf hoffen, einen von uns kalt zu erwischen. Sie können sich ganz gut zur Wehr setzen, auch ohne dieses Schwert. Und es besteht kein Grund zur Besorgnis. Schlimmstenfalls ist es nur ein gemeiner Streich; eine kleine Blamage vielleicht, aber ...«

Er verstummte, als er Philip in die Augen sah.

Thomas konnte sich keinen Vorwurf für die unbedachte Äußerung machen. Es war lange her, seit er jung gewesen war. Möglicherweise war er niemals so jung gewesen; als durchschnittlicher Provinzler ohne übertriebenen Stolz hatte er die Hänseleien seiner Altersgenossen mit Gleichmut über sich ergehen lassen. Aber die schwierigen Jahre des Erwachsenwerdens sind immer schmerzlich, eine Zeit der Unsicherheit; jeder kritische Blick wirft einen völlig aus der Bahn, jedes Flüstern betrifft die eigenen geheimen Schwächen.

Aber, rief sich Thomas ins Gedächtnis, man wächst über diese Phase hinaus. Man lernt, daß die anderen zu sehr mit sich selbst beschäftigt sind, um sich Gedanken über einen zu machen, und ist darüber gleichermaßen erleichtert und verärgert; man entdeckt, daß man nicht mehr und nicht weniger komisch ist als alle anderen. Die eigenen Taten sind genauso trivial im riesigen Zusammenspiel des Universums wie die der anderen, und die einzige Möglichkeit, die eigene Unbedeutendheit zu ertragen, ist, über sich selbst zu lachen, bevor der letzte große Streich dem Leben ein Ende bereitet.

Dieser Junge hatte nie gelernt, sich mit so etwas abzufinden. Er war noch ein Kind, egal wie alt er auch sein mochte, und die Fassade, die er sich zugelegt hatte, war so glatt und zerbrechlich wie eine Eierschale. Er konnte Schmerz ertragen, aber keine Erniedrigung.

Philip hielt seinem Blick eine Weile stand, dann wandte er sich ab. Er richtete sich auf und legte endlich das Schwert aus der Hand. Er beherrschte sein Metier; selbst noch in dieser Situation waren seine Bewegungen anmutig und ökonomisch.

»Trinken wir einen.«

»Ich hatte bereits einen Whisky.«

»Ich auch, aber ich kann ohne weiteres noch einen vertragen.«

Er steckte das Schwert in die Scheide und ging zum Sekretär, nahm eine Flasche heraus und schüttete einen großzügigen Schluck in ein Glas.

»Ich weiß, daß es nicht die feine Art ist, seinen eigenen Fusel mit sich herumzuschleppen«, sagte er sarkastisch, während er Thomas das Glas reichte. »Aber ich wurde nicht als Aristokrat geboren, und es geht mir auf die Nerven, wenn jemand vom Personal ständig in mein Zimmer platzt und wieder verschwindet... Prost.«

Er setzte die Flasche an die Lippen und trank so ausgiebig, daß sich Thomas berufen fühlte einzuschreiten. »Machen Sie halblang. Wenn unser geheimnisvoller Mann es auf Sie abgesehen hat, dann sollten Sie Ihren Verstand beisammen haben.«

Philip setzte die Flasche ab – doch nur, wie Thomas argwöhnte, um Luft zu holen. Die Theaterleute waren nicht gerade für ihre Abstinenz bekannt, aber in diesem Fall wäre es kaum angebracht, sich zu betrinken. Philip war kein Dummkopf...

Und vielleicht hatte er in Wirklichkeit gar keine Angst. Er war Schauspieler, und es war durchaus möglich, daß er nur so tat, als wäre er nervös. Falls Philip der

Spaßvogel war, konnte er sich sinnlos besaufen, weil er genau wußte, daß ihm nichts passieren würde.

Thomas nahm einen Schluck. Er bekam leicht Kopfschmerzen und ging normalerweise vorsichtig mit Alkohol um, heute jedoch brauchte er etwas, um sich zu beruhigen.

»Hat Jacqueline Sie hergeschickt, damit Sie auf mich aufpassen?« fragte Philip unvermittelt.

»Wie kommen Sie denn auf die Idee?«

»Sie hat mir einen langen Vortrag übers Trinken gehalten.« Philip lächelte. »Eine tolle Frau.«

Das Lächeln und die leicht zusammengekniffenen Augen waren eine Herausforderung, aber Thomas dachte nicht daran, den Köder zu schlucken.

Nach einem Moment fuhr Philip fort: »Ja. Eine gescheite, sexy Frau. Neben ihr sieht Liz wie ein unbeholfenes Schulmädchen aus.«

»Na ja, ich würde nicht ...«

»Das Mädchen interessiert mich nicht die Bohne.«

»Sie waren ziemlich ...«

»Oh, man muß trotzdem immer am Ball bleiben. Die Kleine ein bißchen reizen. Der arme Teufel, mit dem sie verlobt ist ... ich kann mir beim besten Willen nicht vorstellen, was sie an ihm findet.«

Thomas lächelte still. Der klassische Satz, der beinahe soviel wert war wie eine Liebeserklärung! Sein Lächeln verblaßte, als er Philips edles Profil betrachtete. Die Pose war möglicherweise unbewußt, aber die Worte ... Man konnte diesem Mann nichts glauben.

»Nein«, rief er, als Philip wieder nach der Flasche griff. »Sie hatten genug. Frank ist ein netter Kerl. Warum lassen Sie ihn nicht in Ruhe?«

»Ach, der wird sich nicht mehr lange halten«, erwiderte Philip. »Nicht solange Richard der Dritte im Rennen ist. Liz hätte sich niemals mit dem ehrenwerten Frank eingelassen, wenn ihre Mutter nicht so vehement gegen diese Verbindung wäre.«

»Wieso sollte Mrs. Ponsonby-Jones etwas gegen Frank als Schwiegersohn haben? Ich denke, daß sie ihn als einigermaßen gute Partie ansieht.«

»Ha«, rief Philip spöttisch. »Er ist arm wie eine Kirchenmaus, alter Junge. Und in der Kanzlei hält man nicht viel von ihm. Es wird etwas von einem gefälschten Scheck gemunkelt, als er in Oxford ...«

»Woher haben Sie diesen Unfug?«

Philip grinste. »Über die anderen gibt es auch ein paar lustige Kleinigkeiten zu erzählen. Lady Isobel ist eine Säuferin. Eines Tages landet sie im Himmel der Alkoholiker. Und sie wird trotzdem weiter ihre scheußlichen Bücher schreiben – den Lesern fällt der Unterschied bestimmt nicht auf. Über Sir General Kent wissen Sie Bescheid, nehme ich an; sie haben ihm nahegelegt, den Dienst zu quittieren, damit der gute Ruf der Armee keinen Schaden nimmt. Wenn er nicht freiwillig abgedankt hätte, wäre er vor Gericht gezerrt worden. Einer der jüngeren Offiziere hat schlimme Narben ...«

Thomas schrie entsetzt auf.

Philip erzählte mit wachsendem Genuß weiter. »Die liebe alte Mutter Ponsonby-Jones ruiniert sich mit Glücksspiel. Sie ist bis über beide Ohren verschuldet. Ihr Sohn hat einen Dachschaden, um es gelinde auszudrücken. Rawdon hat ein Dutzend seiner Patienten umgebracht, seit er seinen Ernährungstick hat – er verordnete ihnen Weizenkeime statt Penizillin ...«

»Und Sie?« erkundigte sich Thomas ungerührt. Philip wollte ihn auf den Arm nehmen, und er machte seine Sache wirklich gut. Sein Gesichtsausdruck und die Stimme wirkten überzeugend – das hatte er gelernt.

»Wieso sollte ich mich selbst anschwärzen? Fragen Sie den furchtlosen Frank; ich nehme an, er hat ein Dossier über mich parat.«

Der zweite Gong ertönte, bevor sich Thomas eine passende Antwort einfallen lassen konnte. Er stand auf – sogar ohne sich in seinen weiten Röcken zu verfangen – und folgte Philip auf den Flur. Die Miene des Schauspielers war gleichgültig und unbewegt. Thomas fragte sich, welche der skurrilen Geschichten stimmten, und bedauerte, daß er Philips Redefluß so rüde unterbrochen hatte. Es wäre interessant gewesen zu hören, was er über den frommen Vikar zu erzählen wußte.

An der Treppe blieb Philip stehen und schnappte nach Luft. Unten brannte kein elektrisches Licht. Nur ein paar flackernde Kerzen erleuchteten die Halle. Eine Gestalt in einem apfelgrünen, mit Silber bestickten Gewand huschte lautlos wie ein Gespenst über den glänzenden Boden. Der lange dünne Schleier umwehte die Spitzhaube wie eine Wolke.

Liz schaute auf und lachte, als sie ihre schockierten Gesichter sah. Sie sank in einem tiefen Hofknicks auf den Boden, als die beiden Männer die Treppe herunterkamen. Thomas machte eine Verbeugung, die seiner Meinung nach neben Philips höflicher Geste nicht allzu unbeholfen erscheinen konnte. Es war leichter, das Spiel im Halbdunkel zu spielen. Thomas verlor allmählich seine Hemmungen, aber es fiel ihm schwer, sich auf das richtige Jahrhundert zu konzentrieren.

Auch im Salon brannten nur Kerzen. Sir Richard hatte Sinn für Theatralik. Er war der lebendig gewordene König Richard, als er sich erhob. So mußte er in den glücklichen Tagen vor dem Tod seines Bruders, seines Sohnes und seiner Frau ausgesehen haben, als er die nördlichen Gebiete verwaltet hatte. Ein goldener Reifen saß auf seinem glatten, braunen Haar, und Thomas fühlte sich an die berühmte Legende von der Krone erinnert, die nach der Schlacht von Bosworth von einem Dornbusch gepflückt wurde. Richard hatte sie in der Schlacht getragen, obwohl ihn seine Freunde gewarnt und eindringlich darauf hingewiesen hatten, daß die Krone die schlimmsten Angriffe der Feinde auf ihn lenken würde.

Thomas vergaß Bosworth, als ihm der lächelnde Hausherr einen Pokal reichte – einen hohen goldenen Becher mit falschen Juwelen. Oder waren sie echt? Thomas zuckte mit den Achseln. Er trank einen kräftigen Schluck und hätte fast gewürgt. Weldon hatte für absolute Authentizität gesorgt. Das war kein Gin oder Scotch oder Brandy, sondern gewürzter, süßer Wein.

Jemand schlug ihm auf den Rücken – eine unangebrachte Freundschaftsbezeugung, die den Hustenanfall auslöste, den er bis dahin unterdrückt hatte. Als sich Thomas die tränenden Augen abgewischt hatte, entdeckte er, daß Kent ihn angrinste. Der sonnengebräunte Soldat war der einzige der Männer, der keine Perücke oder lange Haare hatte. Thomas konnte ihn beim besten Willen nicht als den zu guter Letzt erfolglosen Buckingham ansehen, sondern als Produkt einer Ära, die weit entfernt vom fünfzehnten Jahrhundert war. Kents Gesichtszüge erinnerten ihn an die klassischen römischen Büsten.

»Lassen Sie's langsam angehen«, warnte Kent, als Thomas den Becher hob. »Das Zeug schmeckt wie schlecht gewordener Zuckersirup, aber es hat's in sich.«

Thomas achtete nicht auf ihn und trank noch einen Schluck. Wenn man sich daran gewöhnt hatte, schmeckte es gar nicht so schlecht.

Als er den Pokal absetzte, war Kent verschwunden. Thomas blinzelte, und jemand nahm Kents Platz ein. Ein weißer Schnurrbart... O'Hagan. Thomas betrachtete den Bart. Ein erstaunliches Anhängsel, dachte er, man sieht das Gesicht gar nicht, nur den geschwungenen Bart.

»Wer sind Sie?« erkundigte er sich liebenswürdig. »Ich meine, ich weiß, wer Sie sind. Freut mich, Sie zu sehen. Wen stellen Sie dar?«

O'Hagan trug ein nichtssagendes Gewand, das man, wenn man großzügig war, als mittelalterliche Robe durchgehen lassen konnte. Thomas hatte fast den Verdacht, daß es eigentlich O'Hagans Morgenmantel war, aber im Grunde ging ihn das nichts an.

»Oh, ich habe keine bestimmte Rolle«, entgegnete O'Hagan. Er wandte sich zum Gehen um, doch Thomas hielt ihn am Arm zurück.

»Sie müssen irgend jemand sein«, widersprach er. »Jeder ist irgend jemand.«

Er schwenkte seinen Becher. Ein leises Plätschern war zu hören, und Thomas sah sich nach Wilkes um, der ihm nachschenken sollte. Der Anblick ernüchterte ihn beinahe. Wilkes trug Wams und Beinkleid in den Farben der Gloucesters – weiß und rot. Richards Wappen, der weiße Keiler, war auf die linke Brusthälfte des Wamses gestickt. In seinem normalen Outfit strahlte der Butler eine Würde aus, die seine physischen Defizite wettmachte; doch jetzt entdeckte Thomas mit schmerzhaftem Erstaunen, daß Wilkes spindeldürre O-Beine hatte, und seine Würde war dahin. Wilkes ließ die schmalen Schultern hängen, aber seine Miene drückte grimmige Standhaftigkeit aus.

»Danke, Wilkes«, sagte Thomas mitfühlend.

Wilkes neigte den Kopf. »Ich danke Euch, Euer Gnaden.«

Thomas trank. »Ein unglaubliches Gebräu«, bemerkte er zu O'Hagan gewandt, der sich ebenfalls ausgiebig aus seinem Becher bedient hatte.

»Es wäre eine Sensation bei einer Weihnachtsparty im Büro«, pflichtete O'Hagan ihm bei und kicherte.

»Ja, mal überlegen«, beharrte Thomas mit schon ziemlich undeutlicher Stimme. »Sie müssen wer sein. Vielleicht Lord Stanley?«

»Ihr habt nur noch die unsympathischen Charaktere übriggelassen«, beschwerte sich O'Hagan. »Stanley ist ein lausiger Verräter. Selbst ich ... ich meine, niemand hält viel von ihm.«

Thomas, der inzwischen seinen Becher geleert hatte, fand das Argument vernünftig. »Sie könnten Lovel sein«, bot er großzügig an. »Richards bester Freund.«

»Der hat auch ein böses Ende genommen. Nein, ich denke, ich sollte Heinrich der Siebte sein. Er hat Richard zumindest überlebt.«

O'Hagan trollte sich, und Thomas sah ihm mißbilligend nach. Der Mann war betrunken; er taumelte.

Der ganze Raum taumelte.

Thomas schüttelte den Kopf, als sich Wilkes mit einer vollen Karaffe und einem feindseligen Blick näherte. Thomas ging zu Weldon.

»Großartige Party«, sagte er. »Aber fordern Sie es nicht heraus, Dick?«

»Was meinen Sie damit?«

»Die Dunkelheit«, erläuterte Thomas. »Berauschende Getränke. Die perfekte Szenerie für den Spaßvogel.«

»Unsinn«, versetzte Weldon knapp. »Es wird keine weiteren Streiche geben.«

»Woher wollen Sie das wissen?«

»Es war natürlich Percy. Wer sonst käme in Frage? Ich

hab' ihm die Leviten gelesen. Er wird es nicht wagen weiterzumachen.«

»Aber Percy konnte nicht...«

»Benutzen Sie Ihren Verstand, Thomas. Keiner der Tricks erforderte besondere Körperkraft – außer vielleicht die Sache mit Ihnen und dem Faß. Aber mit einer Art Flaschenzug – an der Decke im Weinkeller sind genügend Haken – hätte das jedes Kind fertiggebracht. Nein, es war Percy. Der Junge ist nicht gerade ... Wir hatten schon öfter Schwierigkeiten mit ihm.«

»Das tut mir leid«, murmelte Thomas.

»Das braucht es nicht. Lassen Sie sich den Abend nicht verderben.« Weldon sah ihm direkt ins Gesicht und setzte leise hinzu: »Das hier ist sehr wichtig für mich, Thomas. Wichtiger, als Sie ahnen.«

Der rote Schimmer in seinen Augen konnte eine Reflexion der Kerzenflammen sein, doch für Thomas sah er aus wie die Glut des Fanatikers.

»Was ist so wichtig?« fragte er. »Die Rekonstruktion eines mittelalterlichen Banketts oder...«

»Richard.« Der Schimmer wurde zu einem steten Leuchten. »Richards guter Ruf. Der morgige Tag ist bedeutend, Thomas. Ich lasse nicht zu, daß irgend etwas die Vorgänge stört. Ich habe Ihnen gesagt...«

Er brach ab, als Lady Isobel erschien.

Ihr Kostüm war sogar noch kunstvoller als das Gewand, das sie am Vortag getragen hatte – es war ein schwarzes Kleid, das mit den Schatten verschmolz, so daß ihr gepudertes Dekolleté und ihr Gesicht mitten in der Luft zu hängen schien. Die Frau sah gruselig aus wie eine Wachspuppe. Das lange flachsfarbene Haar fiel ihr störrisch und strohig auf die Schultern wie eine ungepflegte Perücke. Die dünnen Lippen waren zu einem Grinsen verzogen.

»Meine Herren, hochgeschätzte Damen«, rief sie und knickste. Das laute Knacken erinnerte Thomas an brüchige alte Knochen.

Thomas faßte nach einem Glas – irgendeinem Glas, es war ihm egal, wem es gehörte. Verdammt, diese Scharade wurde zur echten Nervenprobe. Allmählich verstand er die Angst vor Wahnvorstellungen und erkannte die Gefahr, die drohte, wenn man seinen Geist den Verstorbenen öffnete. Er hatte die gräßliche Vision, daß die verschiedenen Alter egos von der ganzen Gruppe Besitz ergriffen und Verrat und Blutrünstigkeit freisetzten. Er selbst konnte sich kein bißchen in den unsympathischen Herzog von Clarence einfühlen, aber trotzdem ... Er stellte den Becher ab. Besessenheit hatte ihren Ursprung im Aberglauben, doch es war zweifellos gefährlich, sich zu sehr mit einer anderen Persönlichkeit zu identifizieren.

Lady Isobel machte die Runde, tauschte archaische Grußformeln mit den Anwesenden aus und gestattete den Herren, ihr die Hand zu küssen. Thomas nahm sich vor, ihr den Handkuß zu verweigern, als sie ihn jedoch begrüßte, blieb ihm gar nichts anderes übrig. Die knochige Hand war direkt vor seiner Nase.

Ihm schlug der Geruch von Alkohol entgegen, als Lady Isobel fröhlich lachte, und für einen Moment war er ganz benommen.

»Lieber Bruder Clarence«, zwitscherte sie.

»Ah, ja«, murmelte er. »Elisabeth.«

»Euer Gnaden, wenn ich bitten darf. Elisabeth zeigte stets Größe und Würde, schon vergessen? Oh, ist das nicht lustig? Noch ein wenig Malvasierwein, lieber Clarence?«

»Sehr lustig«, entgegnete Thomas dumpf.

Die dürren Knochenfinger, die noch immer seine

Hand hielten, packten plötzlich fester zu. Die langen Nägel bohrten sich schmerzhaft wie Klauen in sein Fleisch. Thomas drehte sich um.

Jacqueline stand in der Tür.

Thomas' zweite Reaktion war Belustigung. Jacqueline stahl den anderen Frauen die Schau und hatte den besten Auftritt von allen. Seinen ersten Impuls hätte er nicht in Worte fassen können – er holte bebend Luft und verspürte nichts als Lust.

Er hatte Jacqueline schon in London vorgewarnt, daß sie sich kostümieren würden. Dieses Kleid allerdings stammte nie und nimmer aus dem verstaubten Laden eines Kostümverleihes; es war ein fließendes, weitärmeliges Gewand aus elfenbeinfarbenem, mit Goldfäden durchwirktem Stoff. Genaugenommen war es nicht mittelalterlicher als jedes andere »Abendkleid«, das Frauen bei Hauspartys trugen, doch Jacqueline wirkte darin wahrhaft königlich. Es war vorn ziemlich weit ausgeschnitten, und derselbe flackernde Kerzenschein, der Lady Isobels spitze Knochen vortreten ließ, brachte Jacquelines sinnliche Kurven vorteilhaft zur Geltung. Das wahre Glanzstück war jedoch ihr Haar. Thomas hatte sie noch nie mit offenem Haar gesehen. Es floß ihr in weichen Wellen über den Rücken und reichte fast bis zur Taille.

Er beobachtete, wie Jacqueline auf die Gruppe, die aus dem Vikar, dem Doktor und O'Hagan bestand, zuging. Sie entführte letzteren zu einem bequemen Sofa in der Nähe des Fensters und setzte sich neben ihn.

Weldons ungehaltener Ausruf riß Thomas aus seinen unschicklichen Gedanken. »Wo sind Percy und seine Mutter? Es ist schon spät, wir müssen anfangen.«

Mrs. Ponsonby-Jones hatte sich möglicherweise vorgenommen, später als alle anderen zu erscheinen, um einen effektvollen Auftritt zu haben, aber irgend etwas war geschehen, was ihre Absichten durchkreuzt haben mußte. Sie trabte in den Raum, ohne innezuhalten und sich vor den anderen in Positur zu stellen.

»Wo ist Percy? Liz, hast du deinen Bruder gesehen?«

Liz wirbelte herum. »Nein, ich bin schon seit einiger Zeit hier.«

»Er ist nicht in seinem Zimmer«, erklärte Percys Mutter außer Atem.

Jacqueline sprang auf und lief ohne innezuhalten los. Sie durchquerte den Raum wie eine Hundert-Meter-Sprinterin und verschwand.

Es war ein grotesker Anblick, aber Thomas konnte nicht darüber lachen. Er war noch immer wie hypnotisiert von der Vergangenheit. Jacquelines wallendes Haar, das schreckensbleiche Gesicht und das goldene Gewand beschworen Visionen aus Englands Geschichte herauf – Visionen von Königinnen und adeligen Damen, die ihr Leben durch eine Flucht zu retten hofften. Catherine Howard, die vorletzte Frau Heinrichs VIII., deren wimmernder und heulender Geist noch immer durch die Gänge von Hampton Court spukte, Anne Boleyn, Maria, Königin der Schotten, Lady Jane Grey. Alle Opfer der Tudors...

Plötzlich traf ihn ein Geistesblitz. Er machte einen Satz und rannte Jacqueline wie von Hunden gehetzt nach. Liz und Frank erreichten gleichzeitig mit ihm die Tür. Ihre Gesichter waren von derselben blanken Angst gezeichnet.

»Wo?« fragte Frank. »Der Keller...«

Thomas sah, daß Jacqueline zwei Treppen auf einmal nahm, während sie nach oben lief. Sie hatte den Rock bis zu den Knien gehoben.

»Oben«, bellte er und schob sich energisch an den anderen vorbei.

Jacqueline machte sich gar nicht erst die Mühe, im Zimmer des Jungen nachzusehen, dafür riß sie die Türen aller anderen Räume auf. Thomas war die wahre Größe von Haus Weldon nie zuvor aufgefallen. Es war wie in einem Alptraum. Die Flure schienen endlos zu sein, und einer führte zum nächsten.

»Zur Hölle, wie viele Türen gibt es in diesem Museum?« stöhnte Jacqueline, als sie eine weitere aufmachte.

Sie zögerte nur den Bruchteil einer Sekunde, ehe sie ins Zimmer stürmte. Thomas folgte ihr auf dem Fuße und erfaßte mit einem Blick die Szenerie.

Die Gestalt, die ausgestreckt auf dem Bett lag, war Percy – niemand sonst war so fett. Das Gesicht war von einem dicken weißen Kissen verdeckt.

»Erstickt im Tower«, lallte jemand hinter Thomas. Er konnte die Stimme nicht identifizieren – sie war schrill vor Entsetzen. »Erstickt zwischen zwei Daunenbetten!«

In der Schrecksekunde zwischen Entdeckung und Aktion gaukelte die ausufernde Phantasie Thomas eine ganze Reihe von Horrorbildern vor – eine überflüssige Energieleistung. Als Jacqueline das Kissen wegzog, sah er Percys rosiges Gesicht, den geöffneten Mund, die feuchten Lippen, die bei jedem Atemzug vibrierten.

Durch den Flur hallte das Geräusch von schweren Schritten. Nicht einmal die Mutterliebe war imstande, Mrs. Ponsonby-Jones' Massen über eine gewisse Geschwindigkeit hinaus in Bewegung zu setzen. Sie war die letzte, die am Ort des Geschehens eintraf. Die Gaffer an der Tür taumelten zur Seite, als sie sich rücksichtslos vorbeidrängte. Sobald sie das Kissen in Jacquelines Händen und die Füße ihres vergötterten Söhnchens sah, stieß sie einen markerschütternden Schrei aus und stürzte sich auf das Bett. Die Bettfedern protestierten mit einem durchdringenden Quietschen, und Percys schlaffer Körper hüpfte hoch, ehe sie ihn in die Arme schloß.

Es dauerte lange, bis die anderen sie davon überzeugen konnten, daß er noch am Leben und unversehrt war. Percys Kopf lag auf ihrem Arm, und sein Mund war zu einem idiotischen Grinsen verzogen.

»Er ist betrunken«, stellte Thomas fest.

»Nein. Wohl eher betäubt, denke ich. Mrs. Ponsonby-Jones, wenn Sie den Doktor einen Blick auf ihn werfen lassen würden...«

Rawdon stand auf der anderen Seite des Bettes und versuchte, den Patienten in Augenschein zu nehmen. Es erforderte die gemeinsamen Anstrengungen von Jacqueline und Thomas, die aufgelöste Mutter vom Bett wegzubewegen, und sie mußten wieder mit ihr ringen, während der Doktor, nachdem er die Augen des Jungen untersucht hatte, ausholte und ihm ein paar kräftige Ohrfeigen versetzte. Als er das Lid das nächste Mal nach oben zog, blieb das eine Auge offen. Der Blick des Patienten verhieß nichts Gutes für denjenigen, der ihm so unsanft auf die Wangen geklatscht hatte.

Mrs. Ponsonby-Jones wurde hinausgeschafft; sie war nur ein Hindernis. Die anderen machten sich an die Wiederbelebung, und zumindest Thomas hatte seinen Spaß an der Aktion. Percys Jaulen, als er unter die kalte Dusche verfrachtet wurde, wärmte ihm das Herz. Der Junge kam triefnaß und blaugefroren wieder zum Vorschein, aber er war immerhin so weit wiederhergestellt, daß seine natürliche Neugier zutage trat.

»Sie meinen, ich war betäubt?« fragte er mit klappernden Zähnen. »Wirklich betäubt? Wie wunderbar!«

Thomas überließ den Jungen der Fürsorge des Doktors und des Hausherrn und kehrte in den Salon zurück, in dem sich auch die anderen eingefunden hatten. Er ging zu Jacqueline, die neben Liz saß, und sagte: »Percy ist wieder ganz der alte. Es muß nur eine kleine Dosis gewesen sein.«

»Die Sache hat niemandem geschadet, außer unseren Nerven«, stimmte Jacqueline zu. Daß ihre Nerven angegriffen waren, erkannte Thomas an der Handtasche, die sie plötzlich bei sich trug – eine riesige, pralle, weiße Handtasche. Sie mußte in ihrem Zimmer gewesen sein, um sie zu holen ... wie ein Kind, das sich an sein Stofftier klammert, wenn es verunsichert ist. Sie nahm die Tasche auf ihren Schoß und kramte mit beiden Händen darin.

»Glaubt ihr, er hat das Zeug selbst eingenommen?« fragte sie.

Thomas erschrak, stumm wies er auf die Anwesenheit der Schwester des Jungen hin. Liz sah ihn an. Sie weinte nicht und war ganz ruhig.

»Er könnte es getan haben«, sagte sie. »Er hat ein Röhrchen mit Beruhigungstabletten.«

Eine kleine Weile herrschte unbehagliches Schweigen. Jacqueline grub weiter in den Tiefen ihrer Tasche. Schließlich förderte sie ein zerknittertes Zigarettenpäckchen ans Licht.

»Dies ist das zehnte Mal, daß ich es nicht schaffe, mit dem Rauchen aufzuhören«, sagte sie, als Thomas ein Feuerzeug vom Tisch nahm. »Liz hat mir gerade von dem Beruhigungsmittel erzählt.«

»Mutter drängt es ihm ständig auf«, fuhr das Mädchen im selben ausdruckslosen Ton fort. »Sie denkt, er ist nervös und empfindsam. Ich weiß, daß er ein kleines Scheusal ist, aber ...«

»Es ist heutzutage sehr beliebt, alles auf die arme alte Mutter zu schieben«, warf Jacqueline ein und blies einen runden Rauchring aus. »Das soll allerdings nicht heißen, daß sie nicht wirklich an manchem schuld ist. Aber Sie sind in Ordnung.«

Liz' Gesicht hellte sich auf. Sie brachte sogar ein schwaches Lächeln zustande.

»Ich bin in Ordnung, und Sie sind auch in Ordnung«, sagte sie. »Aber manchmal bin ich mir dessen gar nicht so sicher.«

Sie stand auf und ging zu Frank, der neben dem Kamin stand. Er legte den Arm um sie, und sie lehnte sich an ihn.

»Und?« fragte Thomas.

Jacqueline stieß einen anderen Rauchring in die Luft. Der erste war reiner Zufall gewesen, und dieser erinnerte an einen verbeulten Doughnut. Jacqueline kniff ärgerlich die Augen zusammen. Sie versuchte es noch einmal, brachte aber nur eine unförmige Wolke zustande.

»Der Junge könnte das Mittel selbst geschluckt haben«, sagte sie. »Das ist jedoch nicht das Interessanteste an diesem neuesten Zwischenfall.«

»Was dann?« erkundigte sich Thomas resigniert.

»Du hattest Angst, hab' ich recht?«

»Verdammt recht, und ich schäme mich nicht, das zuzugeben. Percy ist ein widerliches, lästiges Balg, aber ich möchte ihn nicht...«

Er brach ab und starrte Jacqueline an. Sie wirkte aufgrund des Rauchschleiers, der ihr Gesicht wie der Dunst die Pythia umhüllte, noch rätselhafter als sonst.

»Du warst auch erschrocken«, stellte Thomas fest. »Wie wir alle hast du mit einer Katastrophe gerechnet. Und die interessante Frage ist: Warum haben wir Schlimmeres erwartet?«

»Ganz genau. Niemand ist zu Schaden gekommen oder ernsthaft verletzt worden. Percys Abwesenheit hätte eine ganze Reihe von harmlosen Gründen haben können. Trotzdem sind wir in Panik geraten, als seine Mutter verkündete, daß er nicht in seinem Zimmer war.«

»Der Triumph des Instinkts über die Vernunft«, meinte Thomas. »Die Atmosphäre hier ist weiß Gott angespannt genug. Dunkelheit, Regen, das Wehklagen des

Windes und all so was – ganz zu schweigen von den Schatten der toten Könige und Königinnen, die durch die düstere Halle huschen. Wir werden von der Erinnerung an alte Morde heimgesucht. Aber es ist noch mehr als das, stimmt's?«

»Wie poetisch.« Jacquelines Ton war liebevoll, und ihr Lächeln verursachte ihm Schwindelgefühle. Vielleicht liegt es auch am Wein, redete sich Thomas ein.

»Ich weiß, was mich beunruhigt«, sagte er, »und es ist nicht die Atmosphäre. Der Spaßvogel hat darauf geachtet, niemanden ernstlich zu verletzen, aber was, wenn etwas schiefläuft? Wenn er sich jemanden aussucht, der ein schwaches Herz oder eine Allergie gegen die Medikamente hat, die er benutzt?«

Jacqueline nickte, aber sie hatte keine Zeit, einen Kommentar abzugeben. Der Doktor, der seine Pflichten erledigt hatte, gesellte sich zu ihnen.

»Geht es Percy gut?« erkundigte sich Thomas.

Rawdon nickte. Seine goldene Krone hüpfte, und er griff danach.

»Dauernd vergesse ich das verdammte Ding«, jammerte er und machte einen genauso düsteren und abgezehrten Eindruck, wie ihn Heinrich VI. die meiste Zeit über vermutlich gemacht hatte. »Das Betäubungsmittel war wahrscheinlich in dem scheußlichen, ungesunden Fruchtsaft, den der Junge immer trinkt. Haben Sie sein Zimmer gesehen? Ausgestattet wie das Lager eines Lebensmittelladens. Kekse, Süßigkeiten – selbst das Obst ist tödlich, wenn es nicht biologisch angebaut ist, und das ist es mit ziemlicher Sicherheit nicht, Insektizide...«

»Dann war es also nicht besonders schwierig, ihm das Betäubungsmittel unterzuschieben?« unterbrach Jacqueline seinen Redefluß.

»Gar nicht. Der unselige Junge ißt die ganze Zeit. Wenn ich für ihn verantwortlich wäre ...«

Thomas hatte genug gehört. »Ich frage mich ernsthaft, was jetzt geschehen soll. Möchte Dick mit dem Bankett weitermachen?«

Weldon beantwortete die Frage selbst. Er erschien mit dem schwankenden Percy im Arm auf der Schwelle.

»Da sind wir«, sagte er. »Bereit, dort weiterzumachen, wo wir ... äh ... unterbrochen wurden. Mrs. Ponsonby-Jones schließt sich uns später an.«

Einen Moment lang glaubte Thomas, Weldon würde sich damit nicht durchsetzen. In dem Raum knisterte die Luft vor unausgesprochenen Fragen. Aber Weldon blieb eisern; seine dunklen Augen blitzten herausfordernd, und niemand sagte auch nur ein einziges Wort.

Liz war die erste, die reagierte. Wie in Trance trat sie vor, und Sir Richard kam ihr entgegen. Er bot ihr seinen Arm mit einer alten höflichen Geste an: Sie legte ihre Hand darauf. Die Kerzen flackerten in einem Windzug; die beiden schlanken, gekrönten Gestalten in langen Roben schienen auch zu zittern wie ein immaterieller Stoff aus einem Traum.

Thomas hörte eine leise Stimme: »Daher weht der Wind? ›Nein, zögre nicht: ich schlug ja König Heinrich,/Doch deine Schönheit reizte mich dazu./Nur zu! Denn ich erstach den jungen Eduard:/Jedoch dein himmlisch Antlitz trieb mich an.‹«

Es war natürlich Philips Stimme.

Thomas drehte sich abrupt zu ihm um. »Ich hoffe doch, die Wahl des Zitats soll keine Anspielung sein.«

»Haben Sie Weldons Gesicht gesehen, als sie die Hand auf seinen Arm legte?« Das Gesicht des Schauspielers war von einem dünnen Schweißfilm überzogen.

»Das ist lächerlich«, entgegnete Thomas harsch. »Jedenfalls sind Sie jetzt außer Gefahr. Der Spaßvogel scheint Sie übersprungen zu haben. Ich bin geneigt, Sir Richard zuzustimmen – es war Percy.«

»Nach dieser letzten Episode?« Die Falten auf Philips Stirn glätteten sich. »Ja, ich verstehe. Das war der typische Versuch eines Halbwüchsigen, den Verdacht von sich abzulenken.«

»Sir Richard hat ihm die Leviten gelesen und ihn beschuldigt, Urheber dieser Streiche zu sein. Das war nur eine allzu verständliche Reaktion darauf.«

»Ich wünschte, ich könnte das glauben«, murmelte Philip. »Mit Percy werde ich spielend fertig.«

»Kommen Sie«, sagte Thomas. »Auf zum Festmahl. Hinweg, ihr trüben Gedanken!«

Philip lachte dumpf.

Rötliches, unstetes Licht belebte die große Halle. Ein Feuer prasselte im Kamin, und in den Eisenringen an den Wänden steckten Fackeln. Der lange Tisch auf dem Podest war mit weißen Leinentüchern gedeckt, auf dem Boden lagen Binsen und halb getrocknete Kräuter verstreut; sie raschelten unter den Füßen und verströmten süße Düfte. Diener in mittelalterlichen Kostümen standen starr wie Statuen an den Wänden. Thomas war erleichtert, als er einen tragbaren Feuerlöscher hinter einer Tapisserie entdeckte. Es regnete draußen zwar immer noch in Strömen, aber Weldon ging kein Risiko ein.

Weldon führte seine Dame in die Halle, als eine Trompetenfanfare erklang. In der Nähe des Podests wartete der stoische Wilkes in der unpassenden Rolle eines mittelalterlichen Marschalls. Mit einem kleinen vergoldeten Stab deutete er auf die Stühle, die die jeweiligen Gäste einnehmen sollten. Als Weldon Platz nahm, verstummten die Trompeten, Thomas atmete befreit auf. Den Musikern fehlte nicht die Inbrunst, aber zumindest einer von ihnen war entweder taub oder vollkommen ungeübt.

Der unglückliche Wilkes verwandelte sich mittels einer weißen Serviette, die er sich um den Hals band, in einen mittelalterlichen Mundschenk. Thomas beobachtete belustigt, wie er Wein in den Deckel von Weldons Pokal schüttete und ihn an die Lippen hob. Er hoffte nur, daß der Butler nicht bei allen Speisen und Getränken, die im Laufe des Abends aufgetragen wurden, den Vorkoster spielen mußte – es würde Ewigkeiten dauern, wenn er seinen Löffel in jede Schüssel stecken müßte.

Weldon hatte taktvoll das große Salzfaß weggelassen, das im Mittelalter die Noblen vom Fußvolk getrennt hatte. Thomas hatte man zwischen Frank und Rawdon plaziert. Liz saß ziemlich weit weg zwischen dem Pfarrer und Philip. Franks Miene machte deutlich, daß er dieses Arrangement überhaupt nicht guthieß.

Thomas nahm einen großen Schluck Wein und schlug dem jüngeren Mann auf den Rücken.

»Kopf hoch«, rief er leutselig. »Amüsieren Sie sich. Dick hat weder Kosten noch Mühen gescheut.«

»Ja, aber dieser verdammte Schauspieler ...«

»Er hat nicht die geringste Chance«, behauptete Thomas, nachdem er seinen Becher geleert hatte.

Franks dunkles Haar reichte bis zum Kragen und wellte sich über den Ohren. Er hockte da wie ein Häuflein Elend und schwitzte aus allen Poren. In der Halle war es unangenehm heiß, trotzdem toste das Kaminfeuer, als müßte es einen Schmelzofen heizen.

»Wissen Sie was?« fragte Frank.

»Wo ist Ihre Krone?« wollte Thomas wissen. »Sie müßten doch ...«

»Sie fällt immer herunter.«

»Genau wie meine. Aber Sie sind immerhin ein Prinz. Sie sollten ...«

»Wissen Sie was?«

»Nein, was?«

»Sie sind betrunken«, stellte Frank ernst fest. »Und ich bin gerade dabei, mich zu betrinken. Außerdem habe ich mir vorgenommen ...« Seine Augen weiteten sich. »Guter Gott«, sagte er.

Thomas las die letzten Worte von seinen Lippen ab. Die schmetternden Trompeten übertönten alles. Die Tür stand offen, und das, was Frank die Sprache verschlagen hatte, kam in Sicht.

Man hätte die Erscheinung als Schar von Küchenmägden beschreiben können. Thomas vermutete, daß es Mädchen aus dem Dorf waren – ganz sicher gab es in diesem Haus nicht soviel Personal. Alle trugen enge Spitzenmieder und Schnürstiefel und hatten größte Mühe, sich das Lachen zu verbeißen, wie man an ihren geröteten Gesichtern und ihren blitzenden Augen sehen konnte. Sie brachten Platten, Schüsseln und Krüge herein. Im Saal teilte sich die Prozession, und durch die entstandene Gasse marschierten kräftig gebaute Dorfburschen mit Strumpfhosen und langen Perücken. Sie trugen eine riesige Platte mit einem Schwan in vollem Federkleid.

Thomas wußte natürlich, daß der Schwan mausetot und gut durchgebraten war und daß man die Federn nur so arrangiert hatte, um das Leben nachzuahmen. Der Gedanke widerte ihn an, obwohl ihm klar war, daß derartige Frivolitäten bei mittelalterlichen Banketten allgemein üblich waren. Er griff nach seinem Becher, den einer der Diener gerade aufgefüllt hatte.

Wenn man ans Mittelalter dachte, sah man gemeinhin arme Leute vom Land vor sich, die an trockenem altem Brot knabberten, oder Heinrich VIII., der in beiden Händen eine Lammkeule hielt und dem das Fett übers Kinn tropfte. In Wahrheit war die *haute cuisine* des fünfzehnten Jahrhunderts ausgesprochen raffiniert. Thomas pfiff anerkennend durch die Zähne, als er von der Suppe der ersten Speisenfolge kostete. Wilkes tranchierte den Schwan an einem Serviertisch – »rupfen« wäre wohl das treffendere Wort –, und seine fleischige Nase verriet deutlich, was er von dieser Aufgabe hielt. Thomas sah ihm lieber nicht zu.

Frank war weniger beeindruckt. »Was, in Gottes Namen ...« begann er und deutete auf das dickflüssige Zeug in seinem Suppenteller.

»Blandissory«, erläuterte Thomas, während er weiteraß. »Das ist Rinderbrühe mit Mandeln und süßem Wein – man kocht alles zusammen und seiht die Brühe durch ein Sieb, dann gibt man in einen Mörser zerstoßenes Kapaunfleisch – heute würde man vermutlich einen Mixer benutzen – , das mit Milch, Mandeln und Zucker vermengt wurde, hinein. Zum Schluß fügt man blanchierte Mandeln hinzu ...« Er hob seinen Löffel und betrachtete die Mandel in der dicken Suppe, ehe er den Löffel in den Mund steckte. Es war unmöglich, das Zeug anständig zu essen, man mußte schlürfen, damit man alles in den Mund bekam.

»Zu süß«, mäkelte Frank. »Geben Sie mir eine gute klare Consommé.«

Niemand erfüllte ihm den Wunsch. Am Ende der ersten Speisenfolge rebellierte sogar Thomas' widerstandsfähiger Magen ein wenig.

Die täglichen Mahlzeiten in einem hochherrschaftlichen Haus bestanden normalerweise aus zwei kompletten Gängen mit drei oder vier verschiedenen Gerichten. Thomas stocherte unlustig im Schwanenfleisch und dachte konsterniert an ein berühmtes mittelalterliches Festmahl, bei dem sechs komplette Gänge aufgetragen worden waren. Hoffentlich hatte sich der Gastgeber nicht vorgenommen, dieses Bankett zu übertrumpfen.

Die Finesse, die die erste Speisenfolge – außer der Suppe und dem Schwan gab es noch anderes Fleisch und Fisch – abschloß, war ein Meisterwerk. Es wurde von denselben grinsenden Lakaien hereingebracht, die das Mahl mit dem Schwan eröffnet hatten: Ein künstlerisch begabter Zuckerbäcker hatte Samson, der die Säulen des Tempels einreißt, aus Zuckerfäden und Eiweiß geschaffen.

Der zweite Gang begann mit Wildbret. Das in Streifen geschnittene Fleisch schwamm auf einem Brei, der aus in Milch gekochtem Weizen bestand und mit Eidottern, Zucker und Salz verfeinert war. Thomas zählte Frank die Ingredienzien auf und sprach gerade über die Zubereitung, als er von einem deftigen Fluch unterbrochen wurde.

»Ich kann das nicht essen«, schimpfte Frank aufgebracht. »Ich würde meine Seele für ein anständiges Steak verkaufen.«

»Sie sind damals sehr verschwenderisch mit Gewürzen umgegangen«, sagte Thomas verträumt. Er bekam richtigen Auftrieb, wenn er über Gastronomisches sprechen konnte. »Als nächstes gibt es Fleisch – wahrscheinlich Schwein – mit etwa einem Dutzend Gewürzen, gebacken in einem Pastetenteig; man nannte diese Teighüllen Sarg, falls sie das interessiert.«

Frank stöhnte.

Thomas fügte hinzu: »Ich hoffe, Weldon schlägt nicht

über die Stränge und setzt uns *Cockatrice* vor. Sie kochten einen Kapaun und ein Spanferkel und schnitten sie in zwei Hälften; dann nähten sie den vorderen Teil des Kapauns an den hinteren des Spanferkels und den vorderen Teil des Ferkels an den hinteren des ...«

»Guter Gott«, ächzte Frank.

Die Jongleure, Tänzer, Musikanten, die eigentlich bei einem solchen Bankett für Unterhaltung sorgen müßten, erschienen nicht. Offenbar rechnete Weldon damit, daß seine Gäste von dem exotischen Mahl so fasziniert sein würden, daß sie sich auf nichts anderes konzentrieren konnten – außer natürlich auf die Gespräche über Richard. Thomas amüsierte sich köstlich, indem er beobachtete, wie seine Kollegen auf das Essen reagierten.

Der Doktor zu Thomas' Linken bekam Zustände. Er stillte seinen Hunger nur mit trockenem Brot und erläuterte unaufhörlich, was eine derartig gehaltvolle Kost in den Mägen der Anwesenden anrichtete.

Thomas mußte zugeben, daß Rawdon in gewisser Weise recht hatte. Alles war stark gewürzt und schwamm in dicken, fetten Saucen, und dann noch der schwere süße Wein – Malvasier vielleicht? –, das brachte die Verdauungsorgane in Gefahr. Er rührte die Quarkspeise mit Rosenwasser und Rahm kaum an und seufzte erleichtert, als die schwankenden Lakaien die Replik des Middleham Castle aus Zucker auf ihren Schultern hereintrugen und so das Ende des zweiten Ganges verkündeten. Thomas vermutete, daß sich das Küchenpersonal auch ausgiebig an dem Malvasier gelabt hatte.

Er wartete ängstlich auf eine dritte Speisenfolge, aber Weldon nahm Rücksicht darauf, daß die Mägen der modernen Menschen kein so großes Fassungsvermögen hatten. Die Diener reichten Rosenwasser in Schalen und Servietten herum, und als sich Weldon erhob, lehnten sich die Gäste erwartungsvoll zurück.

Irgendwann zwischen Suppe und dem Middleham Castle hatte Mrs. Ponsonby-Jones ihren Platz neben Sir Richard eingenommen. Niemand erinnerte weniger an die blasse, schwindsüchtige Königin Anne; das fleischige Gesicht der ehrenwerten Dame war rot vor Stolz, und ihre Massen quollen über den Stuhl. Offensichtlich hatte sie ihre *crise des nerves* überwunden. Nach einem kurzen Blick auf Percy räumte Thomas im stillen ein, daß kein Grund zur Sorge mehr bestand, es sei denn, man ängstigte sich, daß sich der Junge eines Tages überfraß und schlichtweg platzte. Percy glänzte vom Haaransatz bis zu seinem dritten Kinn wie ein fettiges, rosiges Schweinchen.

Aus Sicherheitsgründen habe er, so erklärte Weldon, beschlossen, keine Unterhaltungskünstler zu engagieren. Die Dorfbewohner, die beim Servieren geholfen hatten, seien ihm und der Dienerschaft bestens bekannt. Unglücklicherweise sei keiner von ihnen mit der Kunst der Musik und des Tanzes vertraut – mit der Ausnahme von Tom Belden und seinem Sohn, deren Trompetenspiel einiges zur Atmosphäre des Abends beigetragen habe.

Daher, fuhr Weldon fort, habe er es für besser und sicherer gehalten, wenn sie selbst für Unterhaltung sorgten. Er bedauerte die Notwendigkeit, später einen Plattenspieler benutzen zu müssen, aber sie müßten sich alle vorstellen, daß die Musik von der Galerie käme und von Musikanten gespielt würde. Also, auf ins Vergnügen! Den Beginn würde – er warf einen Blick auf Lady Isobel, die ein zusammengerolltes Papier wie eine Keule in der Hand hielt – ein literarischer Vortrag machen, für den bei der letzten Sitzung leider keine Zeit mehr gewesen sei.

Lady Isobel stand mit äußerst pietätvoller Miene auf. Unter dem Schutz des langen Leinentischtuchs zog

Thomas seine Schuhe aus und machte sich bereit, wenn möglich, mit offenen Augen zu schlafen. Es war ein kluger Schachzug von Weldon, Lady Isobel jetzt zu Wort kommen zu lassen; der kritische Verstand der Zuhörer war gedämpft vom Essen und vom Wein, deshalb würde das Leiden auch nicht ganz so groß sein.

> Der Himmel schimmerte blau,
> Die Sonne erhellte die Welt,
> Die Vögel zwitscherten laut;
> Über das grüne Bosworth-Feld
> Ritt der König, der strahlende, mutige Held.

Die albernen Reime und unrhythmischen Verse wären kaum auszuhalten gewesen, wenn sie von einem gefühlsduseligen neunjährigen Mädchen verfaßt worden wären. Aus dem Mund dieser ausgemergelten alten Frau klangen sie nur peinlich. Liz hatte vielleicht einen Witz gemacht, als sie behauptet hatte, für Richard von Gloucester zu schwärmen (war es tatsächlich ein Witz?), aber Lady Isobel schwärmte nicht nur, sie war ihm mit Haut und Haaren ergeben. Ihre Stimme war leise und bebte vor Leidenschaft. Thomas richtete seine Aufmerksamkeit auf Jacqueline. Ihr ungläubiges, fassungsloses Gesicht war so komisch, daß es ihn für das unselige Poem entschädigte. Trotz all seiner Bemühungen, die Ohren zu verschließen, schnappte er doch hin und wieder ein paar Verse auf.

> Tapfer bestieg er seine große weiße Mähre,
> Zum Himmel wanderte sein Blick.
> Schlanke Hände nehmen die Zügel mit großem Geschick,
> Und in seinem Auge glänzt eine Träne.

Er wischte sie weg mit gepanzerter Hand
Und rief: »Wir reiten in die Schlacht,
Ich lebe oder sterbe als König zur Nacht,
Und Tudors Haupt hängt an meinem Band.«

Thomas rutschte auf seinem Stuhl ein wenig tiefer. Als höflicher Mensch sah er nie zu, wenn sich jemand selbst zum Gespött machte. Diese Deklamation war schlimmer als die Klaviervorträge der untalentierten Kinder seiner Freunde. Schlanke Hände und glänzende Tränen ... »Ich bezweifle, daß er oft geweint hat«, dröhnte Jacquelines ätzende Stimme in seinen Ohren.

Zum Glück waren die letzten Strophen mehr oder weniger unverständlich. Richards ach so heldenhafter Tod – die Worte »tapfer, mutig und heldenhaft« tauchten bemerkenswert oft in dem unseligen Machwerk auf – riß Lady Isobel zu herzzerreißenden Schluchzern hin, die die Reime unkenntlich machten.

Sogar Weldon machte einen erschütterten Eindruck, als die vom Schmerz überwältigte Poetin auf ihren Stuhl sank – sie erinnerte weniger an eine geknickte Lilie als an einen verschrumpelten Holzapfel.

»Kein Applaus, bitte«, sagte Sir Richard rasch, als sich die anderen Gäste, von unterschiedlichen Emotionen bewegt, ansahen. »Das wäre wirklich ziemlich unpassend nach diesem ... diesem ... äh. Meine liebe Isobel, nehmen Sie noch etwas Wein.«

Lady Isobel hat schon genug Wein gehabt, dachte Thomas. Dennoch kam sie der Aufforderung nach und lächelte matt, als Weldon ihre Schulter tätschelte.

»Die Muse«, murmelte sie erschöpft, »ist eine strenge Zuchtmeisterin ... So etwas verlangt einem sehr viel ab, Richard.«

»Ich weiß«, sagte Weldon. »Das tut es in der Tat ...«

Liz hatte als nächste ihren Auftritt – sie sang mit angenehmer, wenn auch durchschnittlicher Stimme mittelalterliche Balladen. Thomas erkannte nur Dufays *Adieu, m'amour* und ein religiöses Lied von Dunstable. Zum Schluß erklärte Liz, daß sie einen Schreianfall bekommen würde, wenn irgend jemand von ihr verlangen würde, *Summer Is Icumen in* oder *Greensleeves* zu singen.

Der Vikar, der um letzteres bitten wollte, machte verstört den Mund zu.

Nachdem der Doktor demonstriert hatte, wie man eine Ritterrüstung anzog – aus der ihn zwei kräftige Lakaien wieder befreien mußten –, betrat Philip die Bühne. Die Stimmung der Anwesenden war, gelinde gesagt, unbeständig, und die beiden Monologe aus Shakespeares *Richard III.* verbesserte sie kein bißchen. Der Eröffnungsmonolog »Nun ward der Winter unsers Mißvergnügens...« entbehrte nicht eines gewissen schwarzen Humors, aber dann rezitierte Philip Richards schmerzliche Ansprache, die er am Vorabend der Schlacht von Bosworth hielt. Alle Anwesenden kannten die Szene: Richard, dem wenige Stunden Schlaf vor dem morgendlichen Kampf vergönnt sind, wird im Traum von den Geistern seiner Opfer heimgesucht – alle verfluchen ihn: »Verzweifle und stirb!«

Philip wurde zum sich im Schlaf wälzenden, gequälten Schurken des Shakespeare-Stückes. Seine Stimme drückte all die Wandlungen der menschlichen Gefühle aus – Trotz, Entsetzen, Reue –, und bei den letzten Zeilen senkte er sie zu einem volltönenden Flüstern:

> Ich muß verzweifeln. – Kein Geschöpfe liebt mich,
> Und sterb ich, wird sich keine Seel erbarmen.
> Ja, warum sollten's andre? Find ich selbst
> In mir doch kein Erbarmen mit mir selbst...

Das gebannte Publikum belohnte den Darsteller mit ergriffenem Schweigen, sogar noch, nachdem er sich aufgerichtet und die Haut des mittelalterlichen Königs abgestreift hatte. Philip schlenderte lässig zu seinem Platz zurück. Thomas bemerkte, daß Liz ein Stück zur Seite wich, als er sich neben ihr niederließ. Thomas konnte es dem Mädchen nicht verübeln. Philips Vorstellung war so gut gewesen, daß man nur Unbehagen empfinden konnte.

Weldon winkte mit der Hand, und von der dunklen Galerie ertönten Flöten und Trommeln. Die Gäste erhoben sich; sie alle hatten mittelalterliche Tänze einstudiert. Thomas stemmte sich in die Höhe. Er war keineswegs sicher, ob er noch einen Fuß vor den anderen setzen, geschweige denn gemessenen Schrittes dem Rhythmus der Musik folgen konnte. Als er sich vom Tisch entfernte, zupfte Kent an seinem Ärmel.

»Ist Ihnen nicht gut?«

»Nun ja...«

»Mir auch. Kommen Sie. Ich weiß, was wir brauchen.«

Thomas ließ sich von ihm auf den Korridor führen. Die Kerzen waren schon ziemlich weit heruntergebrannt. Er fragte sich, wie spät es wohl sein mochte. Die Party würde bis zum Morgengrauen dauern, wenn die Gäste durchhielten.

Kent steuerte das Speisezimmer und die Karaffen auf der Anrichte an. Er goß sich einen ordentlichen Schluck Brandy ein und bot Thomas auch einen an.

Thomas trank. Eine Moment lang schien alles in der Luft zu schweben. Dann war der Aufruhr vorbei, und Thomas seufzte abgrundtief.

»Danke. Genau das hatte ich nötig.«

»Brandy kuriert alles«, erklärte Kent und befolgte

noch einmal seinen eigenen Ratschlag. »Ich mag Ärzte nicht. Ich brauche nie einen.«

Thomas war geneigt, ihm zuzustimmen. Sein Kopf schien vollkommen klar zu sein, als sie in die Halle zurückkamen, aber aus unerfindlichen Gründen nahm er den Rest des Abends wie durch ein Kaleidoskop wahr. Er führte unzusammenhängende Gespräche mit irgendwelchen Menschen; der Raum drehte sich um ihn, und plötzlich war er ganz woanders und redete mit anderen Menschen. Doch ihm erschien das alles ganz normal.

Irgendwann stand er neben O'Hagan, der *The Maple Leaf Forever* sang. Thomas drückte vorsichtig seine Überraschung über die Wahl des Liedes aus, und O'Hagan erklärte, er habe sich für die kanadische Hymne entschieden, da er die hohen Töne von *The Star-Spangled Banner* nicht singen könne. Die Begründung kam Thomas logisch vor, aber er fühlte sich berufen, seinen eigenen Patriotismus und seinen Tenor zu demonstrieren. Er sang alle drei Strophen von *The Star-Spangled Banner.* O'Hagan ließ sich dadurch von seinem *The Maple Leaf Forever* nicht abbringen. Er konnte nur eine Strophe, und die schmetterte er immer und immer wieder, während er und Thomas sich in wechselseitiger Wertschätzung zunickten.

Nach einem unvermittelten Szenenwechsel fand sich Thomas in einer Diskussion über Buckingham mit Philip und Kent wieder. Nachdem er Richard enthusiastisch bei seinen Bemühungen, den Thron an sich zu reißen, unterstützt hatte, zog sich Buckingham auf sein Schloß in Wales zurück, um kurz darauf an der Spitze einer feindlichen Armee wieder zu erscheinen. Einige Ricardianer sind der Ansicht, daß Buckingham für den Tod der beiden Jungs verantwortlich sein mußte und daß die Morde der erste Schritt seiner Ambitionen, die Krone für sich zu beanspruchen, war.

Thomas zweifelte an dieser Theorie und brachte das auch zum Ausdruck. Kent, der Buckinghams Rolle spielte, nahm die Kritik persönlich. Er trollte sich wutschnaubend. Thomas wandte sich gelassen an Philip. »Der Mann ist betrunken«, sagte er ernst. »Wie kann man sich nur so über eine sachliche Diskussion aufregen? Sie verstehen doch meinen Standpunkt, oder?«

»Ich hab' genug von dem ganzen Kram«, erwiderte Philip. Sein Gesicht war knallrot.

Thomas betrachtete ihn argwöhnisch. »Ah«, rief er. »Ah... immer noch nervös, mein Freund? Das brauchen Sie nicht. Ich habe alles genau durchdacht. Verstehen Sie, Richard hat Hastings nicht ermordet, nicht wirklich. Es war eine Exe... eine Exek... eine legale Hinrichtung. Verrat. Was ganz andres als bei den kleinen Prinzen. Nicht, daß Richard die Prinzen getötet hat, wohlgemerkt, aber wenn sich jemand Richards Opfer aussucht, dann zählen die Jungs, die exe... ich meine, denen der Kopf abgeschlagen wurde, nicht. Sie verstehen, was ich sagen will, oder? Ich meine...«

»Um Himmels willen«, preßte Philip zwischen seinen blendend weißen Zähnen hervor. »Es macht mich krank, daß ihr alle versucht, meine Hand zu halten – ihr seid verdammte Idioten! Ich habe keine Angst!«

Plötzlich stand die Halle auf dem Kopf, und Thomas tanzte mit Lady Isobel. Als ihm zu Bewußtsein kam, zu welch unglaublicher Handlung er sich hatte hinreißen lassen, stolperte er über die Binsen, die inzwischen zu kleinen Häufchen zusammengetrampelt waren. Lady Isobel hielt ihn mit erstaunlich starken Armen aufrecht und kicherte. Sie faselte etwas von Malvasier. Thomas funkelte sie böse an, aber dann begriff er, daß sie von den immer vollen Krügen und Karaffen auf dem Tisch sprach und ihm nahelegte, noch einen Schluck zu trinken.

»O nein«, wehrte Thomas vehement ab. »Nicht für mich. Nicht dieses Gebräu. Muß einen klaren Kopf behalten. Darf mich nicht betrinken.«

Das nächste bewußte Erlebnis spielte sich im Speisezimmer ab. Thomas stellte das leere Brandyglas ab und machte sich auf den Weg in die Halle. Die Musik dröhnte noch immer, und Sir Richard zeigte zusammen mit Mrs. Ponsonby-Jones einen höfischen Tanz. Die massige Frau bewegte sich überraschend leichtfüßig, die scharlachroten Röcke wirbelten über den Boden, während sie tanzte. Sir Richard war die Krone über das eine Auge gerutscht.

Thomas suchte nach einer Partnerin und fand keine. Er hatte Lust zu tanzen und legte ein temperamentvolles Solo mit hohen Sprüngen und weitausladenden Armbewegungen aufs Parkett. Er zog einen weiteren Ausflug ins Speisezimmer in Erwägung, entschied sich jedoch dagegen. Jetzt fühlte er sich großartig. Er verschränkte die Hände auf dem Rücken und schlenderte durch den Raum. Die Vorhänge und Topfpflanzen, die in strategisch günstigen Abständen aufgestellt waren, bildeten behagliche Nischen, in denen sich die Tänzer auf Bänken und Stühlen ausruhen konnten. Einige dieser Nischen waren besetzt – nicht von schmusenden Liebespaaren, sondern von gesitteten Ricardianern. Der Vikar thronte auf einem hohen Stuhl, ließ die Beine baumeln und dozierte über den Ehevertrag, den Eduard IV. abgeschlossen hatte.

»Ein derartiges schriftliches Versprechen war so bindend wie eine Eheschließung«, sagte er und wedelte mit dem Zeigefinger vor dem Gesicht des Doktors hin und her.

Rawdon wirkte gelangweilt und war es vermutlich auch; dieses Thema war beinahe so abgedroschen wie der Mord an den beiden Prinzen.

»Ich weiß«, versetzte er gereizt. »Das ist nicht der springende Punkt. Die Frage ist, ob ein solcher Vertrag überhaupt existiert hat. Er wurde offiziell vom Parlament anerkannt, und Heinrich Tudors Anstrengungen, das Dekret zu verhindern, deutet auf...«

Thomas spazierte weiter. In der nächsten Nische saßen Liz und Philip. Für einen Moment war Thomas vollkommen durcheinander. Das Thema war dasselbe, obwohl ganz andere Leute darüber sprachen.

»Aus welchem Grund sollte Heinrich den *Titulus Regius* unterdrücken, wenn es den Vertrag nicht gegeben hat?« fragte Philip.

Liz nickte. Ihre Augen funkelten. Thomas konnte es nicht fassen, daß Philip überhaupt ein Wort herausbrachte, solange dieses Gesicht nur wenige Zentimeter von seinem entfernt war. Wie alle anderen war Philip verrückt, wenn es um Richard III. ging.

»Dann ist da auch noch der Bischof von Bath und Wells«, fuhr Philip fort. »Eduard der Vierte hat ihn nach seiner Thronbesteigung einsperren lassen. Das legt die Vermutung nahe, daß der alte Knabe etwas, was beiden Männern gefährlich werden konnte, wußte – und was hätte das wohl sein können? Doch nur die Wahrheit, oder? Die Tatsache, daß Eduard niemals rechtmäßig mit Elisabeth Woodville verheiratet war.«

»Der gute Clarence wußte möglicherweise auch Bescheid«, mischte sich Thomas ein. »Er hatte selbst die Krone im Auge...«

Niemand schien ihm zuzuhören, deshalb wanderte er weiter. In einer Ecke hinter einem Gummibaum fand er Frank – er war ganz allein.

Thomas streckte den Kopf um den Gummibaum. »Clarence wußte möglicherweise auch Bescheid«, sagte er. »Er hatte selbst die Krone im Auge ...«

»Oh, Sie sind's«, brummte Frank gleichgültig. »Wovon, zum Teufel, reden Sie überhaupt?«

»Von dem Eheversprechen natürlich«, erklärte Thomas erstaunt. »Haben wir uns nicht gerade eben darüber unterhalten?«

»Wir haben uns überhaupt nicht unterhalten. Und falls Sie vorhaben, über Richard den Dritten oder irgend jemanden von seiner Sippe zu reden, lassen Sie's licber.«

»Wenn Ihnen nicht danach zumute ist, gehe ich besser«, sagte Thomas.

»Ich bitte darum.«

Thomas setzte seinen Rundgang fort. Er war nicht böse auf Frank; dem armen Teufel machte wahrscheinlich das Tête-à-tête seiner Verlobten mit Philip zu schaffen. Natürlich brauchte er sich deswegen nicht den Kopf zu zerbrechen – die Konversation der beiden hätte nicht unromantischer sein können.

Dieser Gedanke brachte Thomas auf verschlungenen Wegen auf Jacqueline, und ihm wurde bewußt, daß er sie schon eine ganze Weile nicht gesehen hatte. Er machte sich auf die Suche nach ihr. Die Fackeln waren heruntergebrannt, und Thomas fühlte sich schläfrig; es war reiner Zufall, daß er einen goldenen Rock in einer Ecke schimmern sah. Er ging darauf zu.

Jacqueline war nicht allein. Sie bemerkte ihn nicht, nicht einmal, als er sich blinzelnd vorbeugte, um ganz sicherzugehen, daß er die Gesuchte tatsächlich gefunden hatte. Das rotgoldene Haar floß über Jacquelines Schultern und über den Arm des Mannes, der ...

»Hey!« rief Thomas entrüstet. Es war schon schlimm

genug, Jacqueline mit einem Mann in einem dunklen Winkel zu erwischen. Daß er das schneeweiße Haar als das von O'Hagan identifizierte, machte die Sache in seinen Augen noch verwerflicher. Das weiße Kaninchen war vom Fuchs in eine Ecke gelockt worden, und Thomas fragte sich, warum sich der Fuchs die Mühe gemacht hatte. Irgend etwas Eigenartiges war im Gange...

»Hey!« wiederholte er, da sein erster Ausruf offenbar ungehört verhallt war. Diesmal erzielte er die gewünschte Wirkung. Jacqueline zog sich ein Stück zurück. Thomas betrachtete konsterniert die Szene. Die Nische war dunkel, aber er irrte sich nicht; das Gesicht des Kaninchens sah ihn erschrocken und bartlos an. Der Schnurrbart... der Schnurrbart war...

Jacqueline hob eine Hand und zog sich O'Hagans kunstvolles Anhängsel von der Wange.

»Oh, Thomas«, sagte sie beiläufig. »Würde es dir etwas ausmachen...«

Egal, ob betrunken oder nüchtern, sagte sich Thomas, mein Verstand arbeitet scharf wie eine Stahlfalle. Die Puzzlestückchen fielen mit einem dröhnenden Klikken an ihren Platz. Mit einem lauten Heulen stürzte sich Thomas auf O'Hagan und handelte sich einen kräftigen Schlag auf die Nase ein, der ihn zu Boden auf die raschelnden Binsen schickte.

»Es reicht!« erklärte Jacqueline eisig. »Hört sofort auf damit, alle beide.«

Grelle Lichter flammten auf. Ob absichtlich oder zufällig – Thomas vermutete ersteres –, das Pärchen hatte sich gerade dort zu einem romantischen Stelldichein niedergelassen, wo sich die Hauptschalter befanden.

Jacqueline hatte die Hand noch am Schalter und musterte Thomas mit zuckenden Mundwinkeln. »Nimm ein bißchen Heu«, zitierte sie ziemlich frei. »Es ist besonders gut, wenn deine Kräfte schwinden.«

Thomas zupfte die trockenen Binsen aus seiner Perücke. Er ließ O'Hagan nicht aus den Augen; diese Entdeckung war ungeheuerlich. Die anderen kamen von allen Seiten und gesellten sich zu dem Trio.

»Strangways«, lallte Thomas undeutlich. »Ich will verdammt sein bis in alle Ewigkeit, wenn das nicht James Strangways ist.«

Es konnte kein Zweifel bestehen; das Gesicht, das sich nackt und ohne Bart der Welt zeigte, war ohne Frage das, das Thomas auf dem Umschlag der Biographie Eduards IV. gesehen hatte. Das dunkle Haar war inzwischen schlohweiß, und die Falten um Augen und Mund hatten sich vertieft, aber die Züge waren dieselben. Der Schnurrbart war nicht nur eine Maske gewesen – jetzt erinnerte Strangways in nichts mehr an ein Nagetier. Er wirkte sogar größer und breiter als vorher.

Jacquelines Hand ruhte auf seinem Arm, und Thomas ahnte, daß Strangways geflohen wäre, wenn sie ihn nicht zurückgehalten hätte.

Falls er an Flucht gedacht hatte, war es jetzt zu spät. Die drei Hauptdarsteller in diesem neuen Drama waren von fassungslosen Menschen umzingelt. Allmählich wich die Verwirrung allgemeiner Empörung.

Frank war der erste, der die Sprache wiederfand. »Mein Gott«, sagte er.

Lady Isobel klammerte sich an seinen Arm. »Was ist? Was ist passiert?«

»Mr. O'Hagan hat seinen Schnurrbart verloren«, stellte Mrs. Ponsonby-Jones klar. »Das ist eigenartig, sehr eigenartig.« Sie blitzte Jacqueline böse an, als würde sie ihr die Schuld daran geben, daß O'Hagan plötzlich glattrasiert war.

Percy brach in schrilles Gelächter aus. »Mum, du bist dumm. Das ist nicht Mr. O'Hagan. Erkennst du ihn wirklich nicht? Ich schon. Ich hatte schon die ganze Zeit den Verdacht...«

»Sei still«, befahl Weldon. Der Tonfall brachte Percy augenblicklich zum Schweigen; er sah Weldon erschrokken an. Sir Richards Selbstbeherrschung war bewundernswerter denn je. Selbst die verrutschte Krone tat seiner Würde und Gefaßtheit keinen Abbruch, und Strangways, der bis dahin frech gegrinst hatte, senkte den Blick, als Weldon ihn ansah.

»Ich erkenne Sie auch, Mr. Strangways«, sagte Weldon. »Ihr Verhalten überrascht mich, das muß ich gestehen. Ich habe in Betracht gezogen, daß Sie irregeleitet sind, aber ich hätte nie gedacht, daß Sie charakterlos sind.«

»Ich muß mich entschuldigen«, gab Strangways zu. »Sehr schlechter Stil – ist das nicht die korrekte Floskel? Aber ich versichere Ihnen, ich hatte keine andere Wahl. Ich mußte Sie täuschen, sonst hätten Sie mir niemals Ihre Gastfreundschaft gewährt.« Seine Stimme war um einige Nuancen tiefer als die von O'Hagan.

»Aber wie haben Sie das bewerkstelligt?« wollte Thomas wissen. »Was haben Sie mit dem echten O'Hagan gemacht? Gibt es überhaupt einen O'Hagan?«

»O ja, es gibt ihn, diesen O'Hagan. Er ist der Esel, der die Leitung der amerikanischen Gesellschaft übernahm, nachdem man mich wegen ›Ketzerei‹ rausgeworfen hatte.« Strangways lächelte. Seine vorstehenden Schneidezähne ließen ihn jetzt eher hundeartig aussehen und nicht mehr wie ein eingeschüchtertes Kaninchen. »Ich habe nach wie vor einige Freunde in der Gesellschaft, die mich auf dem laufenden halten. Daher wußte ich, wann O'Hagan in London eintreffen würde.

Es war nicht schwer, ihn in der Menge am Flughafen auszumachen; ich wußte ganz im Gegensatz zu unserem Frank, wie er aussieht. Ich habe ihn einigen meiner Freunde überlassen – mit mir wäre er bestimmt nicht ohne Widerstand mitgegangen. Sie brachten ihn nach London, wo er sich jetzt zweifellos versteckt. Der Mann ist ein Nervenbündel; er denkt, das Treffen sei verschoben worden und alle Reporter Englands wären hinter ihm her. Ich klebte mir den Schnurrbart an und heftete das Namensschild ans Revers – ich hielt das für einen besonders guten Einfall. So lenkte ich Franks Aufmerksamkeit auf mich. Es war alles ganz einfach.«

Er war ein wenig verlegen, weil man ihn entlarvt hatte, aber Thomas fand, daß er bei weitem nicht zerknirscht genug war. Strangways schien Mühe zu haben, sich ein Grinsen zu verkneifen, und zudem stand er immer noch viel zu nah bei Jacqueline.

Thomas richtete seinen anklagenden Blick auf die Lady. »Wie lange weißt du schon davon?«

»Ich hatte schon seit längerem einen Verdacht«, sagte Jacqueline. »Da ist eine gewisse Aura, oder nicht? – eine subtile Ausstrahlung maskuliner Energien – keine echte Frau kann sich diesen Schwingungen entziehen ... Ich fühlte es ... hier ...« Sie preßte ihre Hände auf die Brust und grinste Lady Isobel frech an. Dann änderte sich ihr Tonfall. »Mir kam es seltsam vor, daß Mr. O'Hagan leugnete, Strangways zu kennen, obwohl beide der amerikanischen Gesellschaft angehört hatten. Das war zwar kein schlagender Beweis, aber wenn es einen Kuckuck in Ihrem Nest gab, dann konnte es nur der vermeintliche O'Hagan sein – soviel war klar. Er ist der einzige, den niemand von Ihnen vorher schon einmal gesehen hat. Der Schnurrbart war zu gut, um wahr zu sein; die Gesichtszüge sind eindeutig die des Mannes von der

Fotografie auf dem Schutzumschlag. Wenn man versucht, jemanden zu identifizieren, achtet man hauptsächlich auf die Gesichtsknochen – Nase, Kinn, Wangenknochen und Augenhöhlen.«

»Die meisten Leute achten nicht darauf«, warf Strangways gelassen ein.

»Seine Haare ...« begann Thomas.

»Wurden über Nacht weiß, als ich mir über die schreckliche Wahrheit über Richard den Dritten klar wurde«, sagte Strangways.

Er duckte sich blitzschnell, als eine Faust sein Kinn traf. Thomas, der mit einemmal stocknüchtern war, hielt Kent gerade noch rechtzeitig zurück, um einen zweiten Angriff zu verhindern. Das Gesicht des Generals war rot angelaufen vor Zorn. Sein Arm fühlte sich an wie Stahl, und er gab erst auf, als Frank Thomas zu Hilfe kam und sich an ihn hängte. Kent fluchte. Er keuchte so schwer, daß die meisten Worte nicht zu verstehen waren, aber ein paar der drastischeren militärischen Schimpfworte waren deutlich genug.

Lady Isobel kreischte und preßte die Hände auf ihre kleinen Ohren.

»Überlaßt den Bastard mir«, bellte Kent, noch immer hechelnd. »Laßt mich ihm wenigstens das überhebliche Grinsen aus dem betrügerischen Gesicht wischen. Nach allem, was er Ihnen ... und Ihnen angetan hat ...« Er deutete mit dem Kopf auf Thomas und dann auf Frank, die ihn immer noch festhielten.

Frank sah Thomas an. Die Wangen des jüngeren Mannes waren gerötet, und seine Augen blitzten belustigt.

»Aber, aber«, beschwichtigte er. »Niemandem ist etwas Schlimmes passiert. Genaugenommen bin ich froh, daß wir endlich Mr. Strangways als unseren geheimnisvollen Spaßvogel entlarvt haben.«

Wieder suchte er Thomas' Blick, und Thomas nickte nachdrücklich. »Ganz recht, Frank. Solange Sie und ich es nicht für nötig halten, Mr. Strangways zu bestrafen, sollte meiner Ansicht nach auch niemand sonst Rache an ihm üben. Wir sollten uns alle beruhigen und vernünftig über alles reden.«

Strangways' Lächeln war verblaßt. »Moment mal«, rief er. »Ich weiß, daß Sie keinen Grund haben, mir zu glauben, aber um Ihrer selbst willen sollten Sie mir wenigstens dieses eine Mal zuhören. Ich habe Ihnen diese verdammten Streiche nicht gespielt.«

Thomas fand Strangways' Beteuerung gegen seinen Willen überzeugend. Er hatte immer noch Mühe, mit der Verwandlung fertig zu werden – Mr. Hyde war weitaus attraktiver als der kaninchenartige Dr. Jekyll. Strangways sah jünger und vitaler aus als der falsche O'Hagan.

Strangways machte den positiven Eindruck zunichte, indem er hinzufügte: »Ich habe es nicht nötig, Narren aus Ihnen zu machen – das schaffen Sie sehr gut auch ohne meine Hilfe.«

Ein Wutschrei von Kent alarmierte Thomas; er schlang beide Arme um den sich windenden General.

Weldons Stimme durchschnitt den Aufruhr wie ein Peitschenhieb.

»Hören Sie auf damit! Es ist genug, Kent«, sagte er. »Lassen Sie ihn los, Thomas. Loslassen, sage ich!«

Thomas gehorchte. Kent blieb reglos stehen, die Farbe wich aus seinem Gesicht.

»Und jetzt«, fuhr Weldon fort, »wollen wir Mr. Strangways' Behauptung, wir würden uns wie Dummköpfe benehmen, Lügen strafen. Ich habe nicht vor, eine Befragung wegen der Streiche – wenn Sie die Vorfälle so nennen wollen – durchzuführen. Es sei denn, Mr. Strangways kann ein Alibi vorweisen ...«

Strangways war durch die eisige Höflichkeit mehr eingeschüchtert als durch Kents körperliche Attacken. Er schüttelte den Kopf. »Wie sollte ich das können? In diesem Haus herrscht ein ständiges Kommen und Gehen.«

»Ganz genau. Wir alle haben uns frei bewegt – und keiner von uns hat ein Alibi«, pflichtete ihm Weldon mit akribischer Fairneß bei. »Da, wie Frank sagt, niemandem etwas Schlimmes passiert ist, schlage ich vor, das Ganze zu vergessen. Eine viel drängendere Frage ist: Was fangen wir mit Mr. Strangways an?«

»Wir schmeißen ihn raus«, brummte Kent, »mit einem ordentlichen Tritt in den Hintern.«

»Es ist halb zwei Uhr morgens«, wandte Weldon ein. »Um diese Zeit bekommt er kein Zimmer im Dorf, und es beginnt wieder zu regnen. Mr. Strangways hat sich schändlich benommen, aber das kann für mich kein Grund sein, es ihm mit gleicher Münze heimzuzahlen.«

»Sperrt den Übeltäter ein«, schlug Mrs. Ponsonby-Jones erbost vor. »Werft ihn in den Kerker!«

»Sei nicht albern«, versetzte Liz scharf. Sie trat mit ihren schwingenden grünen Röcken vor und betrachtete Strangways kühl und abschätzend. »Vielleicht wünschst du dir noch, daß wir ihn in rostige Ketten legen, Mutter. Nach diesem üppigen Bankett sind Wasser und trockenes Brot wohl überflüssig.«

Der Vikar hüstelte. »Wir können den Gentleman wohl kaum einsperren«, sagte er schockiert. »Das würde gegen das Gesetz verstoßen. Die Polizei ...«

Sofort brach ein abwehrendes Gemurmel los.

Strangways lächelte wieder. »Ich habe nicht das geringste dagegen, mich mit der Polizei auseinanderzusetzen«, sagte er.

»Das kann ich mir denken.« Philip schob sich nach vorn. »Herr Pfarrer, denken Sie doch mal nach! Ich bin der letzte, der die Publicity scheut, aber wenn wir uns in der gesamten Weltpresse als komplette Idioten darstellen lassen wollen, dann wäre der sicherste Weg dazu, die Polizei zu rufen.«

»Ganz recht, ganz recht«, pflichtete ihm der Doktor bei. »Das darf nicht nach außen dringen. Würde ... der gute Ruf ...«

Strangways sah Philip an. Die beiden Männer hatten ungefähr dieselbe Größe; ihre Blicke kreuzten sich wie Klingen.

»Sie zu hören war ein Privileg«, sagte Strangways. »Ich bedaure vielleicht meine schlechten Manieren, aber ich bedaure keineswegs, daß ich Gelegenheit hatte, Ihren Richard zu hören.«

Philip winkte ungeduldig ab. »Dieser Austausch von Höflichkeiten langweilt mich«, erwiderte er barsch. »Sir Richard, ich bin Ihrer Ansicht, daß wir Strangways nicht ohne schlagenden Beweis verurteilen können, aber Sie werden ihm doch sicher nicht gestatten, daß er morgen anwesend ist, oder?«

»Nein, nein. Mr. Strangways wird uns morgen verlassen. Im Moment, wird er, fürchte ich, meine Gesellschaft erdulden müssen.«

»Aber ...« begann Kent.

»Es war mir immer schon ein Anliegen, einmal mit ihm zu sprechen«, sagte Weldon.

Thomas war erstaunt, das vertraute Glühen ricardianischer Leidenschaft in Sir Richards Augen zu sehen.

»Ich bin überzeugt, daß ich ihm klarmachen kann, welchen Irrtümern er unterliegt.«

Strangways lachte und wandte sich an Jacqueline, die eigenartig schweigsam geblieben war. »Wenn Sie mir

Ihre Gesellschaft verweigern, dann ist mir die von Sir Richard die zweitliebste. Ein Duell des Geistes, wie? Wir werden sehen, wer wen bekehrt.«

Er trat vor. Weldon ergriff seinen Arm, wie er es bei einem guten Freund getan hätte. Schon als sie sich von den anderen entfernten, redete Weldon auf seinen ungebetenen Gast ein.

»Es wird immer ein England geben«, sagte Jacqueline, während sie ihnen nachsah.

Die Party belebte sich neu, statt sich nach der großen Entdeckung aufzulösen. Das Ereignis hatte die meisten Gäste ernüchtert, und sie unternahmen sofort geeignete Schritte, um die unerfreuliche Entwicklung wieder rückgängig zu machen. Frank steuerte ohne Umschweife die Bowleschüssel an. Kent jedoch blieb, wo er war, und nagte an seiner Unterlippe.

»Wie wär's mit einem Drink?« fragte Thomas.

Kent sah auf. Er spielte mit dem juwelenbesetzten Dolch an seinem Gürtel, und seine Miene jagte Thomas einen kalten Schauer über den Rücken.

»Hören Sie, General«, begann er.

»Oh, ist schon gut«, schnitt ihm Kent das Wort ab. »Wenn Dick den heldenhaften Narren spielen will, dann soll er doch. Richard hat *seinen* Feinden vergeben, stimmt's? Ja, ich genehmige mir einen Drink – aber nicht dieses Gesöff aus der Schüssel. Ich brauche einen Brandy, um den schlechten Geschmack aus dem Mund zu kriegen. Kommen Sie mit, Rawdon?«

Er stapfte davon, den Doktor und Mr. Ellis im Schlepptau. Lady Isobel und Mrs. Ponsonby-Jones gingen eine vorübergehende Allianz ein, um ihre damenhafte Mißbilligung der ganzen Transaktion zum Ausdruck zu bringen. Arm in Arm näherten sie sich der Bowle. Jacqueline stand wie eine Statue und richtete einen mürrischen Blick in die Ferne, als würde sie mit etwas Unsichtbarem kommunizieren.

Thomas drehte sich zu Philip um. »Oh, welch Schuft und Knecht ich bin«, sagte er lächelnd. »Kent findet, ich sollte Strangways fordern oder so was.«

»Falsches Stück, richtige Interpretation«, entgegnete Philip. »Der General ist ganz in Ordnung, er ist nur in einer zivilisierten Gesellschaft fehl am Platz. Im fünfzehnten Jahrhundert wäre er bestens aufgehoben gewesen.«

Der Schauspieler machte einen fröhlicheren Eindruck als in den letzten Stunden. Thomas brauchte nicht nach dem Grund dafür zu suchen. Auch wenn es Strangways abgestritten hatte, war er doch der Mann, der am ehesten als Spaßvogel in Frage kam, und er war sicher nicht so dumm, jetzt, nachdem er entlarvt war, noch einmal zuzuschlagen. Philips größte Angst war also ausgestanden – die Angst vor einer Erniedrigung.

»Gehen wir was trinken«, sagte er. »Kommen Sie, Liz ... Jacqueline ...«

Zu viert gingen sie auf das Podest zu. Als sie sich dem Tisch näherten, hob Frank seinen Becher, um ihnen spöttisch zuzuprosten.

»Das Zeug ist ein bißchen besser als das letzte«, rief er munter.

»Schlechter kann's auch kaum sein«, meinte Philip. Er füllte einen Becher und reichte ihn Jacqueline, die ablehnte, dann versorgte er die anderen.

Thomas sah Weldon und Strangways in einer der Nischen auf der anderen Seite des Raums sitzen. Sie steckten die Köpfe zusammen, Weldon gestikulierte lebhaft, während er redete. Die Blätter der Pflanze, die die Nische bildete, bewegten sich.

»Sieh dir das an«, sagte Thomas und schubste Jacqueline an. »Percy belauscht die beiden.«

»Was glaubt er dort aufzuschnappen?« fragte Frank verblüfft.

»Es geht nicht darum, was er aufschnappt, sondern wie er an diese Informationen kommt«, erklärte Philip. »Wenn man jung ist, meint man, die Gespräche der Erwachsenen wären voller verbotener Geheimnisse. Haben Sie nie gelauscht, Frank?«

»Nein«, behauptete Frank.

»Ein kleiner Musterknabe«, murmelte Philip. Er griff nach dem Schöpflöffel und rempelte Frank dabei an.

»Laß uns tanzen«, schlug Liz schnell vor.

Frank funkelte seinen Widersacher böse an, machte sich aber mit Liz davon. Philip kippte den zweiten Becher hinunter wie ein Mann, der sich absichtlich betrinkt, und füllte ihn erneut.

»Thomas«, sagte Jacqueline. »Du hast noch nicht mit mir getanzt.«

Thomas griff den Hinweis mit Freuden auf. Sie versuchten beide nicht dem abgehackten, holprigen Rhythmus des mittelalterlichen Tanzes zu folgen. Sie bewegten sich träge über die Tanzfläche; nach einer Weile summte Thomas das Lied *Stardust*. Es war wunderbar erholsam nach all den Aufregungen, abgesehen von einem kleinen störenden Element...

Etwas Hartes, Klumpiges stieß bei jedem Schritt gegen seine Hüfte.

»Mußt du diese Tasche sogar mit dir herumschleppen, wenn du...« Ein Gedanke schoß ihm durch den Kopf, und er hielt inne. »Was hast du genau getan, als du Strangways umarmt hast?« fragte er mit unverhohlener Neugier.

»Umarmt?« wiederholte Jacqueline und lachte leise.

»Vergiß es«, flüsterte Thomas in ihr Haar.

»Thomas, nicht... Wir stehen mitten auf der Tanzfläche; alle können uns sehen.«

»Das ist mir egal«, beharrte Thomas. »Oder willst du dich an einen abgeschiedeneren Ort zurückziehen?«

»Nicht jetzt«, sagte Jacqueline lachend. »Ich bete dich an, Thomas, ehrlich, aber du bist nicht mehr ganz nüchtern, und ich möchte die ganze Aufmerksamkeit eines Mannes genießen, wenn ich ihn – ›umarme‹, das war doch das Wort, oder?«

»So wie das hier«, sagte Thomas und demonstrierte ihr, was er meinte. »Ein ausgezeichnetes Wort – was das betrifft.« Wieder summte er *Stardust.*

Als er das nächste Mal seine Umgebung wahrnahm, war es dunkel. Und kalt. Und naß. Dauernd traf etwas auf seinem Kopf auf. Regentropfen? Wasser aus einem Rasensprenger? Die Niagarafälle?

Wo, zur Hölle, war er?

»Bleib stehen«, sagte eine Stimme, als er blind herumtappte. »Bitte, Thomas, um Gottes willen, fall nicht hin. Ich krieg' dich nie mehr auf die Füße...«

Sie schlug ihm ins Gesicht. Die Ungeheuerlichkeit dieser Tat brachte Thomas eher zu sich als der Schmerz. Er streckte fauchend die Hand aus. Jacqueline verpaßte ihm noch etliche kräftige Ohrfeigen, ehe er ihre Handgelenke zu fassen bekam. Jetzt war er hellwach und kämpfte wie ein Verrückter. Er schüttelte sie.

»Was, zum Teufel, machst du da?«

Jacqueline, immer eine herausragende Taktikerin, sank schlapp in sich zusammen, und Thomas fing sie in seinen Armen auf.

Er stand auf der Terrasse vor der Halle, der Regen

schlug ihm ins Gesicht und – daran konnte kein Zweifel bestehen – ruinierte die geliehene Perücke. Das Licht, das durch das nächste Fenster schien, beleuchtete die Steinfliesen; sie schimmerten feurig wie der Weg zur Hölle. Biblische und Miltonsche Bilder wirbelten durch Thomas' Gehirn und wurden noch deutlicher durch die demoralisierende Wärme des Körpers, den er in den Armen hielt.

Der Körper drehte sich und stemmte entschieden zwei Hände gegen seine Brust. »Bist du jetzt endlich wach, oder soll ich dich noch einmal schlagen?« erkundigte sich Jacqueline.

»Ich bin wach... glaube ich.« Thomas schüttelte benommen den Kopf. »Was ist passiert? Wie sind wir hier herausgekommen?«

»Wir wollten frische Luft schnappen – das hast du gesagt. Da sind ein paar Gartenstühle, wenn du dich erinnerst, unter dem überdachten Teil der Terrasse. Wir saßen eine Weile dort. Ich dachte noch«, berichtete Jacqueline zurückhaltend, »daß du nicht gerade in Bestform bist. Und ich muß gestehen, daß ich ärgerlich wurde, als du zu schnarchen anfingst. Aber dann, als ich versuchte, dich zu wecken, und dich nicht wach bekam...«

»Hast du mich in den strömenden Regen gezerrt. ›Größere Liebe als diese...‹ Ich hoffe, dein Kleid ist ein für allemal ruiniert.«

»Es ist waschbar und bügelfrei, keine Angst. Thomas, du bist nicht bei der Sache. Ich glaube nicht, daß du betrunken warst.«

»Oh, oh«, brummte Thomas.

»Ja. Bist du jetzt in Ordnung?«

»Laß uns gehen.«

Als sie die Halle betraten, begriff Thomas, warum der

Lichtschimmer rot war. Jemand hatte die elektrischen Lampen ausgeschaltet. Die Fackeln waren fast ganz heruntergebrannt. Sie suchten die Halle in der trüben, höllengleichen Beleuchtung ab.

Thomas stolperte über etwas. Jemand lag mitten auf der Tanzfläche und bildete selbst in dieser Position ein schier unüberwindliches Hindernis. Mrs. Ponsonby-Jones schnarchte. Ihr Gesicht wirkte so freundlich und zufrieden, wie Thomas es nie zuvor gesehen hatte.

»Ihr geht's gut.« Jacqueline zupfte an seinem Ärmel, als er sich über Mrs. Ponsonby-Jones beugte, um sich selbst davon zu überzeugen. »Andernfalls würde sie nicht so schnarchen ... Wo sind die anderen?«

In dem großen, thronartigen Stuhl, der für Weldon gedacht war, kauerte Liz zusammengerollt wie ein schlafendes Kind. Ihr Kopf lag auf ihren Armen, und das lokkige braune Haar fiel über die Lehne.

Percy befand sich immer noch hinter dem Gummibaum. Er schnarchte noch lauter als seine Mutter.

Sonst war niemand in der Halle. Sie durchstöberten alle Nischen, ehe sie die Tür ansteuerten. Jacqueline blieb stehen, um Licht zu machen. In dem hellen Schein sah der Saal noch gespenstischer aus. Thomas spähte zu dem scharlachroten Samtberg in der Mitte des Raums und sah die zusammengetretenen Binsen und die qualmenden Fackeln.

»Der letzte Akt von *Hamlet*«, raunte er. »›Gib mir den Kelch! Beim Himmel laß! Ich will ihn! ... Das starke Gift bewältigt meinen Geist.‹«

»Der gute alte Shakespeare«, sagte Jacqueline. »Ein *bonmot* für jede Gelegenheit.«

Sie ging zum Speisezimmer voran. Dort fanden sie den Doktor bei einem Nickerchen vor. Er regte sich, als Jacqueline ihn anstieß, und murmelte etwas.

»Brandy«, sagte sie. »Ich nehme an, der war auch mit Betäubungsmittel versetzt. Komm, sehen wir nach, wie viele es bis nach oben geschafft haben.«

Kent war der einzige, der auf konventionelle Art schlafen gegangen war. Seine Kleider lagen ordentlich zusammengefaltet auf einem Stuhl, und Thomas registrierte verlegen, daß er einen buntgestreiften Pyjama trug. Er rührte sich nicht, auch nicht, als Jacqueline rigoros die grelle Deckenlampe anknipste.

Sie schnupperte und nickte. »Auch Brandy.«

Lady Isobel lag auf dem Korridor vor Sir Richards Schlafzimmertür. Sie stank nach Wein, und ihre Finger waren gekrümmt, als hätte sie sich an der Tür festgekrallt, bevor sie gefallen war.

»Guter Gott«, hauchte Thomas entgeistert.

Weldons Zimmer war leer. Die Lichter schienen auf schneeweiße, glatte Laken, und Weldons dunkelblauer Pyjama lag griffbereit auf dem Kissen.

Frank und der Vikar lagen angezogen auf ihren jeweiligen Betten. Die Krone des Gottesmannes befand sich noch an Ort und Stelle, obwohl sein Kopf waghalsig über der Bettkante hing.

Philips Bett war aufgedeckt, doch weder er noch sein Pyjama war da. Thomas überdachte die Alternativen und vermutete, daß Philip nackt schlief. Jacqueline zog ganz andere Schlüsse.

»Wo könnte er sein?« flüsterte sie.

»Weldon fehlt auch«, stellte Thomas fest. »Und was ist mit O'Hagan – ich meine Strangways? Du hast nicht in seinem ...«

»Weldon«, rief Jacqueline aufgeregt. »Er hat schon einmal einen ausgelassen. Oder etwa nicht?«

Sie trabte durch den Korridor und schwenkte ihre Handtasche.

Strangways' Zimmer war auch leer.

Thomas sah Jacqueline an. »Und jetzt?«

»Wieder runter.«

Im Salon fanden sie zwei der vermißten Personen.

»Nicht *Hamlet*«, sagte Thomas. »Dornröschen. Schlafen denn alle, um Gottes willen?«

»Wenn man die Uhrzeit und die Aktivitäten des Abends berücksichtigt, ist das keine große Überraschung. Wir sind diejenigen, die nicht normal reagieren.«

So vernünftig das auch klang, es konnte Thomas' Unbehagen nicht zerstreuen. Das Haus war wie das Märchenschloß, dessen Bewohner alles stehen und liegen ließen, weil sie durch einen Zauberspruch in einen hundertjährigen Schlaf versetzt worden waren. Weldon und Strangways saßen sich mehr oder weniger aufrecht gegenüber. Weldons gekröntes Haupt war gegen die Rückenlehne des Stuhls gesunken. Strangways saß gerade, aber er hatte die Augen geschlossen.

Jacqueline betätigte den Schalter für die Deckenleuchte. Strangways hob unwillkürlich die Hand, um seine Augen abzuschirmen – seine Reflexe waren so schnell wie die einer Katze.

»Wer ist da?« fragte er. »Was ... oh. Ich bin eingeschlafen. Wie spät ist es?«

»Drei Uhr nachts«, erwiderte Jacqueline. »Waren Sie und Sir Richard die ganze Zeit zusammen?«

»Körperlich ja, geistig nein.« Strangways ließ die Hand sinken.

»Wann sind Sie eingeschlafen?«

»Woher soll ich das wissen? Er war zuerst weg – der arme Teufel hatte einen anstrengenden Tag. Ich war auch schläfrig, deswegen bin ich einfach sitzen geblieben.« Er kniff seine dunklen Augen zusammen. »Was ist los?«

Jacqueline antwortete ihm nicht. »Thomas, versuch, Sir Richard zu wecken«, ordnete sie statt dessen an.

Sir Richard hatte einen guten Schlaf; Thomas brauchte einige Zeit, bis er ihn wach bekam, und noch ein paar Minuten länger, um ihm die Situation zu erklären. Strangways war mittlerweile auf den Beinen, und als Thomas geendet hatte, explodierte er: »Verdammt, ich hätte es wissen müssen. Weldon, Sie sind ein miserabler Gefängnisaufseher. Oder wollten Sie mich damit endgültig zum Sündenbock machen?«

»Sie ziehen voreilige Schlüsse«, nuschelte Weldon verschlafen. »Wir alle haben zuviel getrunken. Bestimmt ist Philip auch irgendwo eingeschlafen.«

»Dann machen wir uns auf die Suche nach ihm«, empfahl Jacqueline.

In der Halle bot sich ihnen ein unerwartet neues Bild in dieser Komödie. Eine Prozession bahnte sich langsam einen Weg über den Marmorboden. Sie wurde von Mrs. Ponsonby-Jones, die von Wilkes und einem anderen Diener gestützt wurde, angeführt. Ihre Arme hingen schlaff über den Schultern der Männer, und ihre Füße schleiften über den Boden. Sie brabbelte leise vor sich hin und unterbrach ihren Monolog hin und wieder mit einem heiseren Kichern.

Als er seinen Arbeitgeber sah, blieb Wilkes stehen. Mrs. Ponsonby-Jones hing wie eine massige rote Puppe in der Luft. Der Butler sah verdrießlich auf. »Sir Richard, es tut mir leid ...«

»Sie scheinen unter diesen Umständen blendend zurechtzukommen«, sagte Weldon belustigt. »Machen Sie nur weiter so, Wilkes.«

»Sehr wohl, Sir Richard.«

Das ineinander verschlungene Trio nahm die Treppe in Angriff. Hinter ihnen schlurfte einer der kräftigen Burschen aus dem Dorf – er hatte sich Percy über die Schulter gehoben. Der Anblick war erschreckend. Der Dorfjunge tippte sich an die Stirn, und Sir Richard nickte. Die Nachhut bildete Liz. Sie stolperte mühsam vorwärts und sah die anderen benommen an. Sir Richard sprang zu ihr wie ein Junge und legte den Arm um ihre Taille. Sie lehnte sich matt und ausgiebig gähnend an ihn.

»Ich bin so müde«, murmelte sie. »Trag mich.«

Sir Richard machte den Eindruck, als würde ihn diese Idee sehr verlocken. Bevor er jedoch etwas Entsprechendes unternehmen konnte, ergriff Jacqueline das Wort.

»Wenn sie nicht laufen kann, lehnen Sie sie an die Wand und lassen Sie sie hier«, sagte sie scharf. »Wir müssen Philip suchen.«

»Phil?« Das Mädchen zwinkerte. »Was ist los mit Phil? Ist etwas passiert?«

»Das versuchen wir gerade herauszufinden«, entgegnete Jacqueline.

»Ich helfe ihr erst hinauf«, sagte Weldon.

»Nein.« Liz wurde allmählich wach. »Nein, ich will nicht nach oben, ich möchte wissen, was geschehen ist.«

»Dann komm.«

Von oben drang die Stimme des Butlers zu ihnen. »Ich bitte um Verzeihung, Sir Richard, aber wenn Sie Mr. Philip suchen ...«

»Haben Sie ihn gesehen?«

»Vor etwa einer halben Stunde bin ich dem Gentleman begegnet, er ging in Richtung Bibliothek. Er hat etwas zu mir gesagt, irgend etwas ...« Der Butler brach mit einem Grunzen und einem schmerzvollen Keuchen ab. Eine tiefe Frauenstimme lachte. Wilkes wies seinen Helfer ärgerlich zurecht.

»Wilkes!« schrie Weldon.

»Ich bitte um Verzeihung, Sir Richard. Lady Isobel liegt vor Ihrer ...«

»Kümmern Sie sich nicht um Lady Isobel. Was hat Mr. Philip zu Ihnen gesagt?«

»Es war nicht klar zu verstehen, Sir Richard. Es hatte wohl etwas mit dem Todesdatum von Königin Elisabeth zu tun.«

»Danke, Wilkes. Bringen Sie jetzt Mrs. Ponsonby-Jones auf ihr Zimmer.«

»Sehr wohl, Sir Richard«, erwiderte der Butler erschöpft. Die mühsamen Schritte der beiden Männer, die mit ihrer ungeheuren Last vorwärts schwankten, hallten von den Wänden wider.

»Königin Elisabeth Woodville natürlich«, erklärte Weldon den anderen. »Es ist interessant, daß Heinrich der Siebte Tyrrells Geständnis erst bekanntmachte, nachdem die Mutter der beiden Prinzen ...«

»Oh, das ist ein gutes Beispiel dafür, wie ihr Verblendeten in bedeutungslosen Ereignissen Hinweise vermutet«, unterbrach ihn Strangways.

»Wollen Sie hier die ganze Nacht herumstehen und streiten?« herrschte Jacqueline sie an. »Oder sollen wir die Suche fortsetzen?«

»Bestimmt besteht kein Grund zur Besorgnis«, beruhigte Weldon sie. »Philip ist ganz sicher über einem Buch, das das fünfzehnte Jahrhundert behandelt, eingeschlafen.«

Jacqueline verlor die Geduld; sie wirbelte herum und marschierte los. Ihre Tasche schwang in einem Rhythmus hin und her, der nichts Gutes verhieß. Die anderen folgten ihr gemächlicher. Als Jacqueline die Tür zur Bibliothek aufriß, war sie die erste, der der Schreck in die Glieder fuhr.

Der Anblick traf sie wie ein Schlag. Thomas sah, wie sie erstarrte und schwankte. Die Tasche fiel ihr aus der Hand und traf dumpf auf dem Boden auf.

Thomas rannte. Jacqueline sprang zur Seite, so daß er es auch sehen konnte.

Es brannte nur eine einzige Lampe, die auf dem Tisch neben dem Fenster stand. Im Kamin glühten die letzten Holzreste. Sir Richards massiver Schreibtisch nahm eine Ecke des Raums ein. Davor lag ein großes Holzscheit und daneben Philips hingestreckter Körper. Nur der Rumpf, die Arme und Beine waren zu sehen. Der Kopf stand aufrecht auf Sir Richards Schreibtisch und starrte die Neuankömmling aus weitgeöffneten, glasigen Augen an.

Thomas legte schützend den Arm um Jacqueline. Sie zitterte. Zusammen durchquerten sie den Raum. Jacqueline streckte die Hand aus, packte das flachsfarbene Haar und hob den Kopf in die Höhe.

Es war eine grausige Geste, auch wenn Thomas mittlerweile realisiert hatte, daß der Kopf aus Gips war. Die Augen starrten glasig, weil sie aus Glas waren – oder aus glänzendem Plastik. Das Gesicht sah Philip nicht im entferntesten ähnlich; nur die Haarfarbe und die bizarre Inszenierung hatte sie einen Augenblick getäuscht und ihnen einen kurzen, aber heftigen Schock versetzt.

Thomas fiel neben dem Schauspieler auf die Knie und hob das Tuch hoch, das seinen Kopf bedeckte.

Es war ein schlichtes Baumwolltuch, das dieselbe rote Farbe hatte wie der Teppich. Wie der Gipskopf diente es nur einem Zweck – es sollte einen Moment des Entsetzens heraufbeschwören. Thomas schleuderte es zur Seite und tastete Philips Kopf und Körper ab.

An seinen Händen klebte kein Blut. Weldon und Strangways waren noch an der Tür. Sir Richard verließen die Kräfte, und er hielt sich am Rahmen fest, um nicht umzufallen.

Strangways kniete neben Liz, die ächzend in sich zusammengesunken war.

»Er lebt«, verkündete Thomas.

»Gott sei Dank«, flüsterte Weldon kaum hörbar.

»Man hat ihm einen üblen Schlag auf den Kopf versetzt, und mir gefällt nicht, wie er atmet. Versuchen Sie, den Doktor wach zu kriegen. Als ich ihn das letzte Mal sah, lag er im Speisezimmer.«

Strangways sprang auf und rannte hinaus. Er war schneller zurück, als Thomas für möglich gehalten hätte, und schubste Rawdon vor sich her. Der Doktor schlief noch halb und nörgelte leise vor sich hin, aber die grauenhafte Szene in der Bibliothek machte ihn mit einem Schlag hellwach. Ohne sich dessen bewußt zu sein, verdeckte Thomas Philips Kopf und Schultern, und Jacqueline, die am Schreibtisch lehnte, hielt den Gipskopf noch immer an den Haaren fest.

»Gütiger Gott«, ächzte Rawdon und blieb stehen.

Man beruhigte ihn, und er machte sich an die Arbeit. Nachdem er den Schauspieler untersucht hatte, war er seinerseits in der Lage, die anderen zu beruhigen. Die Männer brachten Philip mit vereinten Kräften zu Bett. Sir Richard bestand darauf, die Dienerschaft nicht zu behelligen, deshalb benutzten sie die Treppe in der Bibliothek und gingen durch Sir Richards privates Wohnzimmer.

Rawdon blieb bei seinem Patienten. Die anderen kamen zurück in die Bibliothek. Thomas warf einen Blick auf Jacqueline, die den Gipskopf noch immer nachdenklich betrachtete – sie erinnerte ihn an Margaret von Navarra, die die makabren Mementi ihrer toten Liebhaber bewundert. Liz lag schlaff wie eine ausgestopfte Puppe in einem Sessel; sie hatte, seit sie aus ihrer Ohnmacht erwacht war, kein Wort von sich gegeben und den schrecklichen Kopf nicht aus den Augen gelassen.

»So was benutzen sie in Kaufhäusern für Schaufensterpuppen«, erläuterte Jacqueline und sah auf. »Die Perücke wurde möglicherweise woanders gekauft. Sie ist angeklebt – ziemlich amateurhaft.«

Um zu zeigen, was sie meinte, schwang sie den Kopf auf und ab wie ein Jo-Jo.

Liz schnappte nach Luft. »Bitte nicht ...«

Strangways setzte sich hinter den Schreibtisch. »Das Ding war nicht dazu gedacht, jemanden lange zu täuschen«, stimmte er zu. »Aber für ein paar Schrecksekunden hat es gereicht. Gott! ... Er muß hier gesessen haben, als er den Hieb abbekam. Hier ist ein Exemplar meines Buches.«

»Aber wie konnte sich der Angreifer ihm ungesehen nähern?« Weldon gewann langsam seine Fassung wieder. »Philip war auf der Hut und ängstlich ...«

»Nicht mehr, nachdem Mr. Strangways demaskiert wurde«, sagte Thomas. »Danach fühlte er sich sicher.«

»Verdammt«, begann Strangways.

»Kein Mensch beschuldigt Sie«, warf Weldon ein. »Thomas stellt lediglich die Tatsachen klar. Philip wähnte sich in Sicherheit – nicht nur, weil wir Ihre wahre Identität aufgedeckt haben, sondern auch, weil Percy vor ihm angegriffen wurde.«

»Also schön, also schön.« Strangways Augen waren so hart wie die des Gipskopfs. »Dank Weldons Inkompetenz kann ich meine Unschuld in diesem Fall nicht beweisen. Wenn wir Wilkes glauben können, muß das alles in der letzten halben Stunde arrangiert worden sein. Hat jemand von Ihnen ein Alibi?«

»Ich schon«, sagte Thomas. »Jacqueline war die ganze Zeit bei mir.«

»Niemand hatte Sie in Verdacht, Thomas«, sagte Weldon.

»Danke.« Thomas war zufrieden. Nach einer Weile des Nachdenkens war er jedoch nicht mehr so sicher, ob er tatsächlich zufrieden sein konnte. Immerhin hatte der Spaßvogel Skrupellosigkeit, Mut und Cleverneß bewiesen.

»Die anderen haben alle tief und fest geschlafen, als wir sie fanden«, sagte er. »Zumindest schien es, als würden sie schlafen. Vielleicht sollten wir sie uns noch einmal genauer ansehen, obwohl ich nicht weiß, wie zum Teufel man beurteilen kann ...«

»Wollen Sie weiter auf diesem Punkt herumreiten?« brüllte Strangways. Er tauschte einen Blick mit Jacqueline, der ihn zu ermutigen schien. »Dies ist eine ernste Angelegenheit, Weldon. Sie sollten die Polizei einschalten. Sie hätten das schon längst tun müssen.«

»Wenn Philip darauf besteht, komme ich selbstverständlich seinen Wünschen nach«, gab Weldon gelassen zurück. »Aber ich könnte mir vorstellen, daß es ihm lieber ist, wenn diese Geschichte nicht der Öffentlichkeit preisgegeben wird.«

Strangways warf die Hände in die Luft. »Hat denn niemand von Ihnen auch nur einen Funken Verstand? Wo soll das alles enden? Glauben Sie, wenn Sie die Vorfälle ignorieren, löst sich alles in Wohlgefallen auf, und es ist ein für allemale vorbei?«

»Gut ausgedrückt«, lobte Jacqueline. Sie jonglierte noch immer mit dem Kopf. Thomas ärgerte sich über ihre Unbekümmertheit. Sie war genauso schockiert gewesen wie alle anderen, und jetzt tat sie so, als wäre nichts geschehen. Außerdem nahm er es ihr übel, daß sie Strangways so bewundernd anschaute.

»Hören Sie, Strangways«, fuhr er ihn an. »Wer hat Sie

hier zum Richter, Geschworenen und Staatsanwalt zugleich ernannt? Soweit es mich betrifft, sind Sie nach wie vor der Hauptverdächtige. Ihnen ist am meisten von allen daran gelegen, uns als Trottel dastehen zu lassen.«

»O Gott.« Strangways fuhr sich durch die weißen Haare. »Versuchen wir's anders. Ich war die ganze Zeit hier unten, im Erdgeschoß. Ist es nicht offensichtlich, daß der Angreifer über diese Treppe da hinten gekommen sein muß? Philip saß am Schreibtisch und demzufolge mit dem Rücken zu der Treppe. Sein Gesicht war der Tür zugewandt, und er hätte jeden gesehen, der auf diesem Weg hereingekommen wäre.«

»Nicht notwendigerweise«, sagte Jacqueline. »Er war betäubt – vielleicht sogar ohne Bewußtsein –, als er getroffen wurde. Der Hieb war nur eine zusätzliche Vorsichtsmaßnahme, die ihn davon abhalten sollte, wachzuwerden und einen Blick auf den Spaßvogel werfen zu können, während der diese entzückende Szenerie arrangierte.«

Wieder begriff Strangways schnell. Zu schnell? fragte sich Thomas.

»Der Wein«, rief er. »Weldon und ich haben einen Becher getrunken, ehe wir die Halle verließen. Ich hätte gleich darauf kommen müssen ...«

»Nein, wieso?« fragte Jacqueline. »Es war schon spät, und alle hatten eine Menge getrunken. Die meisten von uns hätten um diese Zeit ohnehin geschlafen. Der gepanschte Wein war nur für Philip gedacht.«

»Und er sollte die trinkfesten Gäste daran hindern, ihre Nasen in Sachen zu stecken, in denen sie nichts zu suchen haben«, fügte Thomas hinzu. »Unser Freund denkt an alles, nicht wahr? Hat irgend jemand nichts von der Bowle getrunken, nachdem ... nachdem ...«

»Nach was?« hakte Jacqueline nach. »Diese Frage führt zu nichts, Thomas. Wir haben keine Ahnung, wann das Mittel in den Wein gemischt wurde. Der Brandy im Speisezimmer muß auch gepanscht gewesen sein. Und wenn ich der Schuft wäre, hätte ich dafür gesorgt, daß mich alle mit einem Becher sehen.«

Sie warf den Gipskopf hoch und fing ihn wieder auf.

Liz setzte sich auf. »Würden Sie bitte aufhören, mit diesem gräßlichen Ding zu spielen?« rief sie mit schriller Stimme.

Jacqueline musterte sie nachdenklich, dann legte sie den Kopf auf den Schreibtisch. »Entschuldigung. Von diesem Requisit haben wir nichts Neues erfahren.«

»Außer«, widersprach Thomas, »daß der Spaßvogel vorsätzlich handelt und Vorbereitungen getroffen hat.«

»Ich dachte, zumindest das ist offensichtlich«, warf Strangways ein.

»Vorsätzlich? Vorbereitungen?« wiederholte Weldon. »Wie ist das möglich?«

»Sei doch nicht so begriffsstutzig, Dick«, meldete sich Liz ungehalten zu Wort. Sie schien sich ein wenig erholt zu haben. Jacqueline saß jetzt vor dem Kopf, damit das Mädchen ihn nicht mehr sehen mußte. »Wir sollten alles haarklein rekonstruieren. Wir haben dieses Treffen im Juli geplant, hab' ich recht? Gleich nachdem du von dem Brief erfahren hast. Ich erinnere mich nicht mehr, wann genau wir die Rollen verteilt haben oder nach welchen Kriterien ...«

»Das ist aber sehr wichtig«, unterbrach sie Jacqueline. »Der Kopf sollte Philip repräsentieren und niemand anderen. Sehen Sie sich die Haare an.«

Sie faßte wieder nach dem Kopf, und Liz fiel hastig

ein: »Ganz genau. Der... die Person muß gewußt haben, daß Philip die Rolle von Lord Hastings, der enthauptet wurde, spielt. Das stand mindestens seit... zwei Wochen fest, oder? Wir brauchten Zeit, uns die Kostüme zu besorgen und so.«

»Und alle wußten, welche Rolle jeder einzelne übernimmt?« fragte Jacqueline.

»Ja, natürlich. Wir mußten uns einig sein, damit nicht zwei ein und dieselbe Person darstellen.«

»Dann sollten wir uns Gedanken um das Motiv machen«, schlug Jacqueline vor. »Sir Richard... der Brief. Wieviel ist er wert?«

»Der Wert ist unschätzbar. Er ist der Beweis, daß Richard...«

Jacqueline stöhnte. »Denken Sie jetzt nicht an Richard den Dritten. Ich meine, wieviel Geld bekommt man dafür? Cash? Schnöden Mammon?«

»Menschenskind, ich hab' nicht die geringste Ahnung. Ein paar hundert Pfund vielleicht, ein paar tausend... Nicht genug, um ein so verworrenes Komplott zu schmieden, falls Ihnen das im Kopf herumgeht. Wie kommen Sie überhaupt darauf, daß der Brief etwas mit diesen üblen Streichen zu tun hat?«

»Ich bin mir nicht sicher, ob da ein Zusammenhang besteht. Aber soweit ich weiß, scheint bis jetzt keiner Ihrer Freunde so über die Stränge geschlagen zu haben; bei diesem Treffen steht der Brief im Mittelpunkt. Meinen Sie nicht, es ist an der Zeit, daß ich ihn mir ansehe, Sir Richard?«

»Nein, tut mir leid.«

»Aber deshalb ist Jacqueline doch hier«, protestierte Thomas. »Sie soll sich den Brief ansehen.«

»Ich weiß, weshalb sie hier ist«, sagte Weldon mit einem freundlichen Lächeln, das Jacqueline gnädig stimmen sollte. »Vergeben Sie mir, Jacqueline, ich will nicht unhöflich sein. Ich freue mich, die Gelegenheit gehabt zu haben, Sie kennenzulernen, und wir alle genießen Ihre Gesellschaft. Aber Sie sind keine Expertin für mittelalterliche Handschriften, und genausowenig bin ich ein naiver Dummkopf. Als Thomas Ihren Namen erwähnte, nahm ich mir die Freiheit, Nachforschungen über Sie anzustellen. Verstehen Sie – ich konnte das Risiko nicht eingehen, eine Fremde in dieses Haus einzuladen, ohne mir Gewißheit über sie verschafft zu haben ... Sie fragten mich gerade nach dem Wert des Briefes. Als ich sagte, er ist unschätzbar, war das ernst gemeint. Er ist ein Vermögen wert – für mich.«

»Ah«, brummte Strangways. »Ich hab' mich schon gefragt, wann das zur Sprache kommt.« Er lehnte sich entspannt zurück, verschränkte die Arme vor der Brust und verzog die Lippen zu einem kleinen spöttischen Grinsen. Nach einem Moment fuhr er in kühlem Ton fort: »Es ist irrelevant, welchen Wert der Brief auf dem freien Markt hätte. Ein normaler Dieb kann nichts damit anfangen, weil das Dokument ein Unikat ist. Wie sollte er so etwas Ausgefallenes auf dem freien Markt verkaufen? Aber er könnte ein Lösegeld dafür fordern.«

Liz ließ den Unterkiefer fallen und sah Strangways erstaunt an.

Jacquelines Gesicht blieb unbewegt.

Weldon nickte. »Sie sind sehr klug, Mr. Strangways.« Er wandte sich an Liz. Thomas konnte sein Gesicht nicht sehen, aber der Tonfall, der von ruhiger Würdigung zu leidenschaftlichem Flehen wechselte, ließ ihn zusammenzucken. »Ich weiß, die meisten Menschen würden mich für verrückt halten, weil ich mich so sehr für eine Sache einsetze, die schon etliche Jahrhunderte zurückliegt. Aber mir bedeutet sie sehr viel. Dieser Brief muß veröffentlicht werden. Ihr alle habt ihn nicht gesehen. Ihr wißt nichts. Aber ich versichere euch, daß dieses eine Dokument Richards Namen von allen Anschuldigungen, die die Tudors aus der Luft gegriffen haben, reinwaschen wird. Es wird seinen rechtmäßigen Ruf als einer der größten Könige in der Geschichte Englands – als Märtyrer, nicht als Mörder – wiederherstellen. Ich würde alles tun, jede Summe bezahlen, um sicherzustellen, daß es nicht wieder in der Versenkung verschwindet.«

Er machte eine Pause. Für einen Moment war alles ganz still bis auf das Zischen der verlöschenden Flammen und Weldons schweren Atem. Liz starrte ihn wie hypnotisiert an. Ihre Augen waren weit aufgerissen.

»Und deshalb«, erklärte Weldon weiter, »werde ich den Brief erst aus dem Safe nehmen, wenn ich ihn der Öffentlichkeit präsentiere. Ich würde eher zusehen, wie das ganze Haus bis auf die Grundmauern niederbrennt, bevor ich diesen Safe öffne. Er ist feuersicher, und der Brief würde erhalten bleiben.«

Er wandte sich den anderen wieder zu, die um den Schreibtisch herumstanden. Sein Gesicht hatte einen vollkommen fremden Ausdruck angenommen.

»Sie müssen ein Sherlock-Holmes-Fan sein«, sagte Jacqueline. Ihre Sachlichkeit brach den Bann.

Weldon nickte schwach. »Ja, Holmes gab einmal vor, ein Haus in Brand zu stecken, um eine gewisse Lady dazu zu bringen, den Safe zu öffnen. Das mag vielleicht alles seltsam klingen, aber die jüngsten Ereignisse waren noch bizarrer.«

»Ich nehme an, die Warnung war an meine Adresse gerichtet«, sagte Strangways. »Danke vielmals, Weldon. Ich fordere Sie noch einmal eindringlich auf, die Polizei zu rufen.«

»Nein.«

»Dann gehe ich jetzt zu Bett.« Strangways erhob sich. Sein hageres Gesicht war angespannt vor Zorn. »In gewisser Weise bewundere ich Sie, Weldon, das muß ich zugeben, aber Sie sind trotzdem der größte Schwachkopf in dieser Ansammlung von Fanatikern.«

Er ging zur Tür, ließ sich aber Zeit, und sobald Liz den Mund aufmachte, blieb er stehen, als hätte er ihre Frage erwartet.

»Der Brief spricht Richard frei von Schuld? Wie, Dick? Kannst du uns nicht wenigstens sagen, was drinsteht, wenn du ihn uns schon nicht zeigen willst?«

»Tut mir leid«, bedauerte Weldon. »Ich habe ohnehin schon zuviel gesagt.«

Strangways wandte sich um. Die Glut in seinen Augen erinnerte Thomas an Weldon. »Können Sie das nicht erraten, Liz? Es gibt nur eine bedeutende Anklage gegen Richard und nur eine Möglichkeit, ihn davon freizusprechen. Der Brief wurde von der Schwester der Prinzen verfaßt. Sie schreibt vermutlich, daß sie sie gesehen oder von ihnen gehört hat. Richtig, Weldon? Die kleinen Prinzen waren Anfang 1485 also noch am Leben, ja?«

Sir Richard antwortete ihm nicht. Das brauchte er auch nicht – Strangways Vermutung war die einzig mögliche Erklärung.

»Verdammt noch mal«, polterte Strangways los. »Verstehen Sie denn nicht, Weldon? Das beweist, daß der Brief eine Fälschung ist.«

»Eine typisch antiricardianische Argumentation«, versetzte Weldon bitter. »Richard hat die Prinzen umgebracht, daher muß alles, was seine Unschuld beweist, gefälscht sein.«

»Aber Buck kannte den Brief.« Strangways Stimme bebte vor unterdrückter Wut. Er strengte sich so sehr an, seine Beherrschung zu behalten, daß er knallrot anlief. »Er war Richards erster Fürsprecher; meinen Sie wirklich, er hätte diese Information unerwähnt gelassen, wenn sie in dem Brief enthalten gewesen wäre?«

»Ah!« Weldon wirbelte zu ihm herum, seine schmächtige Gestalt war gewappnet und angespannt wie für einen körperlichen Kampf. »Also geben Sie zu, daß der Brief existiert hat!«

Strangways war sprachlos, nur eigenartige Laute drangen aus seinem geöffneten Mund.

»Das kann man nicht notwendigerweise daraus folgern«, schaltete sich Jacqueline ein. »Aber Sir Richard hat in einem recht. Buck hatte nicht den geringsten Anlaß, einen solchen Brief zu erfinden oder zu fälschen; wenn er sich falsche Beweise ausdenken wollte, hätte es etwas Aufschlußreicheres sein müssen ...« Jacqueline begegnete Thomas' Blick und wurde rot.

»Du liebe Güte, Jacqueline«, sagte Thomas wehmütig. *»Et tu?«*

»Ich sage Ihnen eines«, verkündete Strangways, der die Sprache wiedergefunden hatte, auch wenn er noch immer zornig war. »Ich verlasse dieses Haus nicht. Sie werden mich von hier forttragen müssen, wenn Sie mich loswerden wollen. Ich möchte diesen Pressetermin morgen um keinen Preis verpassen.«

»Ich würde Ihnen nicht erlauben abzureisen, selbst wenn Sie den Wunsch äußern würden«, preßte Weldon hervor. »Sie werden bleiben, den Beweis sehen und Ihren Irrtum vor der ganzen Welt eingestehen.«

»Das wird ein großer Tag«, spottete Strangways.

Liz stand auf. Ihre Röcke raschelten, als sie den Raum durchquerte und sich neben Weldon stellte. Sie nahm seinen Arm. »Du verschwendest nur deine Zeit, wenn du mit ihm streitest.«

Weldon legte seine Hand auf die ihre. Thomas hatte ein eigenartiges Gefühl; es war wie eine Vorahnung, obwohl er nicht wissen konnte, daß er die beiden zum letztenmal in ihren prächtigen schimmernden Roben und goldenen Kronen nebeneinander sah – die Schatten einer Vergangenheit, die niemals so existiert hatte und dennoch zu einer Legende geworden war.

Eingehakt schritt das Paar zur Tür, und Strangways trat mit einer übertriebenen Verbeugung zur Seite, um sie vorbeizulassen.

Als sie weg waren, seufzte Thomas.

Strangways schaute ihn an. »Ja«, sagte er. »Ich weiß ... Das, was geschehen wird, tut mir sogar in mancher Hinsicht leid.«

Thomas hatte das Gefühl, schon seit einer Woche in diesem verdammten Kostüm zu stecken, aber er konnte es sich nicht verkneifen, noch ein letztes Mal in den Spiegel zu schauen, bevor er es auszog. Er bezweifelte, daß er jemals wieder irgendwo mit Krone und pelzbesetzter Robe erscheinen würde.

Das Bild, das sich ihm bot, versetzte ihm einen Schock. Der höfliche, charmante Herzog der vergangenen Nacht war zu einer alptraumhaften Gestalt mutiert – zu dem Geist aus Clarencé ahnungsvollem Traum im Tower, tot, ertränkt und zum Trocknen aus dem Weinfaß gezerrt. Die Perücke bestand nur noch aus Strähnen und sah aus wie alle billigen Perücken, die einmal naß gewesen waren; die Robe war verknittert und fleckig; und im kalten Licht des Morgengrauens konnte man nicht übersehen, daß die Krone nichts anderes als Pappmaché war.

Thomas war gerade dabei, sich dankbar auf seinem Bett niederzulassen, als es an der Tür klopfte.

»Herein«, rief er niedergeschlagen. Er kannte dieses Klopfen. Jacquelines Stil war unverwechselbar, selbst bei derart unpersönlichen Aktionen.

»Bist du salonfähig?« erkundigte sich Jacqueline durch einen schmalen Spalt.

»Nein.«

Die Tür ging auf. »Du willst doch jetzt nicht etwa ins Bett, oder?« wollte Jacqueline wissen. Sie war in voller Kriegsmontur – ihr Haar zurückgebunden, die Brille fest auf der Nase, die Handtasche am Arm.

»Wer, ich? Wieso sollte ich auf eine solche Schnapsidee kommen?«

»Es hat keinen Sinn mehr, jetzt noch schlafen zu gehen. Es ist bereits Morgen.«

Jacqueline setzte sich neben Thomas aufs Bett. Eine launige Phantasie huschte durch sein Gehirn, fand aber keinen Platz, an dem sie sich festsetzen konnte: Helena von Troja hätte Thomas in diesem Augenblick nicht stimulieren können.

Er gähnte ausgiebig. »Ich habe auch schon bemerkt, daß es Morgen ist«, sagte er. »Bis um drei Uhr nachmittags geschieht nichts in diesem Haus. Ich hatte nicht eine Minute Schlaf, und die nächtlichen Stunden waren ziemlich ereignisreich. Ich bin erschöpft – körperlich, seelisch und geistig.«

»Das dachte ich mir schon«, sagte Jacqueline und öffnete ihre Handtasche.

Thomas wich zurück. »Nein«, wehrte er vehement ab. »Nein. Nicht irgendein Zaubermittel aus dieser unergründlichen Tasche. Ich schnüffle nicht an Ammoniak und trinke kein ...«

»Wovon faselst du eigentlich?«

Sie beförderte ein Stück Papier zutage, das mit ihrer großzügigen Handschrift beschrieben war.

»Hier«, sagte sie, »ist die Liste von Richards angeblichen Opfern. Ich habe sie aus Markhams Biographie abgeschrieben.«

Auf der Liste stand:

1. Eduard von Lancaster
2. Heinrich der Sechste
3. Clarence
4. Hastings
5. Rivers, Vaughan, Grey und Haute
6. seine Frau Anne
7. die Prinzen

»Was gibt's sonst noch Neues?« erkundigte sich Thomas. »Sie sind nicht in chronologischer Reihenfolge aufgelistet«, setzte er hinzu.

»Doch, abgesehen von den Prinzen. Markham hat sie an die letzte Stelle gesetzt, weil der Mord an ihnen die Hauptanklage darstellt. Jetzt sieh dir die Liste aus Walpoles *Historic Doubts* an.«

1. Eduard, Prinz von Wales, Sohn Heinrich des Sechsten
2. Heinrich der Sechste
3. George Herzog von Clarence
4. Rivers, Grey und Vaughan
5. Lord Hastings
6. Eduard der Fünfte und sein Bruder
7. seine eigene Gemahlin

»Ja, tatsächlich«, sagte Thomas. Er ließ sich zurückfallen und starrte an die Decke, während er die Hände schützend über seinem Bauch verschränkte. »Und was hat das alles zu bedeuten?«

»Nicht das geringste, leider«, gab Jacqueline zurück.

»Offenbar bist du ärgerlich – oder verwirrt?«

»Aber es muß eine Bedeutung haben«, beharrte Jacqueline. »Ich hatte gehofft, daß du mir weiterhelfen kannst.«

»Komm mir bloß nicht so«, murrte Thomas, ohne auch nur einen Muskel zu rühren. Die Zimmerdecke war einzigartig öde. Keine Risse, keine Flecken, nicht einmal eine Spinnwebe in der Ecke. Nicht bei dem gut geschulten Personal in diesem Haus...

Er zuckte erschrocken zusammen, als Jacqueline mit einem Finger über die empfindliche Stelle an seiner Fußsohle strich. Er setzte sich auf.

»Also gut«, seufzte er ergeben. »Laß mir Zeit, mich anzuziehen, dann spiele ich mit dir den Detektiv. Aber beleidige nicht meine Intelligenz, indem du mir zu verstehen gibst, daß du dich auf meinen hervorragenden Verstand verläßt. Du brauchst nur jemanden, der dir zuhört und hin und wieder ›ja‹ sagt.«

»Los, zieh dich an.« Jacqueline drehte ihm rücksichtsvoll den Rücken zu. Während er sich in einen Menschen aus dem zwanzigsten Jahrhundert verwandelte, redete sie weiter: »Er hat sich nicht an die Liste gehalten, Thomas. Niemand hat die Prinzen vor Lord Hastings genannt. Wieso hat er die Reihenfolge unterbrochen? Bis dahin folgte er der Aufzählung.«

»Keine Ahnung«, brummte Thomas.

»Beide Listen nennen auch die Verwandten der Königin – Rivers, Grey und den Rest. Das waren Hinrichtungen – legale Exekutionen nach den Gepflogenheiten der damaligen Zeit, nehme ich an, aber...«

»Niemand hat die Rollen dieser Leute gespielt.«

»Gut, aber warum wurde dann der Herzog von Buckingham verschont? Richard hat ihn enthauptet wie Hastings. Der General hat Buckingham dargestellt.«

»Buckingham rebellierte gegen einen gekrönten König«, sagte Thomas. »Richard war noch nicht gekrönt, als er Hastings und die Woodville-Brut einkerkern ließ; und einige Historiker sind sogar der Ansicht, daß sie sich tatsächlich schuldig gemacht haben. Buckingham marschierte mit einer Armee auf; kein Mensch kann behaupten, daß er kein Verräter war...«

Er brach ab. Er stand auf einem Bein und hatte die Socke halb über den anderen Fuß gezogen.

»Der Typ folgt nicht der Liste«, dachte er laut nach. »Das Gift für Rawdon – Heinrich den Sechsten – wurde auch zum falschen Zeitpunkt in den Brei gemischt. Er muß eine eigene Liste aufgestellt haben – offensichtlich nach antiricardianischen Kriterien. Buckingham rebellierte gegen einen Tyrannen und Usurpator, nicht gegen einen gesalbten Monarchen. Du meinst doch nicht...«

»O doch, das meine ich«, versetzte Jacqueline affektiert.

Thomas stand noch immer auf einem Bein, sein Hemd hing ihm aus der Hose, und er fluchte so derb, daß Kent vor Neid erblaßt wäre.

»Okay«, sagte er, als sein Repertoire erschöpft war. »Laß uns nachschauen.«

Es war fast eine Enttäuschung, den Kopf auf Kents geschnitzten Bettpfosten aufgespießt zu sehen. Der Schädel war mit wirrem gräulichen Fell bedeckt, das ergrautes Haar andeuten sollte. Von der Tür aus konnte Thomas Kents ganzen Körper sehen, oder zumindest den Teil, der nicht unter Laken und Decke verborgen war. Kent hatte sich nicht gerührt oder umgedreht, seit sie das letzte Mal nach ihm gesehen hatten, und er schnarchte noch genauso regelmäßig wie vorhin.

»Das ist keine besonders pittoreske Szenerie«, stellte Thomas kritisch fest. »Vielleicht habe ich mich auch nur schon daran gewöhnt. Jedenfalls fühle ich mich betrogen.«

»Er ist nur ins Zimmer geschlichen und hat den Kopf auf den Bettpfosten gesteckt. Im Halsstück vom anderen war auch ein Loch.«

»Er hätte wenigstens Kents echten Kopf irgendwie verstecken können.«

»Tut mir leid, daß er dich enttäuscht hat, Thomas. Aber ich kann unserem anonymen Freund keinen Vorwurf daraus machen, daß er vorsichtiger geworden ist. Wieso sollte er das Risiko eingehen, den General aufzuwecken? Den großen Effekt hat er mit Philip erzielt.«

»Sollen wir Kent wecken?« fragte Thomas.

»Willst du das wirklich?«

Sie sahen sich verschwörerisch an. Einen Moment plagten Thomas Gewissensbisse, aber die hielten sich nicht lange. Kent würde vielleicht ein bißchen erschrekken, wenn er wach wurde und den grinsenden Kopf sah, aber da er wußte, daß sein eigener Kopf noch fest auf seinen Schultern saß, hatte er bestimmt keine Angst. Der Mann war sowieso eine entsetzliche Nervensäge.

»Nein«, sagte er. »Laß uns von hier verschwinden.«

Als er die Tür leise schloß, schoß ihm ein anderer Gedanke durch den Kopf. »Einen Verdächtigen können wir streichen«, sagte er. »Philip konnte nicht...«

Gerade in diesem Augenblick öffnete sich die Nachbartür, und Philip trat auf den Flur.

Er war weiß wie der Verband um seinen Kopf, und sein Blick wirkte unstet. Nach der ersten Schrecksekunde stolzierte er in theatralischer Manier auf das verblüffte Paar zu.

»›Sie tun mir Unrecht, und ich will's nicht dulden‹«,

deklamierte er mit viel Gefühl. »›Wer sind sie, die beim König sich beklagen?‹«

»Niemand will sich beim König beklagen«, sagte Thomas. »Warum sind Sie nicht in Ihrem Bett? Wo waren Sie?«

»Was denken Sie denn, wo ich war?« fragte Philip bissig. »Ich bin kein Geist, müssen Sie wissen. ›*Gin a body meet a body*‹ ...« Er schwankte bedenklich.

Thomas eilte zu ihm, um ihn zu stützen. »Guter Gott!« rief er, als ihm ein eindeutiger Geruch in die Nase stieg. »Wissen Sie denn nicht, wie gefährlich es ist, mit einer Kopfverletzung zu trinken? Rawdon hätte sie nicht allein lassen dürfen.«

»Ab ins Bett«, befahl Jacqueline. »Komm, Thomas, wir ...«

Sie zerrten den protestierenden Schauspieler mit vereinten Kräften in sein Zimmer. Nachdem sie ihn ins Bett verfrachtet hatten, marschierte Jacqueline entschlossen zum Sekretär und nahm die Whiskyflasche heraus. Philip sang immer noch *Comin' Through the Rye,* als sie ihn verließen.

»Sieh ihn weiterhin als Verdächtigen an, Thomas«, sagte Jacqueline und verkorkte die Flasche fester, bevor sie sie in ihrer Tasche versenkte. »Er kann gehen.«

»Nicht sehr sicher. Verdammt, Jacqueline, ich weiß, daß der Bursche Schauspieler ist, aber kein Mensch könnte so überzeugend einen Verletzten spielen. Ich habe die Beule an seinem Schädel mit meinen eigenen Händen gefühlt. Wenn das nicht gewesen wäre ...«

»Ja?« ermunterte ihn Jacqueline.

»Er ist heimtückisch genug. Er hat die scheußlichsten Verleumdungen über die anderen von sich gegeben, ehe wir zum Bankett hinuntergingen.«

»Was zum Beispiel?«

»Es würde zu lang dauern, sie alle zu wiederholen. Darf ich jetzt ins Bett gehen?«

»Nein. Kannst du dich nicht über die Bedürfnisse deines schändlichen Körpers hinwegsetzen?«

»Ich muß zugeben, im Augenblick fühlt er sich wirklich schändlich an. Was soll ich tun?«

»Ich möchte Mrs. Ponsonby-Jones einen Besuch abstatten.«

Thomas' Kopf war von Müdigkeit, Wein und seiner chronischen Nebenhöhlenentzündung benebelt. Er brauchte ein paar Sekunden, bis er verstand, was Jacqueline vorhatte.

»Mrs. Ponsonby-Jones – die schwindsüchtige Königin Anne. Du glaubst, sie ...«

»Richard hat sie vergiftet, nicht wahr?«

»Nein, das hat er nicht! Sie starb an der Schwindsucht oder einer ähnlich schleichenden Krankheit.«

»Es war irgend etwas mit kochendem Öl.«

»Deine Verweise werden von Mal zu Mal unpassender. Mrs. Ponsonby-Jones ist sicherlich wohlauf. Die alte Hexe war voll wie eine Strandhaubitze heute nacht und hat 'ne Menge von dem Betäubungsmittel erwischt. Der Spaßvogel hätte sozusagen Eulen nach Athen getragen, wenn er versucht hätte, ihr noch mehr einzuflößen.«

Jacqueline sagte nichts dazu. Sie blieb vor Mrs. Ponsonby-Jones Tür stehen und versuchte, sie zu öffnen.

Die Tür war verschlossen.

»Ich schätze, sie hat sich da drin eingesperrt«, sagte Jacqueline. »Das beweist eine Intelligenz, die die anderen nicht hatten. Trotzdem sollten wir ganz sichergehen.«

Sie hämmerte an die Tür.

Das Geräusch klang höllisch laut in Thomas' Ohren, aber im Zimmer rührte sich nichts. Er bekam es mit der

Angst zu tun, aber dann hörte er doch etwas, und die Tür wurde aufgerissen.

Vermutlich hatte Wilkes jemandem vom weiblichen Personal aufgetragen, Mrs. Ponsonby-Jones beim Ausziehen behilflich zu sein. Jetzt trug sie ein voluminöses blaßblaues Nachthemd. Ihr aufgedunsenes Gesicht war grünlichgelb wie Galle. Die Farben bissen sich entsetzlich. Ihre Miene hätte Shakespeares schurkischen Richard III. wie einen Heiligen neben ihr aussehen lassen. Mit ungeheurer Anstrengung, die sie von Kopf bis Fuß zum Beben brachte, konzentrierte sie den Blick auf die beiden Eindringlinge.

»Wie können Sie es wagen?« ächzte sie. »Wie können Sie es ...«

Sie machte die Tür wieder zu. Jacqueline warf sich dagegen und rief: »Warten Sie! Ist alles in Ordnung mit Ihnen?«

»Nein«, versetzte Mrs. Ponsonby-Jones schroff.

»War Ihnen übel?« fragte Thomas schüchtern.

Die Formulierung war unglücklich gewählt. Mrs. Ponsonby-Jones' Augen sahen aus wie in Teig versunkene Korinthen. Sie knallte die Tür zu. Jacqueline zog ihren Arm gerade noch rechtzeitig zurück.

Sie und Thomas starrten die Tür an, bis die Vibrationen verebbten. Thomas erwartete, daß eine wütende Abordnung aus den anderen Zimmern stürmen würde, aber offenbar befanden sich die Gäste noch im komatösen Zustand.

»Hat sie, oder hat sie nicht?« fragte er.

»Sich übergeben? Ganz bestimmt. Aber ich bezweifle, daß sie Besuch vom Spaßvogel hatte. Er liebt es, wenn seine Bemühungen zur Kenntnis genommen und gebührend gewürdigt werden. Eine Frau mit Kater, die Kekse ins Klo kotzt, würde ihm nicht genügen.«

»Wie vulgär du doch bist.«

»Ich hab' noch gar nicht angefangen, vulgär zu sein. Verschwinden wir.«

»Darf ich jetzt ins ...«

»Nein, du darfst nicht ins Bett. Ich brauche frische Luft. Gehen wir ein Stück spazieren.«

»Es regnet.«

»Ja und? Mal was ganz Neues!«

Thomas seufzte. Ein Spaziergang im Regen mit der Frau, die man liebt, ist romantisch, wenn man achtzehn ist. Mit fünfzig handelt man sich dabei nur einen Schnupfen und Rheumatismus ein.

»Wie wär's mit dem Wintergarten?«

Der Wintergarten war ein akzeptabler Kompromiß, aber nicht der geeignetste Ort für eine Unterhaltung in diesem Irrenhaus. Die elektrischen Lampen konnten kaum die grauen Schatten eines trüben Morgen vertreiben, und der Regen prasselte auf das Glasdach und schickte zitternde Echos durch das Grün. Epiphyten hingen von den anderen Pflanzen wie fleischige Miniatur-Ungeheuer. Die Wedel der Palmen streiften das Glasdach; die Stämme waren dick und stachelig wie deformierte Ananasfrüchte. Grüne Zweige griffen nach ihnen, als sie über den gekiesten Pfad gingen. Thomas' Stimmung war so düster, daß er sich nicht gewundert hätte, wenn sich eine pralle Knospe geöffnet und mit einem Fangarm nach seinem Hemd geschnappt hätte.

»Was hast du jetzt vor?« fragte er.

Jacquelines Haare kringelten sich in der feuchten, schweren Luft. Die kleinen Löckchen an den Schläfen sahen aus wie Kupferspäne.

»Ich sollte die Polizei rufen, ohne auf Weldon Rücksicht zu nehmen«, sagte sie so unfreundlich, daß Thomas die reizenden Locken ganz vergaß.

»Und was willst du anzeigen?«

»Ein halbes Dutzend Menschen wurde körperlich attackiert. Was brauchst du noch, ehe du die Polizei einschaltest? Ein paar Morde oder...« Jacquelines Mund blieb offen und formte das Wort, das sie nicht aussprach.

Thomas schielte zu ihr, und als sie nicht fortfuhr, sagte er: »Die Menschen, die attackiert wurden, sollten Anzeige erstatten. Wenn sie sich dagegen entscheiden, und Sir Richard auch, kannst du nicht viel tun. Dir ist ja nichts passiert.«

»Aha«, rief Jacqueline und drehte sich zu ihm, »das macht dir also so zu schaffen. Du würdest mich gern kopfüber in einem Faß sehen, hab' ich recht?«

»Das könnte mich nicht mehr reizen. Deine Beine habe ich schon gesehen. Es sind schöne Beine, man könnte sogar sagen, umwerfende, aber –« Thomas musterte sie genauer. »Um Gottes willen«, sagte er in verändertem Tonfall, »natürlich will ich nicht, daß du angegriffen wirst. Du treibst mich in den Wahnsinn mit deiner Arroganz, deinem Sarkasmus und deiner Besserwisserei, aber ich möchte nicht, daß dir etwas zustößt. Ich bete dich an.«

Er küßte sie. Sie ließ sich ohne Gegenwehr in den Arm nehmen, doch nach einem kurzen Moment des seligen Genusses merkte Thomas, daß sie seine Zärtlichkeiten nicht erwiderte. Wenn eine Umarmung geistesabwesend sein kann, dann war es diese.

Er hob den Kopf. Jacquelines Lippen waren geöffnet und bereit, aber sie hatte denselben nachdenklichen Gesichtsausdruck wie vor der Umarmung.

Thomas setzte sich auf die hohe Ziegelsteinumrandung eines Beetes. »Tut mir leid, daß ich deinen Gedankengang unterbrochen habe«, sagte er.

»Du hast ihn nicht unterbrochen.« Jacqueline ließ sich neben ihm nieder.

»Nein, du würdest es niemals zulassen, daß derartige Kleinigkeiten deinen Denkprozeß aufhalten. Und wer, glaubst du, soll ermordet werden?«

»Wieso nimmst du an, daß ich ...«

»Oh, komm schon. Es macht mir nichts aus, Watson zu spielen, aber ich weigere mich, seine berühmte Dummheit zu übernehmen. Mord war das Zauberwort. Du hast es ausgesprochen und bist – wenn ich es so ausdrücken darf – in diese dramatische Körperstarre verfallen. Wenn dies ein Comic strip wäre, würde jetzt eine leuchtende Glühbirne über deinem Kopf erscheinen. Ich halte dich für übergeschnappt, Jacqueline, und doch habe ich verstanden, daß ich dir Zeit lassen muß, dir diese fixe Idee aus dem Kopf zu schlagen, ehe ich deine Aufmerksamkeit auf wichtigere Dinge lenken kann. Also wer soll deiner Meinung nach ...«

»Wen«, korrigierte ihn Jacqueline. »Die Frage muß lauten: ›wen?‹.«

»Nein. Wer ... Das ist doch Unsinn – es läuft ohnehin aufs gleiche hinaus. Du überlegst nicht, *wer* ermordet werden soll oder *wen* jemand ermorden will, das ist dasselbe.« Thomas schlug sich mit der Hand gegen die Stirn. »Ist das hier eine Grammatikstunde, oder was?« rief er aufgebracht. »Nein, nein, keine Grammatik. Die berühmten vier Ws: wer, wo, wann und warum. Besonders warum.«

Jacqueline folgte diesem unzusammenhängenden Ausbruch ohne Schwierigkeiten.

»Das Warum hängt von dem Wer ab«, erklärte sie. »Wenn wir sicher wüßten, wer ermordet werden soll, könnte ich sagen ...«

»Ob«, unterbrach Thomas sie. »Das ist das Allerwichtigste: ob. Wie kommst du darauf, daß überhaupt jemand umgebracht werden soll? Nur zu, ich höre. Spul deine logischen Argumente ab.«

»Was?«

»Logik. Vernunft. Nachdenken.«

»Jemand hat einmal gesagt, nur die Amerikaner könnten dem Leser befehlen nachzudenken«, erwiderte Jacqueline kalt. »Also gut, ich fange an.«

»Ja, spiel die große Detektivin«, ermutigte Thomas sie. Sein Kopf fühlte sich jetzt besser an. Vielleicht reinigte die feuchte Luft seine Nebenhöhlen. »Ich bin kein Chauvinist und nicht empfindlich, wenn du dich in den Vordergrund drängst. Ich bin gespannt auf deine geheimnisvollen Hinweise. Stell bedeutungslose Fragen. Ich werde sagen, daß ich die Antworten nicht kenne. Ich gebe von Zeit zu Zeit bewundernde Laute von mir und sehe so begriffsstutzig aus, wie ich kann.«

»Sei einfach du selbst«, gab Jacqueline schnaubend zurück.

Sie funkelten sich eine ganze Weile finster an. Plötzlich zuckten Thomas' Mundwinkel, und Jacquelines angriffslustige Miene entspannte sich. Thomas legte den Arm um sie, und sie lehnte sich an ihn.

»Mein Alter hat einige Vorteile, auch wenn es einen Spaziergang im Regen zum Hasardspiel macht«, sagte Thomas nach einem friedlichen Moment. »Wenn wir mehr bei Kräften wären, hätten wir eine lautstarke Auseinandersetzung geführt. Und ich hätte die Lösung dieses Falls erst im letzten Kapitel erfahren – nach drei oder vier Morden. Warum Morde, um Gottes willen?«

»Die Morde Richards des Dritten«, sagte Jacqueline schnell.

»Was?«

»Die wurden uns mit diesen nicht unbedingt lustigen

Streichen doch vor Augen geführt, oder? Richards angebliche Morde.«

»Das war kaum zu übersehen«, erwiderte Thomas ungeduldig. »Du selbst hast darauf hingewiesen, nachdem ich...« Er dachte einen Augenblick nach, »Oh, jetzt verstehe ich, was du meinst.«

»Ich verstehe selbst nicht, was ich meine. Mir spukt eine Idee im Kopf herum, und ich kriege sie nicht zu fassen. Aber... Morde. Warum stellt er uralte Todesfälle nach? Sorgfältig, gewissenhaft und harmlos. Wann ist ein Mord kein Mord? *Warum* ist ein Mord kein...«

»Du bist wieder am selben Punkt angelangt.«

»Ich lasse meinen Gedanken freien Lauf. Wann? Warum? Wer? Mrs. Ponsonby-Jones müßte das nächste Opfer sein...«

»Entscheidender ist: wer. Wer ist der Spaßvogel? Wenn wir das wüßten...«

»Ich weiß es.«

Thomas stand auf, damit er ihr Gesicht besser sehen konnte. In den letzten Jahren war er ein wenig weitsichtig geworden. *»Du weißt es?«*

»Oh, nicht schon wieder eine von diesen Diskussionen, Thomas. Es ist so offensichtlich, daß ich es kaum glauben will«, bekannte sie mit seltener Offenheit.

»Und du hast nicht vor, mir zu sagen, was du weißt, hab' ich recht?«

Jacqueline lächelte; in ihren Augen blitzte der Schalk wie die Sonne auf klarem grünem Wasser. »Thomas, ist dir klar, warum die Detektive bis zum letzten Kapitel niemals sagen, was sie wissen? Sie wollen sich nicht lächerlich machen, bevor sie ganz sicher sein können, daß sie sich nicht geirrt haben. Es ist so viel einfacher, die Identität des Mörders aufzudecken, wenn man ihn auf frischer Tat ertappt oder wenn alle anderen Verdächtigen tot sind. Ellery Queen hat diesen Fehler in einem seiner Bücher gemacht – ich hab' vergessen, in welchem, aber es war komisch; immer wieder bot er komplizierte Lösungen an, die alle ins Nichts führten. Nach einer Weile beschloß er . . .«

»Zum Teufel mit Ellery Queen!« Thomas war etwas eingefallen. »Du kannst die Leute, die Opfer des Spaßvogels waren, nicht ausschließen, weißt du. In Krimis, auf die du dich offenbar beziehst, sind die Opfer immer tot. Sie konnten keine Morde mehr begehen.«

»Thomas, Lieber, aber genau das ist in einem Krimi geschildert worden. Von Agatha Christie. Der Mörder war eines der Opfer. Man hatte ihm angeblich in den Kopf geschossen, aber er . . .«

»Ich werde mich jetzt nicht abschätzig über Agatha Christie äußern«, nahm sich Thomas vor. »Statt dessen setze ich meine Überlegungen fort. Du kannst unsere Opfer nicht von der Liste der Verdächtigen streichen, nur weil sie schikaniert wurden. Aber vielleicht kannst du einige von ihnen ausschließen. In meinem Fall . . .«

»Dich hatte ich nie im Verdacht, Thomas«, sagte Jacqueline ernst.

»Ich wünschte, die Leute würden das nicht immerzu beteuern. Ich hätte mich nie selbst in diese unmögliche Position bringen können.«

»Du hättest mit einem Komplizen zusammenarbeiten können. Vielleicht gibt es zwei Spaßvögel.«

»Vielleicht sind alle daran beteiligt«, gab Thomas ungehalten zurück. »Und erzähl mir jetzt nicht, daß das auch schon in einem Krimi vorgekommen ist. Ich weiß es, ich hab' ihn gelesen. Gut. Laß uns um des Argumentes willen annehmen, ich hätte einen Komplizen. Ich schätze, Frank könnte seinen Unfall selbst inszeniert haben, Percy hatte die Möglichkeit, das Beruhigungsmittel aus freien Stücken zu schlucken, und der Doktor kann das Brechmittel eigenhändig in den Frühstücksbrei gemischt haben ...«

»... oder die Übelkeit nur vorgetäuscht haben. Rawdon ist der einzige Arzt in der Gruppe. Kein Mensch hat seine Diagnose in Frage gestellt.«

»Schön, er könnte also sein Abenteuer selbst inszeniert haben. Aber Philip bekam diesen scheußlichen Schlag auf den Kopf. Oder willst du mir weismachen, daß sein hypothetischer Komplize sich verschätzt und aus Versehen zu fest zugeschlagen hat?«

»Ich brauche das nicht mehr zu sagen, das hast du selbst getan. Aber Philip brauchte keinen Komplizen, Kopfverletzungen sind heikel. Es gibt Berichte von Fällen, bei denen Leute einen Schlag auf den Kopf bekommen haben und noch Stunden danach ganz normal herumgelaufen sind, sogar Tage, und erst dann sind sie zusammengebrochen. Philip hätte sich die Verwundung selbst beibringen können, indem er mit dem Kopf gegen ein Holzscheit oder etwas ähnlich Hartes stieß. Er hat vielleicht nicht damit gerechnet, daß er so großen Schaden anrichtet. Theoretisch könnte er noch Zeit gehabt haben, sich kunstvoll auf den Boden zu drapieren, ehe er das Bewußtsein verlor.« Jacqueline machte eine Pause.

»Bist du nicht ein bißchen zu phantasievoll?« fragte Thomas.

»Natürlich. Aber wir wissen es besser.«

»Tun wir das? Okay, ich schließe dich als Täterin aus. Und du mich, ja? Danke ... Sonst noch jemanden?«

»O Thomas, wir verschwenden nur Zeit. Du bist auf der falschen Spur.«

Thomas ging auf und ab. Der Kies knirschte unter seinen Schuhen. Er schob eine Ranke beiseite, die ihn hungrig zu beäugen schien. »Also, wie lautete Ihre Lösung, Holmes?«

»Kommst du wirklich nicht drauf? Vielleicht täusche ich mich ...« Das klang außergewöhnlich bescheiden.

Thomas drehte sich um und schaute sie an. »Es läuft also doch wieder auf eine dieser Unterhaltungen hinaus. Deshalb hasse ich Kriminalgeschichten. Der Detektiv oder ein wichtiger Zeuge wird immer unterbrochen, wenn er gerade dabei ist, die Beweiskette lückenlos anzuführen, und der verdammte Idiot sagt nie das, was er sagen will.«

»Manchmal wird er umgebracht«, führte Jacqueline den Gedanken vergnügt aus. »›Der Mörder ist...‹ Peng!«

»Jetzt reicht's. Gibt es irgendeinen Grund, warum du mir nicht sagen willst, was du denkst?«

»Etliche Gründe. Mein aufgeblasenes Ego zum Beispiel.«

»Eine exzellente Beschreibung, aber keine ausreichende Begründung.«

»Also schön«, sagte Jacqueline unerwartet. Sie saß kerzengerade und hatte die Hände auf den Knien gefaltet. Ihr Kopf war leicht vorgestreckt, als würde sie auf eine innere Stimme lauschen. »Der Spaßvogel ist...«

Sie hielt inne. Thomas erstarrte. Seine Nerven waren in einem schlimmeren Zustand, als es ihm bewußt gewesen war; einen Moment lang erwartete er beinahe, einen Schuß zu hören und Jacqueline in einer Blutlache umsinken zu sehen. Dann vernahm er das Geräusch, das ihre empfindsamen Ohren trotz des prasselnden Regens bereits wahrgenommen hatten. Jemand näherte sich.

Thomas bedachte Jacqueline mit einem zornigen Blick, sie antwortete mit einem Lächeln. James Strangways kam hinter einer Palme in Sicht.

»Hier sind Sie«, verkündete er triumphierend. »Wilkes sagte, er habe Sie in den Wintergarten gehen sehen. Warum, zur Hölle, sucht sich irgend jemand diesen Ort an einem Tag wie diesem ...«

Er betrachtete angewidert das üppige Grün. Thomas spürte, wie seine Sympathie für den Mann erwachte – trotz der Tatsache, daß er viel zu munter und gesund aussah. Sein glattes weißes Haar und der aufrechte Körper, die ordentlich gebügelte Hose und das blaue Hemd ... Thomas kam sich neben ihm schmutzig und zerknittert vor.

»Das war Jacquelines Idee«, sagte er. »Sie wollte mir gerade verraten ...«

Jacqueline räusperte sich laut.

Strangways blickte von einem zum anderen. Sein breites, attraktives Lächeln erhellte das hagere Gesicht. »Sie wollte Ihnen die Identität des Verbrechers offenbaren? Ich will Ihre Unterhaltung nicht unterbrechen. Ich habe selbst ein paar Theorien.« Er setzte sich neben Jacqueline.

»Also halten Sie den Witzbold für einen Verbrecher?« hakte Jacqueline nach.

»Ich sehe tätliche Angriffe als verbrecherische Handlungen an«, bestätigte Strangways nüchtern. »Das macht mich zur Minderheit in diesem Irrenhaus, ich weiß. Ich dachte nur, Sie beide hätten ein bißchen mehr Verstand als die anderen. Deshalb wollte ich mit Ihnen sprechen.«

»Worüber?« fragte Thomas argwöhnisch. Er hockte sich auf die andere Seite von Jacqueline. Die Beetumrandung bot kaum genug Platz für drei.

»Worüber?« wiederholte Strangways. »Über einen Schlachtplan natürlich. Wir drei sind die einzigen in diesem Haufen, die ihren Grips noch beisammen haben. Oder stimmen Sie nicht mit mir überein, daß die Situation gefährlich ist?«

»Doch«, bekannte Jacqueline bedächtig. »Ich schon.«

»Kennen Sie die Identität unseres Spaßvogels?« wollte Thomas wissen.

Strangways warf ihm, ohne den Kopf zu bewegen, einen Blick zu. Die rollenden Augen verliehen ihm einen verschlagenen, listigen Ausdruck. »Es kommen nur zwei in Frage«, sagte er schließlich. »Ich bin nicht sicher, welcher von beiden es ist. Und selbst wenn ich sicher wäre, könnte ich es nicht beweisen.«

»Wer?« bohrte Thomas weiter.

»Oho.« Diesmal war Strangways' Lächeln weit weniger attraktiv. »So weit strecke ich den Kopf nicht aus dem Fenster. Ich bin ohnehin schon in ziemlichen Schwierigkeiten.«

»Wie lautet Ihr Vorschlag – was sollen wir tun?« fragte Thomas. »Mein Gott, ich hab' die Egoisten so satt!« setzte er hinzu.

»Das ist ganz einfach«, sagte Strangways. »Dreh- und Angelpunkt all dieser unerfreulichen Vorkommnisse ist der Brief. Ich habe von Anfang an nicht an diesen Brief geglaubt, und jetzt, nach Weldons Enthüllungen der letzten Nacht, glaube ich erst recht nicht mehr, daß er echt ist.«

»Sie sind voreingenommen«, gab Thomas ärgerlich zurück. »Dick hat recht, Sie sind so besessen ...«

Jacqueline musterte Thomas ohne jede Regung über den Rand ihrer Brille hinweg. »Wer hat sich vorhin noch über Abschweifungen und Unterbrechungen beschwert?« fragte sie.

»Ach, zur Hölle«, brummte Thomas.

»Lassen Sie mich ausreden«, forderte Strangways. Das

letzte Wort hallte unheimlich in der dumpfen Luft wider. »Der Brief ist eine Fälschung. Der Witzbold, der für die makabren Streiche verantwortlich ist, hat sich das ausgedacht. Er hat die Absicht, den Brief zu stehlen und Lösegeld dafür zu fordern. Die Streiche dienen lediglich zur Ablenkung und sollen unsere Aufmerksamkeit auf die Opfer ziehen. Während wir herumstehen und uns gegenseitig anschreien, sucht der Kriminelle die Chance, den Brief zu stehlen.«

»Aus Sir Richards Safe?« meinte Thomas. »Wie?«

»Sie glauben doch nicht, daß der Brief tatsächlich im Safe liegt, oder?«

»Aber Dick sagte ...« Thomas brach ab. »Oh.«

»Ich kann in Weldon lesen wie in einem Buch«, behauptete Strangways anmaßend. »Er findet sich machiavellisch, der arme Teufel. Er hat den Safe nur erwähnt, um eine falsche Spur zu legen. Ich wette zehn zu eins, daß er seinen kostbaren Brief in irgendein Versteck gelegt hat und sich ungeheuerlich schlau vorkommt. Der Verbrecher hat inzwischen alle zur Raserei gebracht, so daß niemand mehr weiß, was vor sich geht. Er spielt uns noch einen letzten Streich und schnappt sich den Brief. Richtig?« Er wandte sich an Jacqueline. »Was meinen Sie?«

»Ich meine«, erwiderte Jacqueline gelassen, »Ihre Theorie hat so viele Löcher wie ein Sieb.«

Strangways' Gesicht verdüsterte sich. Thomas beobachtete ihn interessiert. Er hatte ihn noch nie so wütend erlebt, selbst dann nicht, als seine wahre Identität ans Licht gekommen war.

»Oh«, brachte Strangways heraus. »So eine sind Sie also.«

»Was für eine?«

»Eine Emanze. Sie müssen Männer niedermachen,

um sich ihnen überlegen zu fühlen. Ich bin nach England gekommen, um solche Frauen loszuwerden«, schrie Strangways. »Aber hier gibt es sie auch. Was ist los mit Ihnen? Sie wären eine tolle Frau, wenn sie nur die Rolle akzeptieren würden, die für Sie vorgesehen ist.«

Thomas hätte am liebsten einen Freudentanz aufgeführt. Er beobachtete, wie Jacquelines Gesicht zu etwas erstarrte, das sehr gut in Großformat im Mount Rushmore hätte eingemeißelt sein können. Nur ihre Augen wirkten lebendig – sie sprühten grüne Funken.

»Oh, was für eine Schande«, flötete sie zuckersüß. »Ich habe Ihre Gefühle verletzt. Ich habe gewagt, darauf hinzuweisen, daß Sie sich in gewissen Punkten irren könnten. Vergeben Sie mir. Ich nehme mir Ihren Tadel zu Herzen und werde Sie nicht noch mehr beleidigen, indem ich Ihnen meine schwachen, weiblichen Bemühungen, logische Folgerungen zu ziehen, zumute.«

»Moment mal«, protestierte Thomas – seine Freude war wie weggeblasen.

Jacqueline wirbelte heftig zu ihm herum. »Und du, du bist genauso wie er«, beschuldigte sie ihn ungerechterweise. »Ihr seid doch alle gleich. Dieses Wochenende – alles, worauf du die ganze Zeit aus bist... Du hast gedacht, ich wüßte das nicht, oder? Fahr zur Hölle, Thomas, und nimm den da gleich mit.«

Sie stapfte wutschnaubend davon.

Die beiden Männer starrten sich über die Lücke hinweg an, die Jacqueline hinterlassen hatten. Strangways war immer noch hochrot im Gesicht.

Thomas lächelte maliziös. »Danke«, sagte er und folgte Jacqueline.

Nach längerem Umherirren fand er sie in Philips Zimmer. Der Schauspieler lag angekleidet auf seinem Bett und unterhielt sich in gedämpftem Ton mit seiner Besucherin. Sie schauten beide auf, als Thomas auf der Schwelle erschien. Jacqueline sah durch ihn hindurch, und Thomas verschwand wieder.

Schlafen kam jetzt für ihn nicht mehr in Frage, er war viel zu aufgekratzt. Er schlenderte gemächlich die Treppe hinunter, machte sich auf die Suche nach Kaffee und fand Wilkes, der gerade das Buffet herrichtete, im Frühstückszimmer vor.

Der Butler wünschte Thomas mit der üblichen höflichen Gelassenheit einen guten Morgen, aber seine trüben, gequälten Augen bargen die Erinnerung an die grauenvollsten Erlebnisse seines Butlerdaseins.

Thomas nahm den angebotenen Kaffee, lehnte feste Nahrung jedoch ab. Er hatte es sich gerade am Tisch bequem gemacht, als Frank hereinkam. Er begrüßte Thomas knapp, goß sich eine Tasse Tee ein und setzte sich ans andere Ende des Tisches.

»Kein Frühstück?« erkundigte sich Thomas.

»Gott, nein!« erwiderte Frank leidend. »Was war in dieser Bowle?«

»Mehr, als Ihnen lieb sein kann.« Thomas merkte, daß Frank nicht die geringste Ahnung hatte, was passiert war. Er betrachtete sich selbst als blendenden Geschichtenerzähler, und sein schillernder Bericht ließ wirklich nichts zu wünschen übrig. Als er endete, war Frank hellwach und starr vor Entsetzen.

»Ich kann das nicht glauben. Der Kerl muß wahnsinnig sein. Sie meinen, wir waren alle betäubt?«

»Jedenfalls die meisten von uns.«

»Jacqueline hat nichts getrunken«, murmelte Frank. Er begegnete Thomas' Blick und setzte rasch hinzu: »Nein, alter Junge, ich beschuldige sie nicht, ich meinte nur . . . Sie sagen, Sir Richard weigert sich nach wie vor, die Polizei einzuschalten?«

»Ganz recht. Ich bin nicht mit seiner Entscheidung einverstanden, aber ich verstehe seine Gefühle. Hohn und Spott würden die Wirkung verderben, die er heute zu erzielen hofft.«

»Das ist nicht das einzige Motiv.« Frank zögerte einen Augenblick. »Vielleicht verrate ich jetzt Vertrauliches, aber meiner Ansicht nach gehen die Dinge zu weit – das ist keine normale Verschwiegenheit mehr. Sir Richard hat familiäre Gründe, die Angelegenheit unter Verschluß zu halten.«

»Percy?«

»Die Ponsonby-Jones sind Sir Richards einzigen Verwandten«, sagte Frank. »Wenn der Junge diese Gemeinheiten geplant hat, sollte er in einem Heim untergebracht werden. In juristischem Sinne ist er nicht für seine Taten verantwortlich.«

»Dann sind Sie also auch dagegen, die Polizei zu verständigen?«

»Ich habe immerhin vor, die Schwester des Jungen zu heiraten. Und man muß die menschliche Seite in Erwägung ziehen. Percy wird in jedem Fall in einer Erziehungsanstalt enden. Warum sollte das nicht in aller Stille und ohne jeden Skandal geschehen?«

»Aber bis dahin ist er potentiell gefährlich«, machte Thomas deutlich.

»Ich werde persönlich dafür sorgen, daß er niemandem mehr gefährlich werden kann«, versprach Frank grimmig. »Ich habe mir vorgenommen, ihn von jetzt an immer im Auge zu behalten.«

»Wahrscheinlich wäre es wesentlich zweckmäßiger, auf seine Mutter aufzupassen. Sie ist immerhin die nächste auf der Liste ...«

Er verstummte erschrocken, als Mrs. Ponsonby-Jones in den Frühstücksraum trat.

Nach den Ausschweifungen der Nacht sah sie so ausgezehrt aus, wie es bei jemandem, der mit soviel Fett gepolstert ist, nur möglich war, aber nicht ihr grausiges Gesicht war schuld an Thomas' Sprachlosigkeit. Arm in Arm mit Mrs. Ponsonby-Jones schlenderte Jacqueline herein. Sie führte die ältere Frau zu einem Stuhl am Tisch – ein Schleppkahn, der einen Liniendampfer dirigiert – und half ihr beim Hinsetzen.

Mrs. Ponsonby-Jones wußte offensichtlich von ihrem Status als nächstes Opfer. Sie war nicht nur schwach und krank; sie ängstigte sich zu Tode. Nur die Contenance, die von Vertretern ihres Standes verlangt wurde, hielt sie davon ab, laut loszuheulen, aber sie hing in jämmerlicher Verzweiflung an Jacquelines Arm.

In einem mißglückten Versuch, sie von ihrer mißlichen Lage abzulenken, begrüßte Frank seine zukünftige Schwiegermutter. »Guten Morgen, Madam. Wie fühlt Ihr Euch heute, Euer Gnaden?«

»Ooooje!« Der Laut hätte aus dem Mund von Eliza Doolittle kommen können. Thomas betrachtete Mrs. Ponsonby-Jones mit neuem Interesse. Hatte Sir Richards Cousin unter seinem Stand geheiratet? Wenn ja, dann hatte das Gassenkind seine Lektionen gut gelernt. Mrs. Ponsonby-Jones faßte sich wieder; sie preßte eine Hand auf ihren wogenden Busen und funkelte Frank an. »Wie können Sie nur diesen Scherz noch weiter treiben?« brauste sie auf. »Müssen Sie mich daran erinnern...?«

»Es tut mir schrecklich leid. Aber es besteht nicht der geringste Anlaß zur Sorge, wirklich nicht. Gewarnt sein heißt gewappnet sein. Wir alle lassen nicht zu, daß Ihnen etwas zustößt.«

Thomas registrierte, daß Frank Mrs. Ponsonby-Jones nicht direkt ansprach und liebevolle oder familiäre Vokabeln vermied.

»Frank hat recht«, sagte Thomas. »Wir alle passen auf Sie auf.«

Das freundliche Angebot konnte Jacqueline nicht beschwichtigen; sie sah ihn immer noch an wie einen zerquetschten Mistkäfer.

»Wo ist Sir Richard?« fragte sie kalt.

»Er wird gleich runterkommen«, sagte Frank. »Ich bin ihm vorhin in der Halle begegnet.«

Der nächste, der erschien, war aber nicht Sir Richard, sondern Kent. Alkohol kann ihm nicht viel anhaben, dachte Thomas, wahrscheinlich ist er mit dem Zeug imprägniert. Strahlend marschierte Kent auf die Anrichte zu und häufte seinen Teller mit Speisen voll, die die anderen zum Schaudern brachten.

»Wie geht's allen heute morgen?« erkundigte er sich herzlich.

»Augenscheinlich sind Sie nicht informiert«, begann Thomas in der Hoffnung, die spannende Geschichte noch einmal erzählen zu dürfen.

»Augenscheinlich sind *Sie* nicht informiert«, versetzte Kent, »daß das erste, was ich vorhin beim Aufwachen sah, ein abgetrennter Kopf war.«

Er stopfte sich eine Gabel mit Rührei in den Mund und legte eine kurze Sprechpause ein, dann fuhr er fort: »Ziemlich dilettantische Inszenierung – diesmal. Eher ärgerlich als furchteinflößend. Soweit ich gehört habe, war der andere Streich von heute nacht effektvoller. Hab' Weldon oben getroffen, er hat mir alles erzählt. Schade, daß ich das Spektakel verpaßt habe.«

Mrs. Ponsonby-Jones brabbelte vor sich hin; nur die Worte »kaltblütiges Ungeheuer« waren zu verstehen.

Kent hob den Kopf. »Ja, ich bin kaltblütig«, bestätigte er selbstzufrieden, »das ist zumindest besser, als ein verweichlichtes Sensibelchen zu sein. Nichts von alldem wäre je passiert, wenn Sie alle nicht so verdammt sentimental wären.«

»Was soll das heißen?« wollte Frank wissen.

»Guten Morgen, guten Morgen.« Der Auftritt des Pfarrers bewahrte Kent davor, eine Antwort geben zu müssen, falls er das überhaupt vorgehabt hatte; er lächelte geheimnisvoll und widmete sich wieder seinem Frühstück.

Rawdon und der Pfarrer waren zusammen gekommen. Auch sie waren Sir Richard begegnet und hatten die Neuigkeiten bereits vernommen. Hinter ihren schockierten und betrübten Mienen entdeckte Thomas so etwas wie ein morbides Amüsement über diese neue Sensation. Er mußte sich ins Gedächtnis rufen, daß keiner der beiden – und Kent auch nicht – das abstoßende Szenario in der Bibliothek mit eigenen Augen gesehen hatte. Sensationen aus zweiter Hand nahm man nicht so ernst.

Die Neuankömmlinge waren dennoch äußerst wißbegierig, und Rawdon war kurz davor, mit Ellis eine lebhafte Diskussion über die letzten Greueltaten anzufangen, aber nach einem Blick auf die bebenden Fleischberge von Mrs. Ponsonby-Jones brach er taktvoll mitten im Satz ab. Die Unterhaltung wurde auf Nebensächliches verlagert. Jacqueline lenkte die verstörte Mrs. Ponsonby-Jones erfolgreich ab, indem sie auf die Schneiderkunst zu sprechen kam. Thomas hätte im Traum nicht daran gedacht, daß eine der beiden Damen an diesem Thema interessiert sein könnte; wenn er überhaupt daran gedacht hätte, dann wäre seine Vermutung gewesen, daß Mrs. Ponsonby-Jones professionelle Schneider herumkommandiert. Aber sie redeten über Schnittmuster, Zickzackscheren und andere technische Einzelheiten. Jacquelines geschickte Fragen konnten Mrs. Ponsonby-Jones sogar zu einiger Begeisterung hinreißen.

»Sie meinen«, sagte Jacqueline respektvoll, »Sie haben das wundervolle Kostüm, das Liz gestern abend getragen hat, selbst genäht?«

»Ja. Immerhin war die Schneiderei einmal mein « – Mrs. Ponsonby-Jones hielt gerade noch rechtzeitig inne –, »mein Hobby«, fuhr sie mit einem gezierten Hüsteln fort. »Als junges Mädchen. Modedesign und Kostümbildnerei, wollte ich sagen.«

»Wo ist Liz?« warf Thomas ein.

»Sie schläft noch.« Das kam von Frank.

Mrs. Ponsonby-Jones blitzte ihn kampflustig an. »Und woher wissen Sie das so genau, junger Mann?«

»Ich habe nach ihr gesehen, bevor ich runterkam.« Der junge Anwalt sah ihr direkt in die Augen. »Und nach Percy. Ich habe mir vorgenommen, sie den ganzen Tag über im Auge zu behalten.«

»Eine ausgezeichnete Idee«, sagte eine Stimme an der Tür. »Aber das wird nicht nötig sein, Frank.«

Weldon trug die Standarduniform eines altmodischen Engländers, der sein Wochenende auf dem Land verbringt – abgetragenen, gutsitzenden Tweed. Nur sein schulterlanges Haar erinnerte an den Plantagenet-Monarchen – das Haar und seine trübsinnige Miene. Weldon hatte über Nacht eine Wandlung vollzogen. Er war nicht mehr der unbeschwerte, heitere Gastgeber, sondern ein Mann mit einem ernstzunehmenden Anliegen.

Er hatte seine beiden jungen Verwandten eingesammelt und stand jetzt zwischen ihnen. Percy machte einen mißmutigen, störrischen Eindruck, aber sein Gesicht hellte sich auf, als er die Köstlichkeiten auf der Anrichte entdeckte. Er riß sich aus Weldons Griff, schlurfte zu den Schüsseln mit den Köstlichkeiten und löffelte von allem, soviel er konnte, auf einen Teller.

Liz hatte einen altrosa Hosenanzug an, der ihren zarten Teint besonders gut zur Geltung brachte. Der Jerseystoff schmiegte sich von der Schulter bis zu den Hüften an ihren Körper wie ein Handschuh. Thomas bemerkte, daß Sir Richard zwar den Arm um Percy gelegt hatte, Liz aber nicht anrührte.

Liz ging zum Tisch. Ihre glänzenden Augen wirkten ausdruckslos, als hätte sie noch immer unter den Nachwirkungen des Betäubungsmittels zu leiden. Frank sprang eilfertig auf, um sie zu ihrem Stuhl zu geleiten.

Sir Richard blieb stehen. Selbst ohne Krone und Prachtrobe gab er eine imposante Figur ab. »Ich hoffe, Sie alle haben das Bankett genossen«, sagte er freundlich.

Ein wenig überzeugendes Stimmengemurmel antwortete zustimmend.

»Großartig. Das Treffen heute nachmittag wird noch schöner.«

Thomas' Blick traf rein zufällig den Vikar, und er sah, wie dem Gottesmann der Unterkiefer herunterfiel. Hatte Ellis damit gerechnet, daß Weldon die Veranstaltung absagen würde? Wenn ja, dann kannte er den Hausherrn schlecht – ganz im Gegensatz zu Thomas. Er hatte wenig Hoffnung auf Erfolg, aber er fühlte sich gezwungen, wenigstens einen Versuch zu starten.

»Dick«, sagte er, »ich bin der Meinung, Sie sollten den Pressetermin von heute nachmittag absagen. Oder bringen Sie die Sache wenigstens allein hinter sich, wenn Sie schon darauf bestehen weiterzumachen. Schicken Sie uns, die ganze Gruppe, weg.«

»Ein exzellenter Vorschlag.« Mrs. Ponsonby-Jones nickte gewichtig. »Natürlich würde dich deine Familie in einer derart bedeutsamen Stunde nicht im Stich lassen, Richard, keine Angst. Aber die anderen...«

»Ich bin empört«, polterte der Doktor los. »Guter

Gott, Sie können mich doch nicht verdächtigen, Dick! Wir kennen uns seit ...«

Rawdon war nicht der einzige, der Einwände erhob. Thomas begegnete Jacquelines Blick und fühlte sich sofort besser. Sie hatte ihm die gemeine Sünde, ein Mann zu sein, verziehen.

»Einen Moment«, übertönte sie die immer lauter werdenden Proteste. »Thomas hat recht, und Sie benehmen sich wie verwöhnte Kinder. Macht es Ihnen solchen Spaß, niedergeschlagen, erniedrigt und erschreckt zu werden? Wenn Sir Richard auch nur einen Funken Verstand hat, schmeißt er uns alle raus.«

Weldons Lächeln erreichte nur eine Seite des Mundes.

Er wird dem verdammten Porträt immer ähnlicher, dachte Thomas alarmiert. Das ist kein Hobby mehr, es ist die reine Besessenheit. War es möglich, daß Sir Richard glaubte ...

Der Verdacht war absurd, trotzdem ging Thomas die Sache nicht mehr aus dem Kopf, obwohl Weldons Stimme vertraut und sanft wie immer klang. Das Timbre hatte sich nicht verändert, aber der Tonfall. Wann hatte er sich diese entschlossene Redeweise angeeignet?

»Meine liebe Jacqueline, ich weiß Ihre Besorgnis zu schätzen, doch ich kann Ihren Vorschlag nicht annehmen. Es ist ohnehin zu spät, einen anderen Kurs einzuschlagen. Die Leute vom Fernsehen sind bereits hier.«

In dem darauffolgenden Schweigen drangen vage Geräusche von draußen an Thomas' Ohren. Stimmen, Motorenlärm, durch die Entfernung gedämpft ...

»Sie beginnen gerade, ihre Apparaturen zu installieren«, erklärte Weldon. Er zeigte noch immer dieses verwirrende, einseitige Lächeln. »Aber glauben Sie mir, alle nur erdenklichen Vorkehrungen wurden getroffen.

Zwei meiner kräftigsten jungen Bediensteten bewachen die Tür der Halle; kein Außenstehender hat Zugang zum Haus.« Sein entschlossener Blick schweifte von einem zum anderen. »Ich habe auch noch eine andere Vorsichtsmaßnahme ergriffen. Mr. Strangways ist in seinem Zimmer eingesperrt. Nein«, setzte er zu Kent gewandt hinzu, der aufstand und sein häßliches kleines Gesicht verzog, »nein, General, Sie kommen nicht in die Nähe von Mr. Strangways. Ich bin nicht sicher, ob er der Schuldige ist; ich möchte lediglich eine mögliche Gefahrenquelle unschädlich machen. Zudem habe ich vor, mit Percy ebenso zu verfahren, sobald er zu Ende gefrühstückt hat.«

Percy ließ die Gabel fallen. Rührei spritzte nach allen Seiten.

»Was hast du gesagt?« fragte er schrill.

»Ich werde dich in deinem Zimmer einschließen«, wiederholte Weldon. »Bist du fertig? Nimm ein paar Scheiben Toast mit, wenn du willst; der Arrest dauert eine Weile, und ich weiß, daß du nicht daran gewöhnt bist, länger als eine Viertelstunde ohne Essen auszukommen.«

»Aber Richard ...« schaltete sich Mrs. Ponsonby-Jones erschrocken ein.

»Nein, meine Liebe, mein Entschluß ist gefaßt. Es ist das beste für Percy«, fügte er milde hinzu.

Mrs. Ponsonby-Jones fügte sich mit einem gequälten Blick auf ihren Sohn.

Ihre Unterwürfigkeit machte Percy fuchsteufelswild. Er stieß Flüche und Beschimpfungen aus, die sowohl an seine Mutter als auch an seinen Onkel gerichtet waren. Noch während er haltlos brüllte, wich er langsam vom Tisch zurück. Thomas hatte nie an Percys emotionaler Instabilität gezweifelt, jetzt war er beinahe überzeugt, daß er unter mehr als nur einer leichten Neurose litt.

»Percy«, sagte Weldon ruhig.

Percy hörte auf zu schreien. Er sabberte vor Wut und Aufregung. »Du kannst mich einsperren«, sagte er und leckte sich die Lippen, »Aber du bringst mich nicht dazu, daß ich in meinem Zimmer bleibe.«

»Ich kann es zumindest versuchen«, erwiderte Weldon gleichmütig. Er hob die Hand. Einer seiner Lakaien betrat den Raum. Es war derselbe stämmige Junge, der Percy in der Nacht getragen hatte. Offenbar erkannte Percy den Diener; sein feuchtes Dreifachkinn zitterte.

»Geh mit Charles«, forderte Weldon.

»Oh, sehr gut.« Percy stürzte zum Tisch. Lady Isobel, die ihm am nächsten saß, kreischte und wich zurück, aber Percy hatte es nur auf das Essen abgesehen. Er schnappte sich eine Handvoll Brot, dann watschelte er zur Tür. Dieser Stimmungsumschwung beruhigte Thomas keineswegs. Die wutverzerrte Grimasse des Jungen verbarg nicht ganz das Glitzern in seinen Augen. Percy genoß es, im Mittelpunkt zu stehen und als Verdächtiger zu gelten, und er plante bereits seine nächsten Schritte.

Er stolzierte hinaus, der verlegene Lakai hielt sich dicht an seiner Seite. Alle Anwesenden atmeten erleichtert auf. Nur Mrs. Ponsonby-Jones kauerte stumm und kummervoll auf ihrem Stuhl.

»Und das sind alle Vorsichtsmaßnahmen, die Sie treffen wollen?« erkundigte sich Jacqueline.

»Sie halten sie für ungenügend?«

»Ja.«

»Was schlagen Sie vor?«

»Beenden Sie die Party und schicken Sie Ihre Gäste nach Hause.«

»Das kann ich unmöglich tun«, entgegnete Weldon heiter. »Dies ist ein großer Tag für uns alle. Außerdem möchte ich meine alten Freunde nicht beleidigen, indem ich sie verdächtige.«

Jacquelines Brille rutschte immer mehr zur Nasenspitze. Sie starrte Sir Richard über den Rand hinweg an – er lächelte liebenswürdig.

»Sie würden mir nicht glauben, wenn ich Ihnen . . .«

Weldon ließ sein angenehmes, tiefes Lachen hören, aber Thomas gefiel dieses Lachen nicht.

»Meine Liebe – nein, ich würde es nicht glauben. Ich kenne einige der Vermutungen, die in diesem Haus die Runde machen. Phantastische Theorien! Sie gereichen eher der Phantasie meiner Freunde als ihrer Intelligenz zur Ehre. Ich bin mir ziemlich sicher über die Identität der Person, die uns all diese häßlichen Streiche gespielt hat. Mehr waren die Vorkommnisse nicht – böse Streiche, aber es war nie beabsichtigt, jemandem ein Leid zuzufügen. Falls natürlich jemand von Ihnen den Wunsch verspürt, das Haus zu verlassen, kann ich ihn nicht aufhalten. Aber ich hoffe aufrichtig, daß Sie alle bleiben und den Tag des Triumphes gemeinsam mit mir genießen.«

Thomas starrte wie hypnotisiert auf Jacquelines Brille, die immer tiefer und tiefer rutschte. Erst im allerletzten Moment schob sie sie mit einem Finger an ihren Platz zurück.

»Oh, ich bleibe natürlich auch«, sagte sie. »Entweder gehen alle oder keiner. Aber dürfte ich wenigstens vorschlagen, daß wir uns von jetzt an immer in Gruppen zusammenschließen? Besonders Sie, Sir Richard, sollten nie allein sein.«

Weldon lächelte immer weiter. Thomas glaubte zu hören, wie Jacqueline mit den Zähnen knirschte, ehe sie wieder das Wort ergriff.

»Ich nehme an, der berühmte Brief ist in Sicherheit?« fragte sie.

»O ja, ich habe mich vor wenigen Minuten persönlich davon überzeugt.«

»Verdammt noch mal«, brach es aus Thomas heraus. »Sie sagten, Sie würden nicht in die Nähe des Briefes kommen, bis ...«

»Ja, das habe ich gesagt.« Das schiefe Lächeln schien in Weldons Gesicht eingestanzt zu sein. »Sie müssen mir meine kleinen Listen gestatten, Thomas. Wollen wir uns jetzt in den Salon zurückziehen und dort den großen Moment erwarten?«

Er verließ mit gemessenen, majestätischen Schritten, die einem Monarchen zugestanden hätten, den Raum. Jacqueline sprang auf und folgte ihm. Die anderen trotteten wie eine Herde ihrem Leittier nach.

Thomas blieb als einziger reglos sitzen. Je länger er über seine neuentwickelte Theorie nachdachte, um so verstörter wurde er.

Sie alle waren von der bizarren Atmosphäre, die sich in den letzten Tagen in diesem Haus aufgebaut hatte, beeinflußt. Thomas selbst hatte erlebt, wie ihm ein- oder zweimal der Sinn für die Realität entglitten war. Konnte eine harmlose Beschäftigung wie historische Nachforschungen zu einer derartigen Leidenschaft werden, daß sie schizophrene Schübe auslöste? Dieser Wissenschaftler, der, wie Jacqueline erzählt hatte, einen Altar mit einem Bild von Maria, der Königin der Schotten, in seiner Wohnung errichtet hatte ... Das war zwar kein extremer Fall, aber die Heilanstalten waren angeblich voll mit Leuten, die sich einbildeten, Julius Caesar oder Napoleon zu sein. Die Abnormalität einer Person sendet unsichtbare Wellen aus, die jene berühren, die sich in ihrer Reichweite befinden. Eine ernsthaft gestörte Persönlichkeit kann labile Mitmenschen durchaus sensibilisieren und sie sogar dazu bringen, sich ebenfalls eigenartig zu verhalten und abnorme Dinge zu tun.

Weldon war Experte für mittelalterliche Handschriften. Er hatte dieses Treffen einberufen; selbstverständlich wußte er, welche Rollen seinen Gästen zugedacht waren. Er selbst war König Richard, und die Opfer des Spaßvogels waren Richards Opfer. Hatte Weldons Identifikation mit dem mittelalterlichen Monarchen die Grenzen der Zurechnungsfähigkeit überschritten? Versuchte ein verschlagener, unterdrückter Teil von Weldons Persönlichkeit – der Teil, der von Zweifeln an Richards Unschuld geplagt wurde –, ein Ventil zu finden? Ein nach außen hin gehorsamer Sohn, der im Unterbewußten gegen die Wünsche und die Überzeugungen seines Vaters rebellierte ...

Thomas wußte, daß er sich im Morast absurder freudianischer Widersprüche verstrickte, aber es gelang ihm beim besten Willen nicht, dieser trüben Gedankenkette zu entkommen. Er verspürte den Drang, mit Jacqueline über seine Theorie zu sprechen.

Eine heftige Bö fegte die Regentropfen gegen die Fensterscheibe, und das Geräusch schreckte Thomas aus seiner Geistesabwesenheit. Im nächsten Moment herrschte unheimliche Stille im Raum. Mit einemmal hatte er Angst, allein zu sein.

Als Thomas im Salon ankam, war er außer Atem – zum Teil wegen seiner Gemütsverfassung, zum Teil wegen der Geschwindigkeit, mit der er die langen, leeren Flure entlang gerannt war. Er bemühte sich vergebens, Jacquelines Blicke auf sich zu ziehen; sie plauderte mit Mrs. Ponsonby-Jones und Lady Isobel. Thomas schloß aus Lady Isobels albernem Grinsen, daß sie bereits ein oder zwei Gläschen getrunken hatte, um sich für die zu erwartenden Aufregungen dieses Tages zu stärken.

Alle Gäste waren anwesend bis auf die beiden Arrestanten. Sogar Philip war heruntergekommen. Er hielt die Augen geschlossen, der bandagierte Kopf ruhte an der Rückenlehne des Sessels – der Schauspieler bot ein Bild des Jammers. Liz und Frank saßen nebeneinander auf dem Sofa. Der Pfarrer und Rawdon unterhielten sich über Musik. Kent stand mit dem Rücken zu den anderen am Fenster und sah in den Regen; seine Haltung verriet Ärger und Frustration. Wahrscheinlich würde er Strangways am liebsten aus seinem Zimmer zerren und so lange foltern, bis er ein Geständnis ablegt, dachte Thomas.

Weldon schlenderte herum, schüttelte hier ein Kissen auf und rückte dort einen Gegenstand an seinen Platz.

Niemand schien erpicht darauf zu sein, ihn in ein Gespräch zu ziehen; Thomas fragte sich, ob andere auf dieselbe Idee gekommen waren wie er. Als Weldon an dem Sofa, auf dem Liz und Frank saßen, vorbeikam, glaubte Thomas zu beobachten, daß das Mädchen zurückzuckte. Weldon schien es auch zu bemerken. Ein rosiger Hauch überzog seine Wangen, als er weiterging.

Als Philip merkte, daß seine Darstellung des Leids keine gebührende Würdigung fand, stand er auf und gesellte sich zu Liz und Frank. Er sagte etwas zu Liz. Sie schaute ihn so zornig an, daß Thomas zu dem Grüppchen eilte. Ihr Kommentar machte deutlich, worum das Streitgespräch ging – wieder um Richard III.

»Aber das ist ja der springende Punkt bei der Sache«, rief sie aus. »Verstehen Sie das nicht? All die anderen Anschuldigungen sind damit null und nichtig. Kein Mensch nimmt sie heute noch ernst. Nichts befleckt seinen Ruf außer dem ungeklärten Verschwinden der beiden Jungs. Alles hängt davon ab, selbst die sogenannte Thronräuberei. Die Historiker räumen immerhin ein, daß es dieses Eheversprechen wahrscheinlich wirklich gegeben hat, aber trotzdem erhalten sie den Vorwurf aufrecht, daß er die Krone widerrechtlich an sich gerissen hat. Warum? Weil die Prinzen, die demnach ohnehin keinen Anspruch auf die Krone hatten, nach seiner Machtergreifung verschwanden? Richards Thronbesteigung war nicht nur legal und rechtmäßig, sondern nach damaligem Verständnis sogar eine moralische Pflicht. Die Königswürde war ein Geschenk Gottes. Für Richard wäre es ein gottloser Akt gewesen, untätig zuzusehen, wie ein Bastard den Thron besteigt – Blasphemie! Natürlich konnten uneheliche Kinder per Dekret zu legitimen Nachkommen erklärt werden, aber eine auf diese Weise in den ehelichen Stand versetzte Person durfte wohl kaum hoffen, die Krone zu erben. Und ironischerweise war Richard selbst, als König, der einzige, der die Kinder Eduards des Vierten zu legitimen Nachkommen erklären konnte. Möglicherweise hatte er sogar die Absicht, genau das zu tun, aber er hat nicht lange genug gelebt. Alles deutet darauf hin, daß er ein integrer, mutiger und freundlicher Mann war; und dennoch wird ihm einer der gemeinsten Morde der Geschichte Englands angelastet, und zwar aufgrund von Aussagen, die jeder Überzeugungskraft entbehren. Kein Wunder, daß wir dauernd davon reden! Und wir werden seinen Namen reinwaschen, verlassen Sie sich darauf!«

Obwohl Thomas die kleine, leidenschaftliche Ansprache als mehr oder weniger wörtliches Zitat aus einem von Weldons schwülstigen Artikeln identifizierte, mußte er Liz einfach Beifall zollen.

»Bravo!« schrie er und klatschte.

Jemand hinter ihm fiel in den Applaus ein. Weldon drängte sich an ihm vorbei und sah das Mädchen mit leuchtenden Augen an. Auch Kent schloß sich ihnen an. Er bekräftigte die Behauptung, der Herzog von Buckingham sei der niederträchtige Mörder gewesen. Thomas ging zu Jacqueline, die die beiden Damen verlassen hatte und jetzt allein am Fenster stand.

»Wieso rufst du Weldon nicht als Thronprätendent aus?« fragte sie, ehe Thomas auch nur den Mund aufmachen konnte. »Denk doch nur, wenn Heinrich der Siebte als Abkömmling eines illegitimen Sohns obsiegt hätte, wäre Sir Richard ...«

Thomas fand das kein bißchen lustig. »Mir ist da ein scheußlicher Gedanke gekommen«, sagte er und erzählte ihr von seinem Verdacht, Weldon habe die grauenvollen Vorfälle in Szene gesetzt. Jacqueline hörte ihm mit unbewegter Miene zu.

»Hmm«, machte sie, als er geendet hatte.
»Wie denkst du darüber?«
»Ich denke, du bist ausgesprochen findig.«
»Was, zum Teufel, soll das heißen?«
Sie setzte sich auf den gepolsterten Hocker und griff in ihre Tasche.
»Nicht die Handarbeit«, flehte Thomas. »Meine geliebte alte Großmutter hat das immer getan. Sie machte wundervolle Knüpfarbeiten. Ich kann es nicht ertragen zuzusehen, wie deine Finger blau werden. Warum fängst du nicht an zu schnitzen?«
Jacqueline kramte ihre Zigaretten hervor.
»Ich hasse mich selbst«, bekannte sie traurig. »Wenn mich die Leute doch nur in Ruhe ließen und aufhören würden, meine Nerven zu strapazieren, dann könnte ich vielleicht...«
»Was ist mit Weldon?« beharrte Thomas.
»Beobachte ihn mit Habichtaugen.«
»Dann bist du also meiner Meinung?«
»Mehr werde ich nicht sagen, *mon ami*«, entgegnete Jacqueline. Ihr Französisch hatte einen abscheulichen Akzent. »Die Wände haben Ohren.«
Sie verdrehte die Augen, und Thomas sah, daß Kent auf sie zukam. Er hatte ein Glas in der Hand, und die goldbraune Flüssigkeit schwappte bei jedem Schritt.
»Wohin wollen Sie?« fragte Jacqueline.
»Raus«, sagte Kent.
»Sie dürfen nicht allein gehen. Ich begleite Sie, um Sie zu beschützen.« Jacqueline klimperte mit den Wimpern und zog einen Schmollmund.
Thomas fand ihr Getue mehr als geschmacklos, aber Kent schien nicht so kritisch zu sein.
»Ein Angebot wie dieses kann ich wohl kaum ausschlagen«, sagte er mit einem anzüglichen Grinsen.

Jacqueline nahm seinen Arm, und sie gingen zur Tür. Jacqueline blickte über die Schulter zurück und zwinkerte Thomas heftig zu.

Thomas überlegte fieberhaft, was sie ihm damit wohl zu verstehen geben wollte. Daß er Weldon beobachten sollte? Über etwas anderes hatten sie nicht gesprochen, aber das war leichter gesagt als getan. Der Raum war riesig, und die Ricardianer liefen rastlos umher wie Löwen im Käfig. Sir Richard war der schlimmste. Thomas verlor ihn immer wieder aus den Augen – erst verzog sich Weldon hinter einen Vorhang und betrachtete eine Weile den vom Regen aufgeweichten Garten, dann war er für einen Moment hinter Mrs. Ponsonby-Jones' enormer Gestalt versteckt. Kurz darauf schoß er zur Tür, offenbar um die Vorbereitungen in der großen Halle zu überwachen, die, den Geräuschen nach zu urteilen, ihren Höhepunkt erreicht hatten. Thomas holte ihn ein und begleitete ihn zu dem Tisch, auf dem Sandwiches und Kaffee angeboten wurden.

Thomas schwitzte vor Nervosität, als Jacqueline mit Kent zurückkam. Der blasierte Ausdruck im Gesicht des Generals half kein bißchen, den Ärger zu lindern.

»Nehmen Sie ein Sandwich«, fauchte er und drückte Kent eine Schinken-Käse-Kreation in die Hand.

Der General sah ihn verblüfft an. »Ich will kein Sandwich.«

»Nehmen Sie trotzdem eins. Sie auch, Dick.«

»Ich möchte kein ...«

»Nehmen Sie ein Sandwich!« brüllte Thomas.

»Reg dich nicht so auf, Thomas«, beschwichtigte Jacqueline. »Wir essen den ganzen Tag Sandwiches, wenn es dich glücklich macht. Und Sir Richard wird mir von den Einträgen in den Hofchroniken erzählen, in denen angedeutet wird, daß die Prinzen 1485 noch am Leben waren.«

Weldon runzelte verstört die Stirn, faßte sich jedoch gleich wieder. »Die Bezahlung an den Lakaien von Lord Bastard – meinen Sie das? Ja, ich bin sicher, das bezieht sich auf den jungen Eduard. In einem früheren Eintrag wurde er als Lord Eduard bezeichnet und bei einer anderen Gelegenheit als Eduard Bastard. Die Aufzeichnung von 1485...«

»Quatsch«, meldete sich Kent zu Wort. »Die Jungs waren zu der Zeit schon tot. Buckingham hat sie umgebracht. Der Lord Bastard muß Richards illegitimer Sohn John gewesen sein.«

»Der war kein Lord«, gab Weldon zurück.

»Als Sohn des Königs hat er möglicherweise einen Ehrentitel bekommen.«

Thomas nahm Jacquelines Arm und zog sie energisch beiseite. »Was hast du da draußen mit dem General gemacht?« fragte er, obwohl er eigentlich etwas ganz anderes sagen wollte.

»Ich habe ihn abgelenkt«, erwiderte Jacqueline nüchtern. »Er wollte in Mr. Strangways Zimmer. Er ist ziemlich angetrunken und streitlustig.«

»Aber Strangways ist eingesperrt, oder nicht?«

»Noch.« Jacqueline machte sich offensichtlich Sorgen. »Thomas, Sir Richard hat niemanden beauftragt, seine Arrestanten zu bewachen. Die Türschlösser in diesem Haus sind einfach und alt – ich bin überzeugt, daß sie jedes Kind knacken könnte.«

»Meine Liebe, meinst du nicht, du solltest mir sagen, was dich so beunruhigt?«

»Vielleicht irre ich mich«, sagte Jacqueline schnell. »Aber ich glaube eher nicht. Thomas, du mußt es auch erkennen – es ist so offensichtlich! Ich wäre viel zuversichtlicher, wenn du zu demselben Schluß gekommen wärst wie ich.«

Thomas schüttelte unmutig den Kopf. »Ich hab' dir meine Theorie dargelegt, während du kein Sterbenswörtchen verlauten läßt und nur Zeug von dir gibst, was keinen Sinn macht.«

»Grundgütiger! Also schön – wir müssen auf drei Personen achten; was sie in den nächsten Stunden tun, ist äußerst wichtig. Wenn es uns gelingt, sie unter Beobachtung zu halten, geht vielleicht alles gut.«

»Wer sind die drei?«

»Percy, Sir Richard und Frank.«

»Frank?« wiederholte Thomas erstaunt. Er drehte sich zu der Gesellschaft um.

Die anderen hatten sich um den Tisch mit den Erfrischungen versammelt. Die Ricardianer-Debatte war in vollem Gange und wurde kaum wegen Sandwiches oder Kaffee unterbrochen. Weldon stand ein wenig abseits und beobachtete ... Sir Richard ließ Frank nicht aus den Augen.

Thomas hatte schon seit einiger Zeit den Verdacht, daß Weldon in seine junge Cousine verliebt war, aber die logische Folgerung aus dieser Vermutung hatte bis zu diesem Moment noch keinen Zugang zu seinem gesetzestreuen Verstand gefunden. Dieses verklärte Gesicht ... Thomas entdeckte sowohl ein mögliches Motiv für einen Mord als auch eine Erklärung für die anderen rätselhaften Ereignisse der letzten Tage.

»Ich kann's nicht glauben«, flüsterte er. Aber in seinen Augen schimmerte die Erkenntnis, und Jacqueline seufzte zufrieden.

»Zumindest siehst du die Möglichkeit. Das ist eine Erleichterung.«

»Aber das macht keinen Sinn. Frank war immerhin das erste Opfer ...«

»Vergiß die Liste der Ricardianer. Vergiß das ganze

Ricardianer-Zeug, das hat nicht das geringste mit unserem Problem zu tun. Das heißt«, korrigierte sich Jacqueline, »in gewisser Weise vermutlich doch, aber nicht so, wie du denkst.«

»Moment mal«, protestierte Thomas. Ihm schwirrte der Kopf. »Ich bin nicht sicher, worauf du hinaus willst. Wie kommt Percy ins Spiel?«

»Oh, um Gottes willen«, stöhnte Jacqueline mit damenhafter Entrüstung. »Ich muß es wohl buchstabieren, damit du endlich kapierst. Sobald Percy es schafft, aus seinem Zimmer zu kommen – und du kannst darauf wetten, daß er da irgendwie rauskommt –, dann ...«

»Da kommt der Vikar«, raunte Thomas. »Laß uns ...«

Es war zu spät. Mr. Ellis steuerte lächelnd und gestärkt auf sie zu.

»Der große Augenblick rückt näher«, verkündete er lebhaft. »Ich gestehe, daß meine Nervosität steigt.«

»Wenn meine Nervosität noch mehr steigt, dann bekomme ich einen Herzschlag«, brummte Thomas. »O mein Gott – Frank geht weg. Jacqueline ...«

»Geh mit ihm.« Jacqueline war genauso beunruhigt wie er. »Laß ihn nicht allein, Thomas.«

Thomas spurtete los und überließ es Jacqueline, Mr. Ellis, der verwirrt von einem zum anderen sah, irgendwelche glaubhaften Entschuldigungen aufzutischen. Er holte Frank auf dem Flur ein und faßte mit stählernem Griff nach seinem Arm.

»Au«, beschwerte sich Frank. »Thomas, um Himmels willen, was haben Sie ...«

Thomas fielen keine Ausflüchte ein, und es blieb ihm nichts anderes übrig, als die Wahrheit zu sagen.

»Jacqueline meint, keiner von uns sollte allein herumwandern.«

»Oh? Vielleicht hat sie recht.«

Thomas atmete auf und entspannte sich. Es war eine richtige Freude, es ausnahmsweise mal mit einer vernünftigen Person zu tun zu haben. »Ich wollte hinauf und nach den Eingesperrten sehen«, erklärte Frank. »Kommen Sie mit, wenn Sie wollen.«

Sie gingen zuerst zu Strangways' Zimmer, da es am nächsten lag. Die oberen Flure waren menschenleer. Thomas spähte unbehaglich über seine Schulter.

»Wo ist das Personal?«

»Sieht den Fernsehleuten zu«, sagte Frank knapp. »Das Haus ist in hellstem Aufruhr.«

Thomas klopfte an die Tür.

Nach einem kurzen Moment antwortete Strangways. »Wer ist da?«

»Thomas. Ist alles in Ordnung mit Ihnen?«

Strangways brach in Gelächter aus. »Mir geht's prima, und ich sorge dafür, daß es so bleibt. Sie sind doch nicht hier, um mich rauszulassen, oder?«

»Nein.«

»Gut. Ich würde nämlich nicht gehen. Jeder, der diesen Raum aus welchem Grund auch immer betritt, bekommt eins mit dem Schürhaken über den Schädel.«

»Haben Sie vor, bis in alle Ewigkeiten in dem Zimmer zu bleiben?« erkundigte sich Thomas.

»Nur bis zu dem großen Treffen mit den Presseleuten. Dann wird hier die Hölle losbrechen, aber ich habe mein Alibi. Wie geht's Jacqueline?«

»Gut«, antwortete Thomas dümmlich.

Wieder wurde ein schepperndes Lachen laut. »Sie wird sich klein und dämlich vorkommen, wenn sich meine Voraussagen bestätigen. Aber ich werde unseren kleinen Liebling mit Freuden trösten.«

Thomas riß verblüfft die Augen auf. Es war unfaßbar,

daß irgend jemand Jacqueline als kleinen Liebling titulieren konnte.

»Kommen Sie«, drängte Frank ungeduldig. »Wir haben keine Zeit für solche Spielchen. Ich mache mir hauptsächlich Sorgen wegen Percy.«

Percy war schon von weitem zu hören. Offenbar trat er gegen die Tür. Das rhythmische Hämmern dröhnte durch den Flur, und der Krach machte Thomas fast verrückt. Er donnerte mit der Faust gegen die Tür.

Die Geräusche von drinnen verstummten augenblicklich, und Percy rief mit unheilvoller Stimme: »Wollen Sie mich freilassen?«

»Nein.«

Das Donnern brach wieder los.

»Hören Sie sich das an«, sagte Frank ärgerlich. »Nach allem, was hier los ist, könnte er die Tür mit einem Rammbock aufbrechen, und kein Mensch würde etwas merken. Es gibt ein Dutzend Möglichkeiten, aus diesem Zimmer auszubrechen. Die Fenster zum Beispiel sind nur von innen verriegelt...«

Er mußte laut schreien, um sich bei dem Lärm verständlich zu machen.

Thomas brüllte zurück: »Zum Glück ist er zu wütend, um logisch zu denken. Soll er sich doch da drin austoben, bis er müde wird.«

Sie machten sich auf den Weg zurück; das Hämmern verfolgte sie wie Trommelschläge. Thomas verkniff sich einen Kommentar über rastlose Eingeborene.

Die Rastlosigkeit hatte sich auch im Salon breitgemacht. Nur Weldon und Kent, die beiden Dickschädel, stritten immer noch. Die anderen schlichen nervös umher. Jacqueline ging auf und ab. Der Pfarrer hielt sich mit Mühe neben ihr und mußte immer zwei Schritte machen, wenn sie einen ging. Die Handtasche, diesmal eine Schultertasche mit langen Riemen, schwang vor und zurück.

Thomas begegnete ihrem Blick und nickte, aber sie blieb ernst und nachdenklich. Als sich Thomas zu ihnen gesellte, verlangsamte sie ihre Schritte.

»Eine großartige Körperertüchtigung«, verkündete Ellis treuherzig. »Da wir nicht hinaus können ...«

Jacqueline setzte ihren Marsch fort. Sie summte düster vor sich hin, und Thomas fragte sich nicht zum erstenmal, warum ihre Gesangsnummern immer so traurig klangen. Er brauchte einige Zeit, bis er die Melodie als Lied von Gilbert und Sullivan erkannte.

»›*... I'd an appetite fresh and hearty*‹«, flötete Jacqueline.

Sie bemerkte, daß der Vikar sie erstaunt ansah, und senkte die Stimme. Trotzdem machte sie auf Thomas keinen beschämten Eindruck.

»Sehr passend«, sagte Thomas beifällig, »dein Appetit ist tatsächlich gesund und kräftig.«

»Wie schön, daß auch noch andere Gilbert und Sullivan zu schätzen wissen«, sagte der Gottesmann. »Heutzutage werden sie, wie ich glaube, nicht genügend gewürdigt. Ich persönlich finde die Texte von Mr. Gilbert ausgesprochen geistreich. Kennen sie dieses zauberhafte Lied?« Ellis trällerte:

»Spurn not the nobly born
With love affected,
Nor treat with virtuous scorn
The well connected ...«

Thomas verschluckte sich fast. Jacqueline hatte einen Gleichgesinnten gefunden und freute sich. Sie fiel mit in den Gesang ein.

»High rank involves no shame,
We boast an equal claim
With him of humble name
To be respected.«

Der Pfarrer war ebenso begeistert wie sie, einer verwandten Seele begegnet zu sein. Das Singen artete in einen Wettbewerb aus, bei dem jeder der beiden Teilnehmer die düstersten Lieder ausgrub, die ihm einfielen, und versuchte, den anderen auszustechen. Jacqueline übertrumpfte den Pfarrer mit der zweiten Strophe des Wachliedes aus *Iolanthe;* Thomas, der daran gewöhnt war, daß sie ihr Gehirn mit lauter Kleinigkeiten vollstopfte, war keineswegs erstaunt, daß sie sogar das Baßsolo in- und auswendig konnte. Dann machte der Vikar einen Punkt mit einem schaurigen Liedchen aus *The Sorcerer,* das Jacqueline nicht kannte.

Das Potpourri war sehr erfolgreich. Sogar Weldon hörte auf, über Richard zu diskutieren, und lauschte lächelnd. Thomas war zwischen Amüsement und Verlegenheit hin und her gerissen; W. S. Gilbert hatte Spott für jeden. Thomas mied tunlichst Weldons Blick, als der Vikar sein Flehen für die romantischen Rechte der Reichen zwitscherte. Aber das war nicht der einzige Text, der zur Situation paßte. Gilbert hatte viel über übergewichtige ältere Damen, hasenfüßige Generäle und dilettantische Größen verschiedener Berufssparten zu sagen. Er machte sich sogar über die Emanzipationsbewegung lustig, und als Ellis Zitate aus *Princess Ida* zum besten gab, sang Jacqueline nicht mehr mit.

Als die Zeit für die Fernsehaufnahmen näherrückte, kündigte ein Tumult die Ankunft der anderen Pressevertreter an. Laut Weldon sollten sie gleich in die Halle geführt werden, aber Thomas sah mindestens zweimal, wie Gestalten durch den Nieselregen draußen huschten.

Wieder schoß ihm das Bild von der Vorschulklasse durch den Kopf; er fühlte sich wie ein hilfloser Lehrer, der die Horde bei einem Ausflug beaufsichtigen sollte. Wenn er loslief, um eins der Schäfchen zurückzuholen, büchste ein anderes aus. Er fand, daß er seine Sache bis jetzt ganz gut gemacht hatte, zumindest waren Weldon und Frank noch da und heil und gesund, als der Trubel begann.

Thomas spähte zwar hin und wieder aus dem Fenster, aber im entscheidenden Moment schaute er in eine andere Richtung. Frank entdeckte als erster das Gesicht und schrie, um die anderen darauf aufmerksam zu machen. Lady Isobel kreischte. Die Fratze, die sich an die nasse Scheibe drückte, war scheußlich genug, um ihr Entsetzen zu rechtfertigen. Triefendes Haar klebte an einem runden Schädel, Nase und Lippen waren flachgepreßt und blutleer, die Augen starr und leuchtend.

»Verdammt, dieses fürchterliche Balg! Ich wußte doch, daß er aus dem Zimmer kommt.«

Frank rannte zum Fenster, aber Kent stieß ihn beiseite und kämpfte mit den Riegeln. Alles war in Aufruhr. Lady Isobel versteckte sich unter dem Tisch. Nach einem kurzen Moment des Zögerns beschloß Mrs. Ponsonby-Jones, in Ohnmacht zu fallen. Sie sank gegen Philip, und beide fielen zu Boden. Philip fluchte hemmungslos, als er versuchte, sich von der enormen Last zu befreien. Kent gelang es endlich, das Fenster zu öffnen, und er schwang sich über den niedrigen Sims. Der Doktor tat es ihm gleich – allerdings ein wenig bedächtiger. Der Vikar verharrte auf dem Teppich vor dem Kamin, schwankend wie ein moderner Tänzer, der Zweifel und Unsicherheit zum Ausdruck bringt; dann spurtete er zur Tür. Wahrscheinlich hatte er die Idee, dem Flüchtenden den Weg abzuschneiden. Plötzlich gingen die Lichter aus.

Thomas wußte, daß dies der kritische Moment war. Etwas würde geschehen. Er hatte nicht die Absicht, Percy zu jagen; es waren schon genügend Leute hinter ihm her. Aber er wußte nicht, was er tun sollte. Der Raum war wie eine dunkle Höhle, in der sich unheimliche Schatten bewegten und einander zusammenhanglose Wörter zuriefen. Er konnte niemanden erkennen.

Jemand umklammerte seinen Arm. Thomas kannte das Parfum, die Hand und den schwachen Schimmer des kupferfarbenen Haars.

»Schnell«, drängte Jacqueline. »Schnell, um Himmels willen.«

Sie schoß durch das Zimmer wie eine Kanonenkugel, zerrte Thomas mit sich und schubste jedes Hindernis rücksichtslos beiseite. Jemand geriet ins Taumeln, nachdem sie ihn mit dem Arm weggestoßen hatte. Eine Stimme heulte, als sie zu dem langen Tisch kamen. Thomas begriff, daß Jacqueline auf Lady Isobels Hand getreten war.

Auf dem Korridor war Licht. Jacqueline beschleunigte ihre Schritte und schwang ihre Handtasche heftiger denn je. Thomas rannte hinter ihr her. Sie lief am Speise- und Frühstückszimmer vorbei und warf sich mit aller Macht gegen die Tür zur Bibliothek. Sie war abgeschlossen.

Thomas bot nicht an, sie aufzubrechen. »Nach oben«, sagte er, »durch Weldons Wohnzimmer und die Treppe in die Bibliothek hinunter.«

Jacqueline bedachte ihn mit einem anerkennenden Blick und machte sich davon. Als sie das Vestibül und die Treppe erreichten, sahen Sie, wie Wilkes die Pressemeute zurückdrängte. Genaugenommen war es nicht mehr als ein Dutzend Menschen, aber sie benahmen sich wie eine wildgewordene Bande. Die Presse war trotz Sir Richards Vorsichtsmaßnahmen ins Haus eingedrungen.

Jacqueline senkte den Kopf und brach durch die Menge wie ein Footballspieler. Thomas blieb ihr auf den Fersen. Einige der gerisseneren Reporter folgten ihnen, aber Jacqueline hängte sie in dem Labyrinth von Gängen mit Leichtigkeit ab. Thomas hörte, wie sie nach jemandem schrien, der ihnen den Weg zeigen konnte, als er und Jacqueline in Sir Richards Wohnzimmer stürzten. Er keuchte wie ein Nilpferd. Die körperliche Anstrengung und die Angst verlangten ihm alles ab. Jacqueline drängte ihn zur Treppe. Er mußte hinter ihr gehen, da die Stiege zu schmal für zwei war.

Er hatte keine Zeit, zu denken oder sich vorzustellen, was ihn da unten erwartete, aber auch seine wildesten Phantasien hätten ihn nicht auf den Anblick vorbereitet, der sich ihm bot.

Die schweren Vorhänge waren zugezogen, doch der Kronleuchter und die Lampe auf Weldons Schreibtisch spendeten genügend Licht. Flammen flackerten im Kamin – dort brannte kein Holzfeuer, das für Wärme sorgen sollte, sondern nur ein Stück Papier. Mitten im Raum lag Sir Richard mit ausgestreckten Armen auf dem Rücken. Sein Hemd war aufgerissen, und aus mindestens zwei Wunden in seiner Brust strömte Blut. Über ihm stand Frank mit einem Schwert in den Händen.

Thomas schloß die Augen. Als er sie wieder öffnete, hatte sich nichts verändert. Seine Hoffnung, daß alles nur eine Halluzination war, erfüllte sich nicht.

Jacqueline stürmte mit Entsetzensschreien weiter. Thomas glaubte, daß sie die Hände rang, aber er verstand nicht, wie das möglich sein sollte, solange diese riesige Handtasche im Weg war. Bestimmt machte sie all das, was eine erschrockene Frau gemeinhin tut. Sie warf sich neben den blutenden Weldon, über dem noch immer die Klinge drohte, auf den Boden.

Frank wich einen Schritt zurück, um nicht von ihrem Schwung mitgerissen zu werden. Die Waffe schwankte hin und her – es war der große Bihänder, der an der Wand gehangen hatte, und er brauchte beide Hände, um ihn festzuhalten. Die Klinge war nicht mehr sauber und glänzend. Thomas beobachtete versteinert, wie ein Tropfen von der Spitze fiel und einen roten Fleck auf Jacquelines weißer Bluse hinterließ.

»Gott sei Dank sind Sie rechtzeitig eingeschritten«, rief sie und sah zu Frank auf. »Haben Sie ihn gesehen?«

»Wen?« Frank schien einen Schock zu haben, was, wie Thomas dachte, nicht verwunderlich war.

»Percy«, antwortete Jacqueline. Sie kniete noch immer. Ihre blutverschmierten Hände tasteten die Brust des bewußtlosen Mannes ab. »Es war doch Percy, oder?«

»Ich weiß es nicht«, sagte Frank langsam. »Ich hab' niemanden gesehen. Das ... das verdammte Schwert lag auf dem Boden. Ich habe es aufgehoben. Ich konnte nie glauben, daß Menschen so etwas Idiotisches tun.«

»Das ist der Schock«, erklärte Thomas. »Legen Sie es weg, Frank«, forderte er ihn sanft auf. Ihm gefiel der Junge nicht. Das Gesicht war ungewöhnlich gerötet, und er zitterte bei jedem seiner beschleunigten Atemzüge am ganzen Leib. Statt die Klinge zu senken, drehte er sie zu sich und betrachtete sie verwirrt. Wieder fiel ein Tropfen. Jacqueline richtete sich auf, das Blut traf auf ihren Arm und rann langsam bis zum Handgelenk.

»Er hat den Brief verbrannt«, sagte Frank und deutete mit dem Kopf auf den Kamin.

»Das ist jetzt nicht wichtig«, meinte Thomas. »Sir Richard – lebt er noch?«

Jacqueline antwortete nicht. Ihr Blick war nur auf Frank geheftet. Thomas fiel auf, daß Kleidung und Haare des jungen Mannes vollkommen trocken waren. Er war nicht durch den Regen gelaufen, sondern direkt in die Bibliothek gegangen ... Und die Tür war von innen verschlossen gewesen.

Mit einemmal war Thomas alles klar. Obwohl er sich normalerweise gut unter Kontrolle hatte, schnappte er hörbar nach Luft. Es war, als würde eine unsichtbare Welle seine Gedanken durch den Raum spülen und direkt in Franks Bewußtsein dringen. Der junge Mann drehte den Kopf und sah Thomas an. Sir Richard stöhnte und bewegte sich.

»Ja«, sagte Frank leise. »Er lebt. Sie sollten Rawdon holen, Thomas.«

Thomas wußte nicht, was er tun sollte; es war zu spät für Vorwände oder Täuschungsmanöver; Frank hatte seinem Gesicht angesehen, was ihm durch den Kopf ging. Auf keinen Fall konnte Thomas weggehen und Jacqueline und Weldon mit Frank und dem Schwert allein lassen. Genauso unmöglich war es, sich auf Frank zu stürzen – er stand zu weit entfernt, und die tropfende Klinge verharrte direkt über Sir Richards Gesicht wie ein Fallbeil. Frank brauchte nicht zuzustoßen, er mußte die Waffe lediglich loslassen. Später konnte er behaupten, der Schock und die Nervenanspannung seien so groß gewesen, daß ihn die Kräfte verlassen hätten. Eine heftige Bewegung von Thomas hätte ihn sicherlich dazu gebracht, sofort zu handeln.

Während er fieberhaft die Alternativen erwog – alle waren undurchführbar –, schritt Jacqueline zur Tat. Diesmal rang sie wirklich die Hände und klagte wie eine alte Frau bei der Totenwache. In solchen Augenblicken lenkten Banalitäten meist am wirksamsten vom eigentlichen Geschehen ab. Thomas starrte gebannt auf die Handtasche, deren Riemen immer tiefer rutschten und sich um Jacquelines Hände wickelten.

Dann entdeckte er ein grünes Glitzern, als Jacqueline den Kopf ein wenig in seine Richtung drehte. Mit einemmal war für ihn die Phrase »ihm sank das Herz« keine bloße poetische Formulierung mehr. Etwas in seinem Inneren schien tatsächlich mit Wucht zu fallen und schmerzhaft auf seinen Magen zu drücken. Jacqueline bewegte sich. Eine unbewaffnete Frau mittleren Alters gegen einen kräftigen jungen Mann mit einem riesigen Schwert...

»Nein«, schrie Thomas, »nein...«

Der Schrei lenkte Frank für den entscheidenden Bruchteil einer Sekunde ab. Jacqueline war bereits in Aktion. Ihr Arm – mit der Handtasche, deren Riemen jetzt fest ums Handgelenk gewickelt war – schwang zurück und wieder vor. Die massive, schwere Tasche sauste in einem akkuraten Bogen durch die Luft, traf Franks Hände und den Schwertgriff, den sie festhielten. Die Wucht riß Arme und Schwert nach oben und hinten – weg von Weldons Gesicht. Jacqueline sprang geschmeidig wie eine Katze auf, machte einen Satz und hob das Knie dabei an.

Thomas stand wie angewurzelt da – nicht vor Angst, sondern vor Bestürzung. Der brutale, effektive Stoß und Jacquelines elegante, geschmeidige Bewegungen waren eine geradezu furchteinflößende Kombination.

Jacqueline schien selbst überrascht zu sein. Sie sah auf die sich windende und ächzende Gestalt und rief verwundert: »Erstaunlich. Es funktioniert wirklich!«

»Du hast nie Karate gelernt«, sagte Thomas. Es war keine Frage, sondern eine Feststellung.

»Ich habe ein Buch darüber gelesen.«

»Man kann Karate nicht aus einem Buch lernen«, widersprach Thomas mit bebender Stimme. »Es ist unmöglich, Karate mit Hilfe eines Buches zu lernen. Kein Mensch hat...«

»Ja, ich habe auch eine Fernsehsendung darüber gesehen«, räumte Jacqueline gelassen ein. »Ich bin nicht einmal sicher, ob dieser spezielle Angriff Karate war. Judo vielleicht? Oder dieses andere, die chinesische...«

»Dort, wo ich herkomme, nennt man das schlichtweg einen schmutzigen, gemeinen Trick«, sagte Strangways grinsend. »Ich wünschte, ich hätte Sie in Aktion gesehen, Jacqueline. Nicht, daß Thomas' Schilderung nicht farbig genug gewesen wäre...«

Sie hatten sich im Salon verbarrikadiert, während Wilkes und die übrige Dienerschaft ausgeschwärmt waren, um die lauernden Reporter vom Grundstück zu vertreiben. Die Pressekonferenz war abgesagt worden, und die ersten aufgebrachten Medienvertreter fuhren mit aufheulenden Motoren davon. Der Regen hatte aufgehört.

»Jemand muß ein Statement abgeben«, sagte Kent, als wütendes Stimmengewirr in der Halle laut wurde.

»Inspector Sowieso kümmert sich darum«, sagte Jacqueline und sah das neue Mitglied der Gruppe, das stocksteif an der Tür stand, mit einem um Verzeihung heischenden Blick an. »Leider kenne ich Ihren Namen auch nicht, Sergeant... Lieutenant...«

»Constable Stewart, Miss.« Der junge Mann bewegte nur den Mund. Ein rosiger Hauch stieg vom engen Kragen bis zum sandfarbenen Haaransatz. Thomas war schon vorher aufgefallen, daß der Polizist jedesmal rot wurde, wenn ihn jemand ansprach, und er fragte sich, ob der arme Kerl wirklich für diesen Beruf geeignet war.

»Danke.« Jacqueline lächelte. »Es stört Sie doch nicht, wenn wir uns unterhalten?«

»Ich habe diesbezüglich keine Instruktionen, Miss.«

»Ich werde reden, ob es erlaubt ist oder nicht«, sagte Philip entschieden. »Ich bin ganz durcheinander. Was, zur Hölle, ist überhaupt passiert?«

»Weldon wird überleben«, sagte Thomas. »Er hat drei Stichwunden in der Brust, aber kein lebenswichtiges Organ ist verletzt worden. Der vierte – oder fünfte oder sechste – Stoß wäre vermutlich tödlich gewesen.«

»Aber wieso hat er ihn nicht gleich mit dem ersten Schlag ins Jenseits befördert?« Mr. Ellis wirkte ein wenig verloren ohne seinen üblichen Begleiter. Rawdon war noch oben bei dem verwundeten Mann. »Diese unnötige Brutalität... diese Grausamkeit...«

»Richard der Dritte wurde mit einem Dutzend Schwerthieben getötet«, meldete sich eine Stimme zu

Wort. »Sie zerhackten ihn praktisch in Stücke, als er fiel.«

Alle hatten Liz vergessen, die ganz still in der Ecke eines Sofas saß. Thomas rutschte unbehaglich hin und her, als sie ihm ihr kreidebleiches Gesicht zuwandte. Sie war blaß, aber gefaßt. Weldons Überleben war das einzige, was für sie zählte; die wirren Ereignisse hatten ihre Gefühlswelt geordnet. Thomas' freimütige, mitfühlende Miene verriet seine Gedanken.

Liz lächelte. »Es geht mir gut, Thomas. Mutter ist oben und kämpft noch mit ihrem hysterischen Anfall, aber das ist reine Gewohnheit. Sie hat Frank nie gemocht.« Bitterkeit färbte ihren Ton, aber sie verschwand, als sie weitersprach: »Ist es nicht komisch, daß die meisten schrecklichen Dinge auch positive Folgen haben? Percy hat sich wirklich großartig verhalten. Er ist jetzt bei Mutter. Vielleicht braucht er nichts anderes als ein bißchen Verantwortung. Sie hat ihn zu lange verhätschelt.«

»Percy ist im Grunde nicht ernsthaft gestört«, meinte Jacqueline. »Er ist verwöhnt, hat Minderwertigkeitsgefühle und Übergewicht. Er braucht nur ein paar ordentliche Tritte in den Hintern und endlich die Chance, selbständig zu werden.«

Sie saß zusammengerollt im Ledersessel, rauchte wie ein Schlot und sah so selbstgefällig aus wie eine kupferfarbene Katze. Zum erstenmal ärgerte sich Thomas nicht über ihre Arroganz. Ihm kam in den Sinn, daß sie vielleicht nur übertrieben selbstbewußt auftrat, weil die Leute ein solches Verhalten von ihr erwarteten. Selbstsicherheit kann beruhigend wirken.

Liz entspannte sich sichtlich, und Thomas, der sich einen kleinen Seitenhieb nicht verkneifen konnte, bemerkte: »Ist das die Art, wie du deine Kinder erziehst,

Jacqueline? Lieber Gott, so hast du Karate gelernt! Von David.«

»Er gestattet mir, an ihm zu üben«, gestand Jacqueline freimütig.

Thomas hatte Jacquelines Sohn fünf Jahre nicht gesehen. Damals war David ein dreckiger, sommersprossiger Lausbub gewesen; jetzt mußte er ungefähr achtzehn Jahre alt sein, und als Sohn von Jacqueline war er ihr sicher, abgesehen von den Erfahrungen, in allem ebenbürtig, kräftig gebaut und geistig agil. Er sah es förmlich vor sich, wie Jacqueline ihren großen Sohn mit einem Schulterwurf auf den Boden des pastellfarbenen Wohnzimmers schickte. Es war ein köstlicher Gedanke.

Der Pfarrer hatte noch immer Schwierigkeiten mit der unfaßbaren Wahrheit. »Dann war es also König Richards Tod, den der... der Kriminelle nachstellen wollte – genau wie die Todesfälle der anderen?«

»Nur sollte dieser letzte ein tödlicher Unfall sein«, sagte Jacqueline. »Sir Richards Tod war der eigentliche Zweck der Übung. Die Liste der Menschen, die während der Regentschaft Richard des Dritten eines gewaltsamen Todes starben, ist nicht vollständig, wenn man nicht Richard selbst mit darauf setzt. Folgt man der Ansicht der Ricardianer, war Richard kein Mörder, sondern vielmehr das Opfer von Verrat und Eigennutz, die auch die anderen Opfer ins Verderben gelockt haben. Die wahren Schurken waren Könige wie Eduard der Vierte und Heinrich der Siebte – Ihr Lieblingskandidat als Mörder der Prinzen. Heinrich war also verantwortlich für Richards Tod, obwohl er den tödlichen Streich nicht eigenhändig ausgeführt hat. ›Er führte sein Heer von hinten heran...‹«

Thomas sah sie scharf an.

Nach einem Moment des Schweigens fragte Strangways skeptisch: »Und daraus haben Sie gefolgert, was in diesem Haus vor sich geht? Daß das logische Opfer dieser absurden Serie Richard selbst sein sollte?«

Jacqueline richtete den kühlen Blick auf sein Gesicht, und er riß in gespielter Ergebung die Hände hoch.

»Ich erhebe keine Einwände. Sie hatten Glück ... ich meine, sie hatten recht, und ich war offenbar auf dem Holzweg. Ich frage nur nach.«

»Ah«, machte Jacqueline zufrieden. »In diesem Fall erkläre ich Ihnen alles genau.

Der Gedanke, daß das letzte Opfer des Spaßvogels Sir Richard sein könnte, war keine Schlußfolgerung – es war eine verrückte Vorahnung. Thomas, erinnerst du dich an unser Gespräch im Wintergarten? Wir waren beide müde vom Wein und hatten ein deutliches Schlafdefizit, und wir redeten eine Menge Unsinn, und trotzdem drehte sich irgendwie alles um die Frage, wer das letzte Opfer sein würde. Wir stritten uns um Formulierungen, aber als ich von ›den Morden Richards des Dritten‹ sprach, begriff ich, daß das doppeldeutig aufgefaßt werden konnte: Es konnte sich sowohl auf die Morde beziehen, die Richard begangen haben soll, als auch auf die Morde, die an Richard begangen wurden. Du hast angenommen, ich würde Richard der Morde beschuldigen und nicht davon sprechen, daß er selbst öfter als einmal ›getötet‹ wurde. Natürlich ist das verwirrend. Normale Menschen werden nicht etliche Male ermordet. Aber hier, in diesem Haus, wurden Clarence, Heinrich der Sechste und die anderen ein zweites Mal ›ermordet‹. Deshalb dachte ich daran, was mit Richard dem Dritten passierte. Laut den Berichten der Yorks wurde ›König Richard, unser letzter gütiger Herrscher ... jämmerlich dahingemetzelt und *ermordet,* zum großen Kummer dieser Stadt‹. Ein eigenartiger Nachruf für einen Tyrannen und ein besserer, als für Heinrich Tudor je verfaßt wurde.

Für Ricardianer war Richard, wie gesagt, das Opfer, nicht der Schurke; der Ermordete, nicht der Mörder. Ich fragte mich: Was, wenn auch er wie die anderen hier noch einmal ›ermordet‹ werden soll? Sir Richard Weldon stellte König Richard dar. Mir war bereits klar, daß Frank unser Spaßvogel ist...«

»Moment. Sie überspringen das was. Wie sind Sie darauf gekommen?« wollte Strangways wissen.

»Die Köpfe«, sagte Jacqueline. »Frank war der einzige, der mit dem Auto herkam.«

Eine Weile herrschte betretenes Schweigen. Strangways verstand als erster. Er fluchte.

»Verdammt«, knurrte Thomas.

Jacqueline sah von einem enttäuschten Gesicht zum anderen und grinste spöttisch.

»Jetzt weiß ich, wie sich Holmes gefühlt haben muß, wenn er seine Schlußfolgerungen dargelegt und Watson behauptet hat, das alles sei doch offensichtlich gewesen«, sagte sie.

»Aber es ist offensichtlich«, sagte Thomas. »Ich erwartete eigentlich...«

»Einen pseudopsychologischen Mischmasch ricardianischer Einzelheiten? Oh, ich hatte Frank schon vorher im Verdacht, aber ich hätte gegen die meisten Leute hier Indizien gefunden. Thomas, wann geht es in deinen akademischen Kopf, daß die Möglichkeit zur Tat noch lange kein Beweis ist?

Die Gipsschädel waren das entscheidende Moment. Du selbst hast dich beklagt, daß es bei dem vielen Personal im Haus keine Privatsphäre gibt und daß die Mädchen sogar die Koffer der Gäste auspacken. Der Übeltäter wußte das; er wäre ein ungeheures Risiko eingegangen, wenn er versucht hätte, die Köpfe ins Haus zu schmuggeln. Irgend jemand hätte sie bestimmt gesehen. Vielleicht hätte man sich nicht sofort darüber gewundert oder davon gesprochen, aber nachdem die Köpfe ihren Zweck erfüllt hatten, hätte irgendein Diener sich an sie erinnert. Sogar wenn es jemandem gelungen wäre, einen Koffer ungesehen ins Haus zu bringen und selbst auszupacken – wo hätte er die Dinger verstecken sollen? In einem Schrankfach? Oder unter dem Bett?«

»Wie wär's mit einem Versteck auf dem Grundstück?« fragte Thomas.

»Eine Möglichkeit, aber sehr riskant. Und zudem ausgesprochen unbequem. Die Leute, die draußen Dienst tun, hätten sie finden können, und selbst wenn man nie herausgefunden hätte, wer sie hergebracht hat, wären sie unbrauchbar gewesen. Eine andere Gefahr war der Regen, der sie naß und schmutzig gemacht hätte ... Es gab nur ein einzig bombensicheres Versteck. Der abgeschlossene Kofferraum eines Autos.«

»Wann genau fiel dein Verdacht zum erstenmal auf Frank?« fragte Thomas.

»Laß uns am Anfang beginnen«, bat Jacqueline mit betonter Nachsicht. »Zuerst hatten wir keinen Verbrecher in unserer Mitte; wir hatten einen Spaßvogel mit einem eigenartigen Humor. Sobald das Muster der Streiche klar wurde, stellte ich mir die nächstliegende Frage: Waren diese Vorfälle schlicht gemeine Scherze oder eine Tarnung, die ein ernsthaftes Vorhaben verschleiern sollten? Die erstere Möglichkeit erschien mir unglaubhaft. Nur ein Irrer hätte uns solche Streiche gespielt. Ich hoffe, Sie sehen mir nach, daß ich diese Bezeichnung benutze. Sie wird heutzutage nicht mehr geschätzt, aber es ist zu lästig, immer von einer ›mental gestörten Persönlichkeit‹ zu sprechen.«

»Nenn ihn verrückt, wenn du willst«, warf Thomas ungeduldig ein. »Aber mach, um Himmels willen, weiter!«

»Der Irrsinn hat seine eigenen logischen Grundlagen, auch wenn die Handlungen eines Irren normalen Menschen irrational erscheinen. Sie werden für Außenstehende nachvollziehbar, sobald man die zugrundeliegende Obsession kennt. Ein schizophrener Paranoiker greift Fremde an, weil er glaubt, sie hätten sich gegen ihn verschworen, um ihn zu vernichten. Ein religiöser Fanatiker bringt vielleicht Prostituierte um. Wenn wir es mit einem solchen Mann zu tun gehabt hätten, wäre als treibende Kraft nur der Haß auf die Gesellschaft oder auf Richard den Dritten in Frage gekommen – wie Sie selbst am besten wissen, ruft Richard noch immer starke Emotionen hervor. Die Mitglieder der Gesellschaft sind alle überzeugte Ricardianer. Wenn einer von Ihnen eine Monomanie entwickeln würde, dann würde er sicher kein Komplott schmieden, das auf den boshaften Verleumdungen gegen Ihren Helden basiert, und er würde auch nicht die Gesellschaft absichtlich ins Lächerliche ziehen, um ihn zu verteidigen.«

»Verzeihen Sie«, unterbrach der Pfarrer sanftmütig, »aber ich denke, da gibt es einen Widerspruch. Sie sagten vorhin, daß Sir Richard das letzte Opfer dieser scheußlichen Attacken war. Indem der Verbrecher König Richards Alter ego tötet, macht er ihn zum Märtyrer, nicht zum Mörder. Natürlich möchte ich nicht behaupten, daß jemand von uns, unter welchen Umständen auch immer, solcher Greueltaten fähig wäre, aber auf perverse Weise würde ein Mord an Sir Richard eher auf eine pro-ricardianische Einstellung hindeuten als auf das Gegenteil ...«

»Ich verstehe, was Sie meinen«, sagte Jacqueline

lächelnd. »Aber ich denke, Sie sind ein wenig zu feinsinnig, Mr. Ellis. Ich jedenfalls hatte Grund zu der Annahme, daß die Streiche nicht das Werk eines Monomanen waren. Obwohl die Todesarten von Richards angeblichen Opfern nachgestellt wurden, wichen Sie in verschiedenen Punkten von den bekannten Fakten ab. Die Tudor-Legende behauptet, Richard hätte Heinrich den Sechsten mit einem Schwert oder einem Dolch durchbohrt. Doch der Streich, dem der Doktor ausgesetzt war, sollte einen Giftmord andeuten.

Noch signifikanter war die Nichteinhaltung der chronologischen Reihenfolge. Es ist unmöglich, daß die kleinen Prinzen vor Hastings Enthauptung ermordet wurden; der jüngere der beiden verließ erst nach Hastings' Tod das Kirchenasyl. Ein Monomane ist gewöhnlich nicht von seinem einmal festgelegten Schema abzubringen. Er würde die größten Risiken eingehen, nur um sich an die Regeln zu halten, die er selbst vorher festgelegt hat. Aber unser Witzbold nahm sich Percy vor, bevor er Philip attackierte, der eigentlich das nächste Opfer hätte sein müssen. Ich wertete diese Abweichungen als Zeichen für Berechnung und nicht als Ausdruck einer Geistesgestörtheit. Es war viel einfacher, dem Doktor etwas in seinen speziellen Frühstücksbrei zu mischen, als ihn an einen Ort zu locken, wo er ungesehen ›durchbohrt‹ werden konnte. Philip ist jung und stark – ihn anzugreifen ist gefährlich. Indem er ihn ausließ, wiegte der Spaßvogel ihn in Sicherheit.

Es war klar, daß der Spaßvogel nur ein Gast des Hauses sein konnte. Die geheimnisvolle Gestalt, die Frank in den Keller lockte ...«

»Da hast du Frank zum erstenmal verdächtigt«, fiel ihr Thomas ins Wort.

»Nein, da noch nicht; ich hatte niemanden in Verdacht, bis das Muster der Vorfälle meinen Argwohn weckte. Aber als ich dann an Franks ›Unfall‹ zurückdachte, kamen mir einige Zweifel. Jeder im Haus hätte einen Trenchcoat anziehen und einen Hut aufsetzen können. Und Schläge auf den Kopf verursachen häufig eine leichte Amnesie. Aber es war ausgesprochen günstig für den Angreifer, daß Frank Gedächtnislücken hatte. Erinnern Sie sich – er hatte Wunden und Schwellungen im *Gesicht.* Zumindest einmal mußte er also dem Angreifer *gegenüber* gestanden haben. Die Verletzungen hätte er sich selbst beibringen können; sie waren, wie er selbst betonte, nur oberflächlich. Jeder Schuljunge, der das Glück hat, leicht Nasenbluten zu bekommen, lernt sehr schnell, wie er das Phänomen absichtlich herbeiführen kann, um Klassenarbeiten oder anderen peinlichen und unangenehmen Situationen zu entgehen.

Der Überfall auf Philip und die Gipsköpfe bestätigten meinen Verdacht, aber ich wußte immer noch nicht, welches Ziel Frank mit den Aktionen verfolgte. Es war die Umkehrung einer normalen Krimi-Situation, bei der der Spürhund die Identität des Kriminellen aufdekken muß, nachdem er das Verbrechen begangen hat. Ich kannte den Kriminellen, wußte jedoch weder, welches Verbrechen er plante, noch kannte ich das Opfer, auf das er es abgesehen hatte. Deshalb beleuchtete ich das Problem aus einem anderen Blickwinkel.

Die Streiche waren nicht das einzig Ungewöhnliche bei der Versammlung der Gesellschaft. Da war noch der Brief. Es bestand die Möglichkeit, daß die Streiche und der Brief nichts miteinander zu tun hatten, doch ich nahm an, daß das eine zum anderen geführt hatte.

Ob der Brief nun falsch oder echt war, er war jedenfalls wertvoll. Darüber haben wir bereits gesprochen.« Sie sah Strangways an, und er nickte. »Das Motiv des

Spaßvogels hätte Geld sein können: Er wollte das Dokument stehlen und Lösegeld dafür fordern. In diesem Fall hätten die Streiche die Absichten des Diebes erschwert. Es wäre ein leichtes gewesen, dem ahnungslosen Sir Richard nachzuschleichen und ihm eins über den Schädel zu geben, während er den Brief aus dem Versteck holt und verzückt betrachtet. Aber die Streiche machten uns alle, besonders Sir Richard, hellhörig und wachsam.

Der Brief hätte auf andere Weise zu den Streichen anstiften können. Wenn der Verbrecher ein fanatischer Anti-Ricardianer war, wollte er vielleicht den Beweis vernichten, der zu Richards Gunsten gesprochen hätte. Ich weiß, es mutet unwahrscheinlich an, daß jemand wegen einer derart trivialen Sache so weit gehen würde, aber glauben Sie mir, Wissenschaftler sind zu noch weit größeren Verrücktheiten fähig. An diesem Wochenende hatten sich lauter Gleichgesinnte versammelt, der einzige, der, wie sich später herausstellte, gegen Richard argumentiert, ist Mr. Strangways.«

»Und?« hakte Thomas angriffslustig nach. »Warum fiel dein Verdacht nicht auf Mr. Strangways?«

Der verunglimpfte Amerikaner grinste breit.

Jacqueline schüttelte den Kopf. »Mr. Strangways ist durchaus imstande, Widersachern üble Streiche zu spielen«, sagte sie zuckersüß, »aber er ist nicht dumm. Wenn er den Brief hätte stehlen wollen, hätte er nichts anderes unternommen, weil er meine Argumentation vorausgesehen hätte. Ganz bestimmt wäre er zu intelligent, um die Greueltaten fortzusetzen, nachdem er demaskiert wurde. Er wäre der Hauptverdächtige gewesen, wenn der Brief verschwunden wäre.

Nein; ich war überzeugt, daß die Vorfälle von einem Verbrecher inszeniert wurden, der den Brief aus welchem Grund auch immer in seinen Besitz bringen wollte. Die Angriffe wären in diesem Fall vollkommen sinnlos gewesen. Ein Dieb hätte sein Vorhaben ausführen können, ohne vorher auf diese Weise auf sich aufmerksam zu machen.

Von Anfang an kam mir das plötzliche Auftauchen des Briefes verdächtig vor. Angenommen, er war eine Fälschung. Welchem Zweck diente er? Zunächst einmal brachte er die Mitglieder der Gesellschaft hier zusammen und machte somit die harmlos erscheinenden Angriffe auf einzelne möglich. Also konnten der Brief und die Streiche Elemente eines vielschichtigeren Plans sein.

Was für ein Plan konnte das sein? Was war das Ziel? Richard und die Ricardianer in Mißkredit zu bringen? Ein gefälschter Brief und eine Reihe peinlicher Zwischenfälle hätten sicherlich zum Erfolg geführt. Aber das bringt uns wieder zu dem Einwand, daß nur ein überzeugter Anti-Ricardianer eine solche Strategie ersinnen würde, und wir wissen, daß der Spaßvogel einer der Gäste gewesen sein mußte.«

Thomas räusperte sich. Jacqueline folgte seinem Blick, und diesmal schenkte sie dem grinsenden Strangways ein mattes Lächeln.

»Thomas, du vergißt, daß ich zu diesem Zeitpunkt bereits wußte, wer der Übeltäter war. Zudem war Mr. Strangways der einzige Gast außer mir, der vorher nicht wußte, welche Arrangements für dieses Treffen besprochen worden waren. Die Inszenierungen des Spaßvogels setzten Vorbereitungen und eine exakte Planung voraus. Für ein Mitglied der Gesellschaft wäre es ein leichtes gewesen, die anderen unauffällig zu manipulieren und dazu zu bringen, das Rollenspiel und die Kostümierungen zu akzeptieren; andere Gesellschaften von Amateurhistorikern machen so etwas auch ständig. Der Witzbold mußte nicht nur über die Verteilung der Rollen, sondern auch über die Eigenheiten der Mitglieder Bescheid gewußt haben. Ein Außenstehender hätte all das schwerlich in Erfahrung gebracht.

Daher«, fuhr Jacqueline fort, »blieb nur noch eine Möglichkeit, die schon ziemlich am Anfang durch meinen zynischen Verstand spukte. Die Streiche dienten zur Irreführung, sie sollten die Zeugen von einer geplanten Gewalttat gegen eine der anwesenden Personen ablenken.

Mir gefiel diese Idee«, sagte Jacqueline verträumt. »Sie war wundervoll. Ihnen allen sind die klassischen Krimis bekannt, in denen eine ganze Reihe von Morden begangen wird, nur um das Motiv für den einen, auf den es eigentlich ankommt, zu vertuschen. Aber um ehrlich zu sein, es ist keine besonders praktische Methode, ein Verbrechen zu verüben. Sobald der erste Mord passiert...«

Sie deutete auf den Constable an der Tür, der prompt knallrot wurde – diesmal mit Recht, denn er hatte seine berufliche Würde vergessen und stützte sich auf eine Stuhllehne, um ihren Ausführungen besser folgen zu können.

»Sobald ein Mord passiert, wird die Polizei alarmiert«, sagte Jacqueline. »Die komplizierten und spitzfindigen Ermittlungen beginnen. Nicht einmal ein Irrer würde weiter morden, solange die Polizei im Haus herumschwirrt. Wenn unser Krimineller einen Mord plante, konnte er nicht darauf hoffen, seine Tat durch eine Verbrechensserie zu tarnen; der erste Mord wäre der letzte gewesen. Aber er konnte eine Reihe harmloser Streiche ohne schlimme Folgen ausführen und sicher sein, daß die Ricardianer, die er gut genug kannte, die Behörden nicht einschalten würden, solange niemand ernsthaft verletzt wird. Er brauchte die Polizei nicht zu fürchten, wenn niemand ernstlich zu Schaden kam. Der tödliche Zwischenfall sollte so aussehen wie einer von mehreren boshaften Streichen, bei dem etwas schiefgegangen war. Ich wußte, daß das eigentliche Verbrechen der letzte dieser Streiche sein würde ...«

»Moment mal«, rief Strangways. »Ihre Theorie hat, wenn ich das sagen darf, so viele Löcher wie ein Sieb. Zunächst einmal war Philip ernstlich verletzt. Wenn er darauf bestanden hätte, die Polizei zu rufen ...«

Jacqueline musterte ihn ungerührt über den Rand ihrer Brille. »Aber das hätte er nie getan«, sagte er. »Hab' ich recht, Philip?«

»Nein, ich hätte die Polizei nicht gerufen«, bestätigte der Schauspieler widerwillig. »Offenbar sind meine kleinen Schwächen kein Geheimnis.«

»Frank wollte nicht so fest zuschlagen«, tröstete Jacqueline ihn. »Er hat offenbar kalte Füße bekommen. Sie müssen zugeben, daß Sie ziemlich aufgebracht waren.«

»Also dachten Sie, daß der Mord – falls es einen geben sollte – der letzte Streich sein würde.« Strangways lenkte das Gespräch wieder auf das eigentliche Thema. »Und? Sie konnten nicht im voraus wissen, wann der Spaßvogel sein Ziel erreicht.«

»Es stimmt, daß mir diese Erkenntnis nicht viel weiter half«, gab Jacqueline würdevoll zu. »Aber ich war mir bereits sicher, daß Sir Richard das Opfer sein sollte. Denn Richard der Dritte war von allen Personen, die in dem Rollenspiel dargestellt wurden, der letzte, der eines gewaltsamen Todes starb. Die anderen überlebten alle bis zum nächsten Akt. Dieses Stück hat Shakespeare allerdings nie geschrieben.«

Strangways murmelte etwas, was klang wie »blühende Phantasie«, erhob aber keine weiteren Einwände, und Jacqueline überging die Unterbrechung.

»Jetzt erwarte ich eigentlich einen Widerspruch von Thomas«, sagte sie forsch. »Ich sehe das Glitzern in seinen Adleraugen. ›Die am besten ausgeklügelten Mordpläne gehen oft schief‹ – was immer das auch heißen soll. Vielleicht sollte schon einer der ersten Streiche tödlich sein, aber der Spaßvogel hat etwas falsch gemacht? Ist das dein Einwand, Thomas?«

»Vergiß es. Ich kenne schon die Gegenargumente. Der Spaßvogel hätte genügend Zeit gehabt, einen Fehler zu korrigieren. Er muß gewußt haben, daß ich noch atmete, als er mich in das Faß steckte. Percy hat nur eine geringe Dosis Betäubungsmittel bekommen, und Rawdons Brechmittel konnte kaum tödlich wirken. Außerdem zeigen die Gipsköpfe, daß der Spaßvogel vorhatte, die Tode von Hastings und Buckingham zu inszenieren. Er hätte sich nicht die Mühe mit den Köpfen gemacht, wenn er den Mord vorher hätte begehen wollen. Mord hätte die Polizei auf den Plan gerufen, und das Haus und das Grundstück wären gründlich durchsucht worden.«

»Mir scheint, die Theorie steht nach wie vor auf wackligen Füßen«, sagte Strangways. »Sie haben einen Mordplan vorausgesetzt – nach einigermaßen vagen Hinweisen, wenn ich es so ausdrücken darf – und gefolgert, daß keiner der Leidtragenden, die attackiert wurden, das potentielle Mordopfer war. Das läßt trotzdem eine ganze Anzahl von Möglichkeiten offen: alle Frauen, Mr. Ellis und mich.«

»Oh, Sie habe ich in Betracht gezogen«, murmelte Jacqueline. »Sie wären ein blendendes potentielles Mordopfer gewesen.«

»Hmmm. Dann ...«

»Niemand wußte bis zum Samstag abend, wer Sie in Wirklichkeit sind«, stellte Jacqueline klar. »Wie hätte sich jemand vornehmen können, Sie zu töten, wenn nicht bekannt war, daß Sie hier sein würden?«

Strangways gab darauf keine Antwort.

»Selbstverständlich kamen die anderen als mögliche Mordopfer in Frage. Aber – Frank als Schuft und Sir Richard als Opfer – Menschenskind, das Motiv sprang mir förmlich ins Auge. Weder Paranoia noch eine historische Manie, sondern zwei der verständlichsten und alltäglichsten Motive trieben Frank dazu, zur Tat zu schreiten: Leidenschaft«, sagte Jacqueline genießerisch. »Leidenschaft und Habgier.

Wie Thomas des öfteren betonte, ist Sir Richard ein sehr reicher Mann. Die Ponsonby-Jones sind seine einzigen Verwandten. Wer sonst sollte sein Vermögen erben? Und wer würde die Bestimmungen in seinem Testament besser kennen als ein Mitarbeiter der Anwaltskanzlei, die Sir Richards Angelegenheiten regelt?

Es stimmt, Sir Richard hätte seine Millionen genausogut dem Tierschutz oder einer Stiftung, die sich um das Andenken König Richards des Dritten verdient macht, hinterlassen können. An Percy hat er sicher nicht gedacht. Aber seine Freundlichkeit und Geduld Percys Mutter gegenüber sind offenkundig. Er würde sie nach seinem Tod nicht unversorgt lassen. Seine Gefühle für Liz ...«

Jacqueline hielt inne und warf dem Mädchen einen unsicheren Blick zu.

Liz stand auf. »Sie werden sich besser unterhalten können, wenn ich nicht dabei bin«, sagte sie. »Nein, es ist schon in Ordnung, ich wollte sowieso gehen. Ich möchte zu Richard.«

Sie durchquerte langsam das Zimmer und ging hinaus.

Thomas verspürte einen Stich, als er sah, welche Veränderungen in dem Mädchen vorgegangen waren. Selbst in der mittelalterlichen Robe war sie lebhaft und gesund aufgetreten. Die Ereignisse der letzten Tage mochten eine Erklärung für ihre Blässe und ihre plötzliche Verwundbarkeit sein, aber Thomas hatte das Gefühl, als wäre ein Geist durchs Zimmer gegangen. Als die Tür ins Schloß fiel, drehte er sich zu Jacqueline um.

»Ist sie in Weldon verliebt oder in die Reinkarnation von Richard dem Dritten? Ich bin mir da nicht ganz sicher.«

»Ich bin mir sicher, daß mir beides nicht gefällt«, knurrte Philip. »Aber ich kann nicht das geringste dagegen tun. Zerbrechen Sie sich deswegen nicht den Kopf, Thomas, die beiden wird immer die gemeinsame Leidenschaft für einen toten Mann vereinen.«

Der Vikar schnaubte mißbilligend.

»Es wird bei ihnen nicht anders sein als bei den meisten Paaren«, mischte sich Kent ungerührt ein. »Lächerliche Einrichtung, die Ehe ... Zumindest hatte der junge Frank genügend Grips, sich in ein Mädchen mit Zukunftsaussichten zu verlieben.«

»Oh, er ist ein praktisch veranlagter Bursche«, pflichtete Jacqueline ihm bei. »Er liebt sie – wenn man das Liebe nennen kann –, und ich denke, die Entdeckung, daß Liz einmal ein beträchtliches Vermögen erben wird, hat sie noch attraktiver für ihn gemacht. Ich nehme an, er dachte nicht sofort an Mord. Als Liz' Ehemann konnte er nur von Sir Richards Zuneigung zu dem Mädchen profitieren, finanziell und beruflich.

Bei Ihrem letzten Zusammentreffen wurde ihm klar,

daß Zuneigung Sir Richards Gefühle nicht richtig beschrieb. Sogar die Dorfbewohner klatschen schon über Sir Richard und Liz. Frank konnte kaum übersehen haben, was Sir Richard für Liz empfindet, und er merkte sicher auch, daß Liz anfing, Sir Richards Liebe zu erwidern. Er begriff, daß er nicht nur das Mädchen, das er wollte, verlieren würde, sondern auch das Geld, an das er durch sie zu gelangen gedachte.

Liz und Sir Richard wären vielleicht schon früher zu einem Einvernehmen gekommen, wenn Sir Richard nicht so zurückhaltend gewesen wäre und Liz' Mutter nicht so darauf gedrängt hätte. Liz muß sich gegen ihre Mutter und ihre Versuche, ihr eine ›gute Partie‹ zu vermitteln, gestellt haben. Mrs. Ponsonby-Jones benahm sich nur ihrer Tochter wegen so feindselig gegenüber Lady Isobel, die unglücklicherweise so naiv war zu glauben, sie hätte eine Chance bei Sir Richard. Mein lieber Mann, die Hinweise waren so deutlich! Thomas, erinnerst du dich an unsere Unterhaltung über das Kleid, das Elisabeth von York an diesem Weihnachtsfest getragen hat? Frauen wissen, wie wichtig Kleider sind. Mrs. Ponsonby-Jones sorgt für Liz' Garderobe. Und das Kostüm, das Liz trug, war hübsch, kein billiges, schlecht sitzendes Fähnchen, wie man sie bei einem Kostümverleih bekommt – ihre Mutter hat es extra für sie aus teurem Stoff genäht.

Liz' Vater war Sir Richards Cousin zweiten Grades; die Verwandtschaft ist also entfernt genug, daß eine Ehe kein Problem wäre. Mrs. Ponsonby-Jones muß außer sich vor Freude gewesen sei, als sie merkte, daß Sir Richard ihre Tochter liebt. Selbst wenn sie Frank gutgeheißen hätte, sie hätte ihn ohne Skrupel fallenlassen für einen adligen Millionär. Welche Mutter würde das nicht? Und vielleicht ist ja was dran an dem Gerede über mütterliche Instinkte. Es kursierten ein paar üble Gerüchte über Frank und seinen Umgang mit Geld...«

Thomas sah Philip an. Der Schauspieler mied seinen Blick und behielt statt dessen mit einem belustigten Lächeln auf den Lippen Jacqueline im Auge.

»Als Frank die Lage durchschaute, muß er über Alternativen nachgedacht haben«, fuhr Jacqueline fort. »Möglicherweise versuchte er, Liz zu einer raschen Hochzeit zu überreden. Aber das hätte sein Problem nicht wirklich gelöst. Ehen werden heutzutage leicht geschieden. Außerdem hätte Sir Richard eine andere Frau heiraten und Kinder mit ihr zeugen können... Frank erkannte, daß es nur eine sichere Methode gab, an die Dinge zu kommen, die er wollte: Liz und ein Vermögen. Sir Richards Tod schien eine lächerlich einfache Lösung zu sein.

Als Anwalt wußte Frank ganz genau, daß zuerst Sir Richards Erben in Verdacht gerieten, wenn er eines gewaltsamen Todes starb. Der Mord mußte also sorgfältig geplant werden. Als die enthusiastische Ricardianer-Debatte um ihn herum immer heftiger entbrannte, wurde Frank klar, in welchem Rahmen die Tat stattfinden mußte.

Er fälschte den berühmt-berüchtigten Brief. Es ist, wie Sie sich wahrscheinlich vorstellen können, nicht schwer, eine überzeugende Fälschung zu produzieren. Echtes Pergament kann man sich in Spezialgeschäften besorgen, und die Methode, wie man es ›auf alt trimmt‹, ist in den verschiedensten Büchern beschrieben. Ich kann Ihnen die Titel nennen, wenn Sie...«

»Spar dir die Mühe«, sagte Thomas niedergeschlagen. »Wir glauben dir.«

»Den Brief zu formulieren war auch kein großes Problem. Buck hat in seinem Buch den Inhalt verkürzt wiedergegeben, und es sind noch echte Briefe aus dieser Zeit erhalten – sogar Briefe, die Richard selbst verfaßt hat. Aus ihnen lernte Frank die gebräuchlichen Floskeln der Epoche, die Schreibweise etcetera. Alles, was er brauchte, fand er hier, in Sir Richards Bibliothek, auch Richtlinien zur Identifizierung mittelalterlicher Handschriften und eines der seltenen Exemplare von Kennetts *History of England*, in dem Bucks Werk enthalten ist. Als Liz' Verlobter und loyaler Ricardianer konnte Frank in der Bibliothek arbeiten, wann immer er wollte. Denken Sie daran, es war nie vorgesehen, den Brief einem Experten zur Prüfung vorzulegen. In diesem Fall war Sir Richard kein Experte; sein Urteilsvermögen war beeinflußt von Wunschdenken. Er wollte, daß der Brief echt ist, und die Sätze, die Frank hinzufügte und die Richard entlasteten – wahrscheinlich hat er ein zweites Pergament benutzt, um Weldon glauben zu machen, Buck hätte den Text schlichtweg übersehen –, stellten sicher, daß Weldon das Dokument als echt betrachtete. Frank hatte nie vorgesehen, daß ein Außenstehender den Brief in die Hände bekommen sollte. Das Schriftstück sollte nach dem Mord sofort vernichtet werden, nicht nur um die Spuren, die zu ihm zurückverfolgt werden könnten, zu verwischen, sondern auch um das eigentliche Motiv zu verschleiern.«

»Guter Gott«, rief Thomas und sprang auf. »Es ist ein Wunder, daß Frank dich nicht angegriffen hat, Jacqueline. Wenn ich gewußt hätte . . .«

»Ich war nie in Gefahr.« Das klang beinahe ein wenig bedauernd. »Frank konnte es sich nicht leisten, von den ›Morden Richard des Dritten‹ abzuweichen und jemanden zu attackieren, der nicht auf der Liste stand. Außerdem wußte Sir Richard von Anfang an, daß ich keine

Expertin bin, und Lady Isobel stellte sicher, daß auch alle anderen davon erfuhren. Wo ist sie übrigens?«

»Sie ruht sich aus«, sagte der Vikar. »Sie war nach den Aufregungen vollkommen entkräftet, die Ärmste.«

»Nach der Enttäuschung entkräftet«, verbesserte Kent den Gottesmann mit einem gehässigen Lachen. »Ihre Beute ist ihr entwischt. Inzwischen ist sie wahrscheinlich sternhagelvoll.«

»Vergessen Sie sie«, befahl Thomas. »Mach weiter, Jacqueline.«

»Frank schickte den Brief ab«, sagte Jacqueline. »Nicht an Sir Richard – das wäre zu offensichtlich gewesen –, sondern an Mr. Ellis. Ich vermute, er erfand irgendeine Geschichte von einer verarmten adligen Familie, von Dieben und Gaunereien, um seinen Wunsch, anonym zu bleiben, zu erklären...«

Mr. Ellis senkte den Blick auf seine gefalteten Hände. »Es ist alles meine Schuld. Ich war so leichtgläubig. Dafür gibt es keine Entschuldigung. Ich habe zugelassen, daß ein weltliches Interesse ungeheuerliche Ausmaße annahm. Ich wollte so gerne glauben...«

»Sie dürfen sich keine Vorwürfe machen«, beruhigte Jacqueline den kleinen Mann. »Auch wenn Sie Vorbehalte hatten, sie mußten Sir Richard den Brief zeigen; sie hatten gar keine andere Wahl. Sie haben versucht, der ganzen Sache Einhalt zu gebieten, als sie in einen Zirkus ausartete...

Natürlich hat Frank den Brief geschickt, um die Gesellschaft dazu zu bringen, ein außerordentliches Treffen zu veranstalten. Er wagte es nicht, bis zum Oktober zu warten; Liz zeigte erste Anzeichen von Rastlosigkeit. Er plante, das Verbrechen während einer Wochenendparty zu begehen, wenn im Haus viele exzentrische Ricardianer herumschwirrten. Er hatte nicht erwartet, daß Sir Richard so begeistert über den Brief sein und die Presse zu dem Treffen einladen würde, aber er machte sich diese Entwicklung zunutze. Das bedeutete, hier herrschte noch mehr Konfusion, noch mehr Leute gingen ein und aus, und es gab mehr Verdächtige.

Die Streiche dienten demselben Zweck – sie sollten Verwirrung stiften, aber sie wirkten sich auch in anderer Hinsicht günstig für Frank aus. Die Inszenierungen legten nahe, daß der Spaßvogel von Richard dem Dritten besessen ist. Sir Richards Tod, der auf grausige Weise dem blutigen Ende des mittelalterlichen Königs ähneln sollte, mußte der einzige Streich – einer von einer ganzen Reihe anderer – sein, bei dem etwas schiefgegangen war. Die Polizei hätte nach einem Monomanen gesucht, nicht nach einem Mörder, der von Sir Richards Tod profitiert. Und im schlimmsten Fall – das heißt, wenn Frank überführt worden wäre –, hätten ihm die Streiche verschiedene Verteidigungsmöglichkeiten gelassen. Es wäre schwer gewesen, ihm einen vorsätzlichen Mord nachzuweisen. Geistige Unzurechnungsfähigkeit, Unfall, der arme Kerl, dessen Verlobte einem toten Mann in krankhafter Weise verfallen war ...

Ich bin sicher, Frank hatte das alles durchdacht, aber natürlich wollte er nicht gefaßt werden. Die bizarren Streiche lenkten den Verdacht auf Percy. Halbwüchsige sind labil, und halbwüchsige Mörder töten aus den trivialsten Gründen. Deshalb war sicher, daß Sir Richard nichts zu befürchten hatte, solange Percy eingesperrt war. Der Junge brauchte länger, aus seinem Zimmer auszubrechen, als Frank erwartet hatte. Frank wurde so ungeduldig, daß er sogar hinaufging und ihm lautstark Instruktionen durch die geschlossene Tür gab.«

»Direkt vor meiner Nase«, entrüstete sich Thomas.

»Wenn du nicht dabei gewesen wärst, hätte er vielleicht die Tür aufgeschlossen«, tröstete Jacqueline ihn. »Percy wäre so und so aus dem Zimmer gekommen, und Frank nutzte sein Erscheinen am Fenster aus. Er wußte, daß Sir Richard augenblicklich loslaufen würde, um sich zu vergewissern, daß der kostbare Brief noch da war.«

»Was, wenn sich Percy nicht hätte blicken lassen?«

»Dann hätte sich Frank etwas anderes ausgedacht, um für Verwirrung zu sorgen. Er hätte nur laut rufen müssen: ›Mein Gott, da ist Percy‹ oder: ›Ich sehe Strangways im Garten!‹ Aber im Grunde war es wichtig, daß Percy auf freiem Fuß war und kein Alibi hatte. Ich behielt Mrs. Ponsonby-Jones im Auge, für alle Fälle, doch ich war mir ziemlich sicher, daß sich Frank nicht mit ihr abgeben würde. Er hatte schon einmal die Reihenfolge der Liste nicht eingehalten und Percy vor Philip drangenommen.«

»Du hattest das alles durchschaut«, sagte Thomas. »Mein Gott, ja – dieses Lied von Gilbert und Sullivan, das du gesungen hast.«

Jacqueline erhob die Stimme und sang:

»When I, young friends, was called to the bar,
I'd an appetite fresh and hearty,
I was, as all young barristers are,
An impecunious party.

Ich wollte dir einen Hinweis geben, und du hast nur eine häßliche Bemerkung über meinen absolut normalen Appetit gemacht«, setzte sie streng hinzu. »Du warst wirklich schwer von Begriff, Thomas.«

»Ich war mit meiner eigenen Theorie beschäftigt«, verteidigte sich Thomas. »Ich war überzeugt, daß Sir Richard übergeschnappt ist und daß *er* Frank töten wollte. Ich weiß nicht, wie es dir erging, Jacqueline, aber als wir Frank mit dem Gesicht nach unten im Weinkeller entdeckten, dachte ich, er sei tot. Das hätte auch ein ›Streich‹ sein können, der schiefgegangen war. Und Frank spielte Eduard von Lancaster, den ersten Mann des Mädchens, das König Richard liebte, und er war der Verlobte des Mädchens, das Sir Richard liebt...«

»Das ist ein gutes Beispiel für den pseudopsychologischen Mischmasch der Ricardianer«, kritisierte Jacqueline. »Ehrlich, Thomas, du solltest es besser wissen. Im wirklichen Leben töten die Menschen andere Menschen aus praktischen Erwägungen.«

»Wieso hast du mich die ganze Zeit über nicht aufgeklärt?« brüllte Thomas. »Kannst du mir das mal sagen? Du hast die Dinge einfach laufen lassen – du wußtest, daß Weldon in Gefahr war.«

»Ich werde nie wieder Kriminalromane schlechtmachen«, sagte Jacqueline. »Es war unmöglich, dir alles zu erzählen, weil dauernd Leute um uns herum waren und kamen und gingen. Ich konnte dir nicht einfach ins Ohr flüstern: ›Frank ist der Spaßvogel und plant, Sir Richard umzubringen.‹ Du hättest mich für verrückt gehalten und mir nie geglaubt, ohne daß ich dir alles haarklein und präzise erkläre wie gerade eben. Und –« Ihre Stimme veränderte sich genau wie ihr Gesichtsausdruck. Thomas, der ihr strenges Gesicht beobachtete, lief ein eisiger Schauer über den Rücken. Diese Facette von Jacquelines Persönlichkeit war ihm bis jetzt verborgen geblieben. »– und ich hatte zu diesem Zeitpunkt erkannt, daß es nötig war, ihn weitermachen zu lassen«, sagte sie ungerührt. »Wenn ich Frank diesmal Einhalt geboten hätte, wäre er ungeschoren davongekommen, und damit hätte ich nicht nur Sir Richards Leben, sondern auch das von Liz und von Gott weiß wie vielen anderen aufs Spiel gesetzt... all die Menschen, die zwischen Frank und dem, was er wollte, standen, wären in Gefahr gewesen. Ich hoffte lediglich, Frank vor dem Mord aufhalten zu können, aber ich war sicher, ihn zu überführen, egal wie die Sache ausging. Es war, wenn du so willst, grausam, doch die Alternative hätte schlimmere Folgen gehabt.«

Der Pfarrer ergriff als erster das Wort: »Es war nicht grausam«, sagte er. »Aber es war – vergeben Sie mir – arrogant. ›Die Rache ist mein ...‹«

»Ich rechtfertige meine Entscheidung nicht«, erwiderte Jacqueline. »Ich bin keine Heuchlerin. Ich habe gehandelt, wie ich handeln mußte – und ich bezahle für meine Fehler, Mr. Ellis.«

»Wir alle bezahlen für unsere Fehler«, sagte Strangways. »Aber nur wenige von uns haben den Mut oder die rückhaltlose Offenheit, ehrenwerte Prinzipien über Bord zu werfen.«

Jacqueline sah ihn an; Thomas gefiel dieser Blick ganz und gar nicht – er war fast zärtlich. Thomas hustete. Jacqueline wandte sich ihm zu und griff in ihre Handtasche. Thomas beobachtete sie fasziniert. Was würde sie jetzt aus den unergründlichen Tiefen hervorzaubern?

Einen Briefbeschwerer. Es war eine Replik vom Barnard Castle aus Bronze, und der Sockel hatte in etwa die Ausmaße von zwanzig mal zwanzig Zentimetern.

»Gott, ist das Ding schwer«, sagte Jacqueline und stellte es auf den Tisch, auf dem es seinen Platz hatte.

»Ich hätte nicht gedacht, daß du so was brauchst«, sagte Thomas. »Deine Tasche muß im Normalzustand schon mindestens zwanzig Pfund wiegen.«

»Sie ist eine sehr wirksame Waffe«, entgegnete Jacqueline. »Ich schlendere nachts damit über den Campus und hoffe jedesmal, daß mich Straßenräuber überfallen.«

Der Montag morgen war normalerweise trostlos, aber an diesem Montag war Thomas' Stimmung ungetrübt. Die Sonne schien, und das reichte in England aus, um alle Menschen euphorisch zu stimmen. Sir Richard ging es den Umständen entsprechend gut, und seine Begegnung mit dem Tod hatte ihm das Herz des Mädchens zufliegen lassen, das er liebte. Sehr romantisch.

Was Thomas' eigene romantische Lage betraf...

Er summte vor sich hin, als er die Treppe hinunterlief. Die Gesellschaft brach an diesem Morgen auf; sie alle hatten noch einmal in Weldons Haus übernachtet, ihre Aussagen zu Protokoll gegeben und sich von den Aufregungen erholt. Er und Jacqueline hatten zwar noch nicht über ihre weiteren Pläne gesprochen, aber er nahm an, daß sie gemeinsam nach London fahren würden.

Sie war nicht im Frühstückszimmer, doch Wilkes konnte ihm sagen, daß sie bereits gefrühstückt hatte.

»Sie und Mr. Strangways sind zusammen weggegangen«, sagte der Butler. »Ich glaube, sie sagten etwas von der Bibliothek.«

Verwundert machte sich Thomas auf die Suche.

Er konnte Stimmen durch die geschlossene Tür hören – das deutete auf eine hitzige Debatte hin, denn die Tür bestand aus solidem Eichenholz. Thomas öffnete die Tür einen Spalt und lauschte. Er erkannte die Stimme und wußte sofort, worum es ging. Ihn verblüffte nur, daß die beiden sich über dieses Thema unterhielten.

»Richard wurde von allen anderen Anklagen entlastet. Kein Mensch glaubt heute noch ernsthaft an diese Verleumdungen. Und was den Mord an den Prinzen betrifft, so spricht die Beweislage, so wie sie ist, wohl auch eher zu seinen Gunsten. Wenn Sie nur einmal nüchtern darüber nachdenken würden...«

»Moment mal.« Strangways klang ein wenig verzweifelt. »Ob Richard die beiden Jungen umgebracht hat oder nicht, moralisch war er in jedem Fall schuldig. Indem er Eduard den Fünften entthronte, unterschrieb er praktisch ihr Todesurteil. Er...«

»Sind Sie Historiker oder ein früher Kirchenvater?« erkundigte sich Jacqueline spitz. »Wir sprechen hier nicht über ethische Grundsätze, sondern über Beweise. Vielleicht ist Ihnen das Wort nicht geläufig...«

»Sie haben eine Zunge wie eine Viper«, schrie Strangways aufgebracht.

Sehr gut ausgedrückt, dachte Thomas und öffnete die Tür weiter.

Jacqueline und Strangways standen sich gegenüber, sie hinter Weldons Schreibtisch, er am langen Tisch – der ganze Raum lag zwischen ihnen. Schreibtisch und Tisch waren übersät mit Büchern, die meisten von ihnen aufgeschlagen. Jacqueline hatte ihr Haar zu einem Knoten geschlungen, der sich langsam auflöste. Ihre Brille saß ganz vorn auf der Nasenspitze. Strangways war in korrekter englischer Reisekleidung: Anzug, Krawatte und Weste, aber er hatte den Kragen seines Hemdes aufgerissen. Seine marineblaue Krawatte saß unter einem Ohr.

Keiner von beiden schenkte Thomas auch nur die geringste Beachtung.

»Die Hypothese von Richards Unschuld erklärt alle Anomalien in diesem Fall«, sagte Jacqueline. »Es ist die einzige Hypothese, die standhalten kann.«

»Die Tatsache, daß die Prinzen nie wieder gesehen wurden...«

»Sie wurden gesehen, zumindest hörte man von ihnen. Aber Sie ignorieren diese Fakten, weil sie nicht in Ihre dumme Theorie passen. Oh, ich verstehe«, sagte

Jacqueline samtweich und ätzend wie Säure zugleich. »Sie haben als objektiver Beobachter angefangen. Sie glaubten an die Fakten. Dann hat Sie das historische Establishment in den Griff bekommen. Es ist schwer, gegen Männer wie Kendall anzukämpfen oder gegen Myers und ...«

»Ist es nicht«, polterte Strangways.

»Was für ein Beweis?« fragte Thomas und kam näher.

Jacqueline würdigte ihn keines Blickes, aber sie beantwortete seine Frage, weil es ihren Absichten zugute kam.

»Die Einträge in den Büchern. Die Erwähnung des Lord Bastard im Jahr 1485 – Lord Bastard, das muß der junge Eduard gewesen sein. Das nenne ich eine Mogelei. Sie sagen, der Eintrag würde sich auf Richards unehelichen Sohn beziehen, der niemals irgendwo als Lord bezeichnet wurde. Sie können einfach nicht zugeben, daß Eduard der Fünfte 1485 noch am Leben war. Wenn Sie nicht von der Voraussetzung ausgehen würden, daß er tot war, würden Sie die Bedeutung des Eintrags niemals in Frage stellen. Sie schneidern sich die Tatsachen so zurecht, daß sie in Ihre Theorie passen, in eine Theorie, die nicht auf Fakten basiert.«

Strangways öffnete und schloß den Mund wie ein Fisch, der nach Wasser lechzt. Er war so wütend, daß er kein Wort herausbrachte.

Jacqueline ließ nicht locker. »Ein anderer Hinweis, dessen Bedeutsamkeit bis jetzt noch niemandem aufgefallen zu sein scheint, ist die Liste der Kleidungsstücke, die Richard für ›Lord Eduard‹ geordert hat. Eduard war noch am Leben und bekam kostbare Geschenke von seinem Onkel – unter anderem Lederzeug für Pferde.

Hat der Junge vielleicht Reitübungen im Tower von London veranstaltet? Die Schlußfolgerung liegt auf der Hand. Richard hatte vor, die beiden Jungen aus London wegzubringen – zweifellos in eins seiner Schlösser im Norden, wo ihm die Bevölkerung treu ergeben war. Wir wissen, daß sich etliche Kinder vom königlichen Hofstaat 1485 in Sheriff Hutton aufhielten, aber ihr Historiker – « das klang aus ihrem Mund wie ein Schimpfwort – »beharrt darauf, daß die Prinzen nicht dabei waren, weil Sir Thomas More sagt, daß die Prinzen da bereits das Zeitliche gesegnet hatten. Wenn das eine wissenschaftliche Vorgehensweise ist, dann glaube ich auch allen, die von außersinnlichen Wahrnehmungen reden.«

Die Brille fiel ihr von der Nase.

»Jacqueline!« rief Thomas aus. »Liebling!«

Er eilte zu ihr und schlang die Arme um sie.

»Hallo, Thomas«, sagte Jacqueline. »Und James, da ist noch ein Punkt, den Sie ...«

»Du bist bekehrt«, stellte Thomas fest. Er hielt sie auf Armlänge von sich und strahlte sie an. »Du bist eine von uns. Mein Gott, wenn dieses Wochenende auch nur das eine gebracht hätte ...«

Jacqueline blinzelte ihn an. Thomas war bezaubert.

»Meine Brille«, sagte sie. »Ich habe meine Brille nicht auf.«

»Hier ist sie.« Thomas bückte sich und hob die Brille auf. »Laß uns gehen, Liebes. Um elf Uhr fährt ein Zug. Geh packen. Ich bitte inzwischen Wilkes, den Wagen vorfahren zu lassen.«

»Oh«, meinte Jacqueline. »Ich hab' schon gepackt, Thomas. Aber ich fürchte, ich kann nicht mit dir nach London fahren. James und ich wollen ein paar Tage in York verbringen.«

»James – und – du?«

»Wir wandeln nur auf Richards Spuren, alter Junge«, beschwichtigte Strangways hinterlistig. Thomas starrte ihn ungläubig an.

Strangways zwinkerte. »Der Wagen steht bereit, Jacqueline«, sagte er und richtete seine Krawatte. »Brechen wir auf.«

Thomas blieb stumm stehen. Strangways schlenderte selbstzufrieden durchs Zimmer, nahm Jacquelines Am und führte sie zur Tür.

Jacqueline warf einen Blick zurück. »Ich sehe dich am Donnerstag in London, Thomas«, rief sie, und weg war sie.

Thomas rührte sich nicht vom Fleck. Wagentüren schlugen zu, und gedämpfte Stimmen drangen durch das offene Fenster. Das leise Surren des Rolls Royce entfernte sich.

Die Stimmen hatten keinen süßen Klang gehabt.

Nur auf Richards Spuren... Strangways hatte einen Scherz gemacht, aber Thomas hatte das Gefühl, daß der Scherz auf Kosten Strangways' enden würde. Nie zuvor hatte er erlebt, daß Jacqueline die Brille tatsächlich von der Nase gefallen war. Er kannte sie gut; sie hatte ein Gedächtnis wie ein Elefant und neigte zu Racheakten, die einer Borgia zur Ehre gereicht hätten. Er sah förmlich vor sich, wie sie Strangways durch York hetzte, von Micklegate zum Münster und zu allen Gedenkstätten, die an Richard den Dritten erinnerten, und die ganze Zeit würde er Jacquelines scharfe Stimme und ihre endlosen Ausführungen über sich ergehen lassen müssen.

Ein tiefer Seufzer der Befriedigung drang aus Thomas' Brust. Er ging hinauf, um seine Sachen zu packen.

Donnerstag in London, hatte Jacqueline gesagt. Thomas setzte große Hoffnungen auf Donnerstag.